1941 年，贺素秋（玉环）16 岁与父亲、母亲、大哥、二哥在山西大同合影。

贺素秋 16 岁个人照。

兰宜生（1 岁）与大姐兰明川（13 岁）、二姐兰丽川（8 岁）、三姐兰山川（5 岁）的合照。

1968 年全家福。自左至右：兰宜生（11 岁）、母亲贺素秋（43 岁）、兰丽川（18 岁）、兰小川（5 岁）、兰明川（23 岁）、父亲兰培珍（41 岁）、兰山川（15 岁）。

1979 年，兰宜生与姐妹合影。

1979 年春节全家福。后排自左至右：大姐、二姐、二姐夫鲁宝柱、兰宜生、三姐夫陈新民、三姐、妹妹。前排为父亲、母亲，身旁为周昕玮（外孙女）和鲁翊（外孙）。

2007 年，全家太原合影，右座为堂姐兰诚燕。

2002 年，父亲兰培珍与母亲贺素秋。

2006 年，贺素秋在北京看望姐姐贺环英。

2006 年，贺素秋与大女儿兰明川在上海。

2006 年，兰明川、兰山川与兰小川。

2007 年 11 月，贺素秋、兰宜生在汕头大学。

2006 年 5 月，母子在张家界。

2006 年 6 月，母子在重庆。

2007 年 12 月，母子在上海共青森林公园。

2008 年，兰宜生与儿子兰文浩。

2011 年，看望初中班主任赵希禹老师。

2010 年，看望复旦洪文达导师。

2009 年，与博士生孙辉煌、江维、王恬合影。

一国两制统

母子人生

贺素秋　兰宜生　著

赵希禹　九十二岁　题

上海财经大学出版社

图书在版编目(CIP)数据

母子人生 / 贺素秋，兰宜生著 .-- 2 版. -- 上海：上海财经大学出版社, 2025. 8. -- ISBN 978-7-5642-4728-7

Ⅰ. I25

中国国家版本馆 CIP 数据核字第 2025JK6523 号

□ 责任编辑　石兴凤
□ 封面设计　张克瑶

母　子　人　生

（第二版）

贺素秋　兰宜生　著

上海财经大学出版社出版发行
（上海市中山北一路 369 号　邮编 200083）
网　　址：http://www.sufep.com
电子邮箱：webmaster@sufep.com
全国新华书店经销
上海颛辉印刷厂有限公司印刷装订
2025 年 8 月第 2 版　2025 年 8 月第 1 次印刷

710mm×1000mm　1/16　14 印张（插页：4）　251 千字
定价：84.00 元

此书谨献给

普天下所有

关爱子女的母亲

和孝敬父母的子女

目 录

第四部分　独行岁月(2008—2011年)——兰宜生

母爱无涯(代序)

慈祥、乐观的母亲离开我们已经整整两年了！两年来，母亲的音容笑貌常常浮现在我的眼前，似乎她老人家仍然在身边体贴并关注着我的生活和工作，那是一种强大的精神磁场，是我汲取工作动力的源泉。而对母亲的深深思念不时会把我带入泪眼蒙胧、鼻腔发酸的悲伤中，只有此时，我才感到母亲实实在在地走了，去了另一个未知的世界……

2007年秋天，我向母亲提议，两人合写一本母子自传，把母亲的历史经历(长度)与我的国内外经历(宽度)结合起来，作为一对普通的中国母子的生活纪实。这应当是内容新颖又特别的一本书，也是一种有创新意义的写作方式。在我的说服下，母亲接受了我的提议——乐于接受新事物并鼓励和帮助孩子尝试新事物是母亲的优点之一。母亲再一次向我详细地讲述了她的童年、青少年到中年的生活经历，并在本子上一笔一画地用铅笔写下几千字，回忆过往生活的点点滴滴。如今，我翻看母亲密密麻麻的手稿字迹，感觉十分亲切，也能体会到母亲在右眼失明的情况下写作的吃力和认真。

我把这本自传当做一项5年规划的“母子科研项目”，希望在母子相处的日子里，轻轻松松地记录、整理、补充而完成，而不是“急就章”，也不需要“赶工期”。母亲的身体结实、硬朗，她做健身操、压腿下蹲连我都自愧不如，她的性格又十分乐观、友善——典型的长寿性格，长命百岁应当不算奢望。想不到的是，母亲竟然在2008年6月底突发脑溢血逝世，享年84岁。

望着母亲留下的数千字手稿，我总有一种物是人非的恍惚感觉，一直不能收拾心神进行写作——何时才能重振精神完成这部母子合撰的作品?

如今，我在《厚德成功学》完成之际北上山东度假，坐在窗前眺望大海，心潮如滚滚排击的白浪，一定要早日完成这本母子自传，作为对母亲的最好告慰。

是为序。

兰宜生

2010年7月17日星期六(农历六月初六)于威海乳山

第一部分

战乱岁月(1925—1949年)

——贺素秋

第一章　贺氏大家庭

爹和娘

1925年(民国十四年)农历八月十二，我出生在山西崞县城东一个普通、殷实的农商家庭。父亲贺士彦时年45岁，母亲王金仙46岁。我有两个哥哥，大哥贺沅，二哥贺漪，他们分别比我大13岁和10岁。由于老来得女，因而爹娘十分疼爱我，为我取名“玉环”。

我爹是个性格耿直、沉默寡言的人，对子女和孙辈要求站有站相、坐有坐相，平时总是一脸严肃，不苟言笑，而把深深的爱埋藏在心底，往往轻轻的一声咳嗽就使得满堂肃静。爹爹多年在外经商，从16岁学徒开始，一直在内蒙古包头“永和正”药店做生意，初为学徒，后为掌柜，直到76岁才告老还乡。我的两个哥哥也由爹的朋友介绍到山西大同学徒做生意，家中只有我和母亲相依为伴。

我娘心地非常善良，待人和蔼可亲，亲戚和邻居交口称赞。她从17岁出嫁到67岁去世，做了五十年的好媳妇，不但细心孝敬公婆，而且做活在前，吃穿最差。她是一个好婆婆，家里的苦活、重活总是抢着做，舍不得让儿媳们做，对子女和孙辈更是慈爱有加，从不肯打骂。

因为我自小与娘朝夕相处，几乎从未离开，得到娘的更多疼爱，也更深地体会到娘的善良和宽厚。娘的性格和为人处世态度对我影响很大，是我人生的第一个老师和做人的榜样。

哥嫂们

我大哥贺沅，字佩章，娶妻尹素珍，生育一子二女，儿子安民，大女爱桃，二女爱平，孙辈有七人。大哥出生在大年初一，又是长房长孙，被长辈们寄予很大的期望。他14岁就去大同学徒做生意，后来做账房先生，新中国成立

后回家务农，辛劳一生，但命运多舛，“四清”运动时被补划为地主成分，在“文革”时颇为压抑、窘困；待改革开放年代生活境遇好转，享福的时日已经不多，享年78岁。大嫂比我大3岁，至今健在，儿女孝顺、听话，孙辈绕膝，晚年生活安逸、幸福。

我二哥贺漪，字佩高，娶妻胡林英，生育一女二子，女儿爱珍，大儿子新民，二儿子爱民。二哥从15岁去大同学徒做生意，后做账房先生，新中国成立后继续在商业单位工作。他做事认真、勤恳，为人低调，全家一直生活在大同，孙辈也有7人。二哥、二嫂分别活了81岁和88岁。

以老奶奶为中心的大家庭

我爹是这个大家庭的长子，下面还有两个弟弟。我奶奶活到94岁高龄，去世前，大家一直生活在一起。因此，我幼时有好几个叔伯姐弟玩伴，这为平淡又艰苦的生活增添了不少乐趣。

我的爷爷去世较早，我们这个以奶奶为中心的大家庭，22口人住在一个26间房的大院落里。院子分前院和后院，在小孩眼中已是足够广阔的玩耍空间了。我和母亲、嫂嫂们住在后院，当嫂嫂们回娘家时，后院就只有我和母亲为伴。父亲外出经商曾吩咐我，玩耍一会儿要回屋看看你娘，防止她有头晕毛病而跌倒，因此，我玩一会儿就从前院跑回来看看娘。

我幼时有三个叔伯姐弟玩伴，二叔的女儿环英，与我同岁，只比我大半年，与我最要好，我和她每天总是形影不离；三叔的儿子喜亭、女儿喜鱼，分别比我小1岁和2岁，我们也常在一起玩耍。我们每天玩耍的内容十分丰富。除了捉迷藏、抓子子、踢毽子之外，更多的是，我们三个女孩一起津津有味地“过家家”，而喜亭总是扮演一个突袭破坏的“捣蛋鬼”角色，猝不及防，把我们辛苦制作的“盆盆碗碗”“月饼”“馒头”踩烂打碎后，逃之夭夭。而老奶奶总是站在孙子一边，对我们的“上诉”置之不理，不肯训斥“捣蛋鬼”，反而要我们让着弟弟，使“捣蛋鬼”更加有恃无恐。

环英9岁时，她的生母就因病去世了。由于她在继母身边要谨言慎行，因此显得比我懂事和成熟许多，洗衣服、做针线活儿都比我仔细、认真。

家中有六七十亩地，家里吃的粮食和蔬菜主要靠自家地里的收成，家里也有骡马和大车。但一些钱款收入还要靠我爹在外经商的收入。我父亲是家中长子，也是大家庭的“顶梁柱”，长年在外面经商挣的钱大多寄回家中，以置买土地、盖房和维持家用。二叔和三叔在家里管家。

虽然我们家还算是殷实人家，但家风十分节俭，省吃俭用，一年四季的主食是高粱面鱼鱼、玉米面窝头和小米稀饭，蔬菜以山药和萝卜为主，逢年过节才能吃顿白面细粮。农忙锄地、收割时，给雇的长、短工吃油面鱼鱼，喝烧酒和稀饭，孩子们十分羡慕。

读书

我小时候非常羡慕“文庙”里那些身着蓝衫黑裙、鼓乐整齐行进的高小女生，渴望自己也能上学。当时母亲也很想让我读书识字，这样才能读懂父兄寄来的家书，也能自己写书信。但奶奶和叔叔的思想守旧，担心女孩子读书识字后心会“变野”，不允许我和叔伯姐妹们去读书。我们的心愿只能深深地埋藏在心底。

直到我 11 岁时，政府兴办义务学校，不收学费，并要求适龄少年儿童(无论男女)都要入学读书，家里才不得不同意我们姐妹三人去读书。我们在学校里识字、写字，学习加、减、乘、除四则运算……样样事情都觉得新鲜、有趣。小姐妹们每天兴致勃勃地去上学，一天也不缺课，学到的知识回家还要互相交流并复习。我还当了班长。

可惜好景不长，我们只读了不到一年半的书，就被侵华日本鬼子的枪炮声给打断了。

日寇入侵

1937 年农历八月底，日军攻打崞县城，与守城的晋军激战七天七夜，日军伤亡惨重。日军攻城的火力集中在西门和北边，我家住在城东，是县城里比较安全的区域。即便如此，日军的大炮和飞机整日不停地轰炸全城，院子里不时地落入炸弹弹片，惊得骡子奔跳嘶叫。我母亲妯娌三人每天忙着为晋军做饭，赶制干粮。我们小姐妹们则躲在角房里，头上蒙着厚厚的毡子，防备炸弹、砖瓦落下。少年不知愁滋味，躲在同一张厚厚的毡子下，听着隆隆的炮声，这种从未有过的新鲜体验使我们小姐妹们十分兴奋，不时地窃笑和嬉闹，惹得门外大人的呵斥。

农历九月四日凌晨，晋军弃城撤退。日寇从西门进城后见人就杀，大批残杀无辜百姓，把老百姓用铁丝拴住胳膊驱赶到城外壕沟旁，集体扫射枪杀。我的舅舅、姨姨和姨兄住在西城，他们都死于日寇之手。舅舅和姨兄在街上被日寇捕杀，姨姨开门寻找儿子时，恰遇几个持枪日军从门口经过，在追逼和惊吓之下，她直接跳入院中的水井而亡，小孙子和小孙女也追随奶奶跳井而亡。第二年九月四日，崞县城中不知有多少人家为死难的亲人过周年，只见处处是白色的孝服和燃烧的纸钱。

为了躲避凶残的日寇战乱，我们全家连夜逃难到三十里外城东山里的亲戚家，家中只留下从包头回乡探亲的老父亲。日寇滥杀无辜的凶焰一个月后才逐步缓和，而山里亲戚家吃、住、用颇为紧张，我们全家又分批、陆续地返回县城。

县城里的日本鬼子时常会敲门、砸锁入院，检查良民证，搜查八路军，搞得鸡犬不宁，人心惶惶。

日军占领后，学是上不成了，女孩子更不敢上街，从城东到城西亲戚家也不敢随便走动，万不得已出门还要往脸上抹些锅底灰。我就在家跟着娘和婶婶们学绣花、做鞋、做衣服，样样针线活儿都学得很认真，也听取长辈的故事和人生道理。战乱年代似乎让我一下子长大成熟了。

【历史回声】晋北抗日及崞县守卫战

"七七事变"后，阎锡山最初认为日军不会西进。谁知，日本侵略军不断地西侵，矛头指向太原。阎锡山又以为晋绥军尚能守战，凭晋北天险足可拒敌于长城以外。未料，晋绥军初与日敌交战，即难以抵御，于是，阎锡山向蒋介石请求派兵增援。此时，国共合作，全国统一抗战，八路军第一一五师在平型关予敌重创。

日军继续增调兵力，企图夺取太原，于是，忻县以北和井陉以东同时告警。晋北战场，忻口正面名义上由阎锡山指挥，实际上是卫立煌以第二战区前敌总指挥身份在指挥。晋东方面的作战，由第二战区副长官黄绍竑指挥，阎锡山在太原遥控。晋北方面的最高指挥官是卫立煌(驻忻县)，兵力部署如下：

左翼兵团：第十四军，军长为李默庵。该军军长初由卫立煌兼，由千钧台(门头沟附近)南撤至石家庄后，由第十师师长李默庵升任(李仍兼第十师师长)，辖第十师、刘戡第八十三师及陈铁第八十五师三个师。后来，因敌军猛攻忻口左翼大白水及朦腾村，情况紧急，阎又逐次增派郭宗汾第七十一师、孟宪吉第六十八师及晋绥军的三个炮兵团，以增强左翼。

中央兵团：最初是第九军，军长为郝梦龄，兼中央兵团前敌总指挥。辖刘家麒第五十四师及郑廷珍独立第五旅。该军后与日军猛烈激战，伤亡甚重，兵力不敷分配，又增调李仙洲第二十一师归郝指挥。后来，因郝梦龄阵亡，加之该军伤亡大半，乃调往后方(由郭寄峤兼军长)。忻口正面的中央兵团由王靖国任总指挥，辖有杜坤第二一五旅及段树华第二〇九旅，后又增加陈长捷的第六十一军，陈兼前敌副总指挥，郝阵亡后，任前敌总指挥。最后，又由左翼兵团抽调第八十五师陈铁部参加中央兵团作战，一直苦撑至战役结束。

右翼兵团：第十五军，军长为刘茂恩，辖第六十四师（武庭麟）及第六十五师（刘茂恩兼）等部。右翼因系五台山南麓，山峦重叠，地形于我有利，故敌人采取守势，除以炮、空及相当部队牵制和佯攻外，战斗不如左翼及中央激烈。

当时国军参谋军官曾对敌情作出判断，有军情研究报告送交李默庵。此项报告现照录于下，以证明当时的真实情况。

“1. 全盘（指全国全局而言）的敌情判断：现在华北之敌，为实现其大陆政策，截断中苏联络计，必以华北现有部队（指关东军）之一部沿津浦路占领黄河北岸，而主力沿平汉线南下，侧出娘子关南北地区，西犯太原；另以有力之一部在忻县以北牵制我军，分兵一部沿岢岚、方山出汾阳，会攻太原，占领战略要点，然后肃清黄河以北之我军，适时组伪组织，以日人指导，任黄河以北之守备。

嗣后抽出全力，以两三个师团转于青岛，强行登陆，一举下济南、济宁，侧出归德，内分一部出亳州，主力西趋开封、洛阳。更以两三个师团增援上海方面，期将我军压迫于浙西、赣东、皖南山地，则全局殆矣。

根据以上状况判断，山西为我生死关头，应以重兵扼守，始为上策；否则，山西一失，吾国危矣。

2. 当面（指忻口正面而言）的敌情判断：当面之敌，乃由平型关、雁门关、宁武诸股会合者，兵力至少在两个师团左右。其南犯太原，直下忻太盆地之企图，昭然若揭。其将来兵力之使用，必先以一部攻忻口以北高地，期吸引我军主力于该方面，然后以其主力由大白水以西刘庄间趋奇村镇，以遂其各个击破之诡计。

基上判断，我军应以三个师在本阵地（指左翼兵团正面而言）固守，以装备完整之两个师乘敌攻击顿挫时，先以地区预备队发起逆袭，同时以两个师由左翼永兴村以北施行反、正面攻击战法，将该敌包围而歼灭之。

右两项所见是否可行？恭请衡核施行，谨呈军长李职符昭骞（印）廿六年（一九三七年）十月十一日于西沙洼军部。”

此前，晋绥军自九月在晋察边境经不住日军的猛烈攻击，节节败退。敌分两路进逼晋北：一路由张家口沿怀安、蔚县、广灵、灵邱入平型关，趋繁峙、代县；另一路从广灵、浑源、应县至山阴、广武以入雁门关，其主力则由京绥路陷大同，直趋朔县、宁武，沿同蒲路直奔太原。

数年来，由于建设“永久国防工事”的款项大多被贪污挪用，至御敌之际才发现无险可守，无工事可依托。晋绥军李服膺军长虽全力挽救危局，却无济于事，部下一个旅长胆怯畏敌，不能坚守阵地，所部自天镇战败撤退，大

同、怀仁相继陷敌，天险雁门关亦被敌突破。全省以至全国舆论大哗，阎锡山震怒加惊惶，以召开军事会议为由将李服膺诱捕枪决，以转嫁战败责任，向南京蒋介石政府交差，平息国内舆论。可惜，李服膺无辜做了“替罪羊”。

此后，晋绥军王靖国十九军在崞县，姜玉贞率全旅在原平，顽强阻敌南下。十月初，姜玉贞在原平战死。

抗战爆发后，晋绥军第十九军在新任军长王靖国的率领下奉命赴大同以东应战，下辖第二〇五旅、第二〇九旅和第二一五旅。

一九三七年九月中旬，天镇、大同失守后，第十九军奉命撤回雁门关一带。平型关失守后，第十九军奉命固守代县，但第二〇五旅到达代县南关时，日军已由北门进城。第四〇七团迫击炮连与敌对战一阵后，只得退居阳明堡。第十九军后奉命死守崞县，第二〇五旅守北城和北郊。

日军来犯，崞县城北的第二〇五旅首当其冲。我军官兵英勇拼杀，旅长田树梅赤膊到城上督战，但由于日军炮火猛烈、飞机的低空扫射与轰炸以及我军武器装备很差，导致我军伤亡很重。敌人攻到北城时，守北城的第四〇七团奋力抵抗，团指挥所的窑洞被敌人集中炮火轰塌，团长刘良相、副团长高育麟等牺牲。由于失去统一指挥，北门外的第四〇七团阵地被敌突破，田树梅旅长亲自到城门洞里指挥督战。当他看到第四〇七团第三营营长柳青魁退下来时，便问柳：“你的部队怎样了？”柳答：“没有收集起来。”又问：“你们团长怎样？”柳答：“被埋在窑洞里。”又问：“你刨了没有？”柳答：“没有。”田旅长听罢大怒，当即命令将柳枪决。

第四〇七团退进崞县城后，在第一营营长的指挥下，据守东城墙。崞县县城位于低洼之地，日军在城外居高临下，连日炮轰县城。我军在劣势下顽强坚守，予敌较多杀伤，但全旅官兵伤亡惨重。第四一〇团团长石成文在指挥作战中，中弹牺牲。

十月八日夜九点多，谣传日军进城，又说日军已经占领原平，于是军心混乱，指挥不灵。最后弃城突围。

第四〇七团突围后，过滹沱河距城二里左右时，发现军长王靖国没有出来，于是组织了一个奋勇队进城营救。他们在城内的天主堂里找到王靖国军长，便拉他出城。到城门洞时，军长坐下不走了，说：“我回去也是一死，就让我死在崞县城里吧！”有人说，队伍全退下去了，你一个人也守不住崞县！他才在大家的簇拥下退出城来。

（陈长捷、韩伯琴著：《晋绥抗战》，中国文史出版社 2010 年版。）

第一次出远门

16 岁时，我和母亲去包头探望父亲，这是我第一次坐火车出远门。路过大同，我大哥贺沅在那里的一家商号做会计，我们住了 3 天。大哥陪着我们母女逛街、看戏，希望让难得出门的娘和妹妹多看看，体验一下城市的热闹和繁华。而我觉得自己穿的是家做的土布衣服，与穿戴时髦的城里女孩相比，显得十分土气，只想待在屋里守着娘，不愿出门上街。

妻子和女儿的到来，使我爹的起居得到了更好的照料。我和母亲为爹洗衣、拆被子、做长袍棉衣。城市生活比县城生活要优越许多，吃的主食是油面、白面，掌柜的小灶上还不时送来一些炒菜。其他的掌柜也纷纷上门探望，并送来一些绸缎等礼物。爹领我上街做新衣服，又为我置买了皮鞋等一些穿戴用品。

和爹娘在一起轻松、快乐，日子过得很快，我们娘俩在包头住了一年半，后来为照顾我大嫂“坐月子”而返回崞县。

第二章　贾庄兰家

结婚

1943 年端午节，我与崞县河东贾庄的兰培珍正式成亲。我这年 18 周岁，培珍（字和礼）比我小 2 岁，16 周岁。培珍的叔伯哥哥兰培盛（字中礼）代为操持婚礼，婚礼颇为隆重，新郎披红挂绿，锣鼓喧天，四抬花轿把我娶到崞县城里西街婆家的临时住所。

培珍的大伯兰盈余，年轻时因家贫远走口外谋生，在绥远（今呼和浩特）经商致富，在家乡也颇有名声。据说，他初时在黄河捕鱼，靠卖鱼艰难维持生计。某日，他整天没有收获，最后捕到一只大鳖，不忍伤害，放生河中，从此捕鱼和经商越来越顺利，逐步积累起较多家财。

培珍 3 岁时丧父，与母亲相依为命。培珍的两位伯父，大伯早年离家外出谋生，二伯兰常余后来也出去了。培珍家只有几十亩薄地，雇工耕种，好年成亩产也不过百十斤，遇上天旱连种子也收不回来。培珍家的生活主要靠大伯有时接济一些钱粮，勉强维持温饱，生活一点儿也不宽裕。比如，有人从口外回来时，会顺道带回一头驮驴给培珍家，卖驴换来的钱可以补贴一些家用。

崞县东山贾庄七里外的白石是日军占领区，驻有日军一个小队，日本鬼子常去贾庄及周边村庄扫荡，孩子们也不能正常读书。贾庄是一个穷村子，没有富户，而培珍伯父在外经商致富已是人所共知，所以，抗战公粮摊派往往首当其冲。实际上，他大伯和二伯家早已搬往绥远，摊派都落在培珍孤儿寡母头上。一些公家工作人员作风简单、粗暴，动辄以有钱出钱、有力出力为由，并扬言不交齐款项，就要让培珍去当兵。吓得老太太倾家中所有，也要缴纳各项摊派，直到家徒四壁，难以为继，只好从村里搬到县城里，以避开公粮摊派。

因为培珍读书较晚，几度中断，所以结婚后才高小毕业。但他勤奋好学，次年考初中，以全县四个区会考第三名的成绩考取。当时，县城里有考中鸣炮报喜的习俗，我们家门口也来了一伙人送报单，放铳炮报喜。

婆婆

我婆婆叫郭存林，是个非常善良的老人，一生吃素念佛，积德行善，虽然自己的家境不宽裕，有时一日三餐都无法保障，有上顿，无下顿，但也尽力帮助别人，特别是可怜和接济穷人，从不让讨饭的空手而去。婆婆一辈子与人为善，与世无争，从不与人争辩，亲友和街坊邻居有口皆碑。我与婆婆朝夕相处 12 年，十分和睦，从无争吵，没有红过一次脸。

婆婆的一生经历了许多艰辛，初次嫁的男人不成器，抽大烟、赌博，把家里所有的东西以至房子都卖光。最后他们只得分手，另谋生路。婆婆带着女儿再嫁入兰家，但丈夫身体病弱，4 年后就病故了，留下孤儿寡母，没有经济来源和谋生能力，在一个大家庭立足艰难。本家二哥常在院子里指桑骂槐“老小寡妇”、“白吃闲饭”，想逼她出门改嫁。婆婆只是万般隐忍，从不争辩，在家里尽心尽力地干活，但绝不另嫁，希望儿子长大后一切可以好转。

婆婆只有培珍这个自小抱养的儿子，十分疼爱，全部的希望和心血都寄托在他身上，祈望他顺利长大成人，读书识字，顶门立户。因为寄托了太多的期望，所以，当培珍幼时贪玩疏学时，婆婆也要唠叨并教训他，但不会骂他一句重话，更舍不得责打。

培珍只有一个姐姐，叫兰粉鱼，比他年长 16 岁，对培珍也十分爱护。这位姐姐生活颇为不幸，丈夫染上鸦片烟瘾，家中生活窘困，新中国成立后才戒除烟瘾；唯一的女儿又在 22 岁时因患上肺结核亡故，老年膝下乏人，老两口在老家原平新庄相依为命，有侄子们的关照，培珍和我们惯常每年接济一些钱款，二老也都享高寿。

【历史回声】培珍初中日记（节选）

母亲的话

我小时候有时贪玩误学，常惹得母亲伤心、唠叨。……母亲说：“你成年了还不肯努力用功读书，将来恐怕连你自己的生活也维持不了，还能养活母亲吗？”母亲说到这里时，我们俩的眼泪已掉下来了。

我自听了母亲这样悲痛的话，便立志读书，从初小升入高小，从高小升入中学，现在在学校里每天过着快乐的生活，并接受各位老师的教导，学习也渐渐进步。

一段经历

我现在已17岁了，在这17年中，我所经历过的只是悲苦。现在把我的悲苦略写如下：

我似记非记的，在我3岁那年，父亲就与我们永别了。这是最值得悲痛的。他死后仅留下我们母子俩，所谓无父之孤儿，无夫之寡妇，我们母子俩就尝到这种悲苦的滋味。

无父的孤儿——培珍无时无刻不在孤苦和悲痛中活着，幸亏有个爱我的母亲，不然，不知要落到何等地步。在我的意料中，像母亲那样爱我的人，是没有的了。但是，我也很爱母亲。母亲有时心烦了，她要哭，我安慰她，我祝福她，我也可怜她。……在这种情况下，我不得不怪怨早死的父亲——因为他的死给我们母子俩带来了一种不可形容的痛苦——但是我怪他又有什么用呢？

我受了这种苦痛，感到人生真是苦极了。每日只有苦痛，没有快乐，为什么要糊糊涂涂地活下去呢？不如不出世，免得受这种苦痛。我有心与世间隔绝，但撂不下我的老母亲，恐怕我死去，她就更不能延长寿数了，所以我只得伴着母亲再过苦痛生活。

悲喜交加

1946年1月，我的大女儿出生了。头一个孩子的出生为我们夫妻及婆家、娘家带来希望和喜悦，我们给她取名为明川。俗话说“养儿才知父母恩”，就在我刚刚体会到一些母亲养儿育女的辛苦、想更多地关心和体贴母亲时，但小孩还未满百天，我母亲却在1946年4月患急病去世了。正所谓“子欲养而亲不待”，娘的去世使“月子”里的我陷入巨大的悲痛和思念中，我整日痛哭流泪，眼睛肿痛得厉害，因此也留下了眼疾。

我娘十分善良、勤劳，作为长房长媳，吃苦在先，休息在后，事事都要顺从老婆婆的意思，要让老人高兴，不能有自己的意愿，每天从早到晚操劳，做不完的针线活儿和家务事，吃的是最差的红高粱面鱼鱼。在外人看来，她生活在一个体面的大家庭中，丈夫和儿子都有本事、有出息。但丈夫和儿子常年在外“住地方”，在柜上做买卖，三年才能回家探亲一次，身边只有我这个不懂事的小女儿陪伴，有心事也无人倾诉和商量，心中的孤寂和苦闷是可想而知的。因此，我娘仅活到67岁就去世了，她一生也没过几天享福的日子，想来让人叹息、难过。

崞县老家有个不好的乡俗——农忙结束后，要送媳妇回娘家住两个月。说是让女儿与爹娘团聚，其实是不愿让媳妇在家闲着吃白饭，回娘家可以节省自家的吃用开支，待到腊月要忙过年的活计，再把媳妇接回来。因为我奶奶健在，我母亲到老都是媳妇身份，60多岁仍要遵守这“回娘家”的规矩。其时，她的父母早已故世，兄长也过世了，老家只有侄子、侄媳和孙辈一大家。家境贫困，住的地方很不宽敞，一点儿不欢迎有人来家常住。母亲与侄子一家挤住在一起，简直是度日如年。为了尽量不讨侄媳嫌，也帮助减轻侄子的生活负担，母亲只能每天从早到晚一刻不停地多做针线活儿，等到把一家老小全年单的、棉的衣服都做齐、缝补好，回婆家的日期也就快熬到了。我小时候几次陪母亲回她的“娘家”，对她内心的愁闷和无奈也隐约有些体会。

内蒙古三年

1949年初，我和婆婆带着大女儿从山西来到内蒙古绥远和包头，见到培珍和老父亲。数年不见，父亲苍老了许多，夜里我听着父亲咳声不断，心中十分难受。父亲自中年起身体就不太好，常生一些小病，靠着在药店做掌柜，懂得药性，自己也配些中药调理。他有时讲到“寿数不会高，我会走在你娘前头”。想不到，我娘操劳辛苦，只活了67岁，走得更早。

培珍的大伯兰盈余在绥远(呼和浩特)有一处三进宅院(后人又称“兰家大院”)。他年轻时靠捕鱼、卖鱼为生，挑着鱼担风里雨里奔波，肩膀都压成一高一低。稍有积蓄后，他又在城里开了一家铺面，经营食品杂货，靠自己的勤勉和节俭把生意越做越大，在绥远、包头、北京、天津、上海等地都开了店铺。他的一些经济资助使培珍得以完成中学、大学学业。这位大伯因为出身穷苦，生活非常节俭，即使在他年老生病时，也不愿在生活方面多花费一些；吃用非常简单，家人给他买来一些精细点心，往往要说是外人送来的礼物，否则会被他训斥。

这位大伯已经年老体衰，生意全交给小舅子及掌柜们打理。多年的辛劳摧残了他的身体，致使他行走不便，咳嗽气短，吃饭都要人端到房中。家里人让我这个新媳妇给老人送饭，老人双眼通红，讲话气喘吁吁，仍不忘叮嘱节俭日用的一些方面。我看着风烛残年的老人家，心中怀着敬重和同情，老人靠自己的辛劳挣下一份不小的家业，自己用得极其有限，许多子女及亲友却可以沾光、享受，这或许是各人的命运不同吧。

1949年3月，这位大伯就病故了，丧事办得极为隆重、排场，这也算是对老人一生操劳的最后回报吧。

【历史回声】兰家大院

呼和浩特市玉泉区东尚义街有名的四合院——兰家大院现已成废墟，

其背后的故事也鲜为人知。

原来的兰家大院由外院、中院和里院组成。外院大门前有一块“泰山石敢当”石碑，两扇沉重的木门上钉着两只铜环，人们来拜访时，可拍打铜环叫门。大院的主人是山西省原平县贾庄人兰银余(兰宜生注：按贾庄兰家祖坟的碑记，实为兰盈余)，从山西来到托县以打鱼为生，之后来到归化城。

1949年春，兰银余病故后，其子兰培茂把买卖做到了天津和北京。1950年，抗美援朝捐献飞机大炮时，兰培茂与其三太太在北京捐献飞机一架，此事轰动北京和归化城，北京和绥远的报纸对此都做了报道。当时，除豫剧大师常香玉捐献一架飞机外，以个人身份捐献一架飞机的实为罕见。

旧时，人们都知道兰银余做生意特别讲诚信，往往是卖一斤鱼要多给二三两。有一次，兰银余给一大字号送鱼，秤砣滑脱秤杆儿将兰银余的眼睛挑破了！掌柜看他可怜，便多给银钱以作补偿。兰银余舍不得拿钱治疗眼睛，从此落下了“烂红眼儿”的缺陷。

民间流传的故事说，兰银余有一天没捕上一条鱼，有点儿泄气。他向河水祷告：“可怜可怜我这光棍汉哇！”过了一会儿，他又撒网捕鱼，竟然兜住一只大乌龟。大乌龟点着头似乎在给他磕头，兰银余看着大乌龟可怜，说：“千年的乌龟，万年的鳖，把你放生了吧！”可这乌龟回到水里却不走，向兰银余点了三下头后，才游向深处。

据说，此后兰银余买卖做得很顺手，积攒了许多银子。

兰银余有钱了，就托媒婆说媳妇。正好有一个大脚而且不漂亮的女人嫁不出去，他便娶进了门。兰银余娶上她后，生意一路畅通，银子赚得越来越多。

有一次，兰银余听到库房里有响动，以为贼来了，打开库房门一看，黄豆和绿豆都变成了黄豆芽和绿豆芽，撑满房间。

后来，兰家的生意从托县做到归化城，由玉皇阁(大召西夹道北)做到通顺街，由通顺街做到大南街……

兰家大院外院住着兰培茂的二太太，兰培茂通常也住在这个院子里，有时间还得去北京看三太太。

院子的东边是主人卧室，西边是卧室带小客厅。东房常年不住人，有时亲戚来了在那里住几天。西房三间，是长工的住房和伙房。南房西两间是天津老妈子给主人一家三口做饭的地方，菜窖口开在厨房地下，院子下面是菜窖。最西边的一间南房是通中院的过道，过道有男女厕所，通过狭长的过道，穿过一个小天井，就进了中院。中院和外院盖在一条轴线上。

中院有六间正房，东面三间住人，西面三间是作坊——两间磨房一间炒房。西边还有半间堆放饲、草料。西房两间是马圈。西南角是一个通往东尚义街的大门，通常门锁着不开。东房两间，中间是花窖出口，冬天将百余盆名贵花草放入花窖过冬。

从中院的南门进去，又是一个砖瓦四合院，即里院。这个院子是兰培茂的大太太和爹娘住的。里院八间正房，两间由大太太住着，两间由兰银余夫妻住着。南房八间，住着兰家的侄儿和亲戚，其中两间是给主人做饭的厨房。东房是漏明柱的三间亭子房。西房五间。里院中有花栏墙，墙上摆着各色花卉。

【历史回声】民国年间归化城一度首富——兰银余

兰银余(1869 年 4 月～1949 年 3 月)，山西崞县(今原平市)贾庄人。幼年家境一般，父亲务农，有一姐二弟。清光绪年间，他走西口到归化城(今呼和浩特市)谋生，以肩挑小贩发家，建立德余泉商号，置地经商，继而成为归化城一度首富，买卖做到京津地区。其子兰培茂继承父业，父子两代为归化城的繁荣和发展及其后捐巨资对国家和人民都作出了贡献。

兰银余于清末走西口到归化城，以做小买卖兼打零工为生。1903 年，因做工吃苦耐劳，膂力大而不讲价，为人诚实、俭朴，被人介绍与当地旅蒙商福盛荣字号遭变故的王家少女(17 岁带一个 8 岁弟弟)成婚。夫妇俩克勤克俭，为人本分，竭尽全力操持小买卖，对顾客足斤超两，口碑颇佳。据说，他将一只老鳖(乌龟)放生于大黑河后，从此买卖颇为顺利、兴旺。实情是，他有一次获知一位内地枣贩因事急于回家要脱手大批红枣，市场上没有敢应者，他经银号借款终以低于市价的 1/3 成交，大获其利数百银两，由此发家。

另外，他受到其本家兰钧(绥远省塞北关监督，后任察哈尔省财政厅厅长)及绥远平市官钱局的关照。他起先与内弟王健庵在大召前摆摊。民国初年，在大召路西成立德余泉货庄(山货店)，自为股东大掌柜，内弟为二掌柜，经营以恪守诚信为本，对外挂牌“货真价实，言无二价，足斤满两，童叟无欺”。随后，货庄改称为德余泉商号，并在玉泉井南边建起德余泉货栈，常年雇员有 60—80 人，经营烟酒茶糖、干鲜果品、调味品、天津小站米、布匹等生活日用杂品，以及铁、竹等行业大宗原材料。货物流通于萨拉齐、包头、丰镇、托县、大青山前后一带，在北京、天津、汉口等地区常驻采买人员，由此成为当时归化城最大的商号，掌控归化城市场，如砖茶、铁价上涨失控时，即以电报通知产区速以火车大量发货，及时平抑市场物价，维护蒙、汉、回等各族民众的利益。

他在旧城西夹道西城店巷先买下一处院子，后又盖起两处院落，连接成为兰家大院，约 60 间房子，占地面积 4 000 平方米，当时在塞外颇引人注目。

他还在五里营购地300亩，雇工耕种，并以第一大股东身份在通顺街开设“天元公粮店”，置有加工粮食的机器设备，店内设客房，特别方便后山牧民购粮及远道而来的售购粮户住宿。加之其子兰培茂（过继其弟之子）兼任归绥第一区区长、天津红卍字分会绥远副会长等职，因此，兰家在归化城有着显赫的名声与地位。

兰银余老掌柜出身贫寒，虽富却很节俭，日常粗茶淡饭，布衣布鞋，偶吃一两烧卖都觉得奢侈，从不准家人买；寒冬炉火将灭，妻子多加几块煤，他竟发脾气，并亲自下地取出两块。他为人处世低调，最讲究诚信和仁义（为孙子起名诚义），无嗜好，然乐善好施，救助穷困，如1928年大灾年，兰家大放粥棚，广济难民。他对属下雇员和善，平等以待，以致外人分不出主雇；给长工娶媳妇，让长工和家乡来的穷苦人住在大院内，逢时节也给这些长工肉食等改善生活。

1937年，日军侵占归绥市，将归绥市改为“厚和特别市”，归绥商界荐其与王健庵出任伪商会会长或列伪市长人选，他们竭力避之。1938年，厚和市（归绥市）日本宪兵队对兰银余的侄儿（福和堂掌柜）以“私通八路，接济匪区（布匹）”为名，半夜密捕，未及兰家以银钱疏通，不到天明即被施以酷刑毙命。此事震惊兰家及整个商界，兰银余恐遭不测，暗中将“德余泉”改组为“复兴长”，栈房单设为“和记贸易货栈”，让他人承头。兰银余通过大召西仓的知交大喇嘛同意，密藏于召庙内，于1939年初与家人分别远走北平、天津，儿子兰培茂及其三太太住北平，所幸，摆脱了日本宪兵的盯梢；他考虑日本人顾忌英国，故住在天津英租界同裕货栈内，又置房产，开设“积记”字号，通过驻员在上海和香港地区做生意，主营澳大利亚面粉、纱布、颜料等大宗批发业务，由原坐商变为行商。

抗战胜利后，兰家积极地做进出口货物买卖，如将天津的白酒运到香港地区，可换回橡胶、海军呢等紧俏货物，脱手快。法币贬值后，做房产、黄金生意，兰银余与其内弟在津购置200多间房（楼房和平房兼有），月收租金100多袋面粉。其间，兰培茂将店铺、房产留给三太太和儿子照应，回到归绥，将沦陷时期更名“复兴长”的字号恢复为“德余泉”。

1948年，兰银余由津回绥，颐养天年。1949年3月，80岁无疾而终。丧事大办，延请和尚、道士、喇嘛超度亡魂，白布覆围兰家大院，商户及街邻好友送纸、扎挽幛摆满街道两旁，凡吊唁者整日均供给饭食，因此，不论远近亲疏，男女老少，来者络绎不绝，摩肩接踵，以致出现前者有食两餐而后者尚未能入席的混乱状况，只好由专人在众闲散蹭食者耳上作墨记，以维持秩序。七七四十九天，32杠出殡至五里营坟地，商户们自发沿街摆供桌，送灵列队数里，轰动半个归化城。不久，因政局不稳，“德余泉”歇业。

1950年，兰培茂（字中喜）积极响应政府的号召，为抗美援朝捐献飞机和大炮，捐献上亿元人民币（旧币）、金银首饰、房产，后又认购大量经济建设公债。区政府为其宅院内安装有线喇叭以收听时事要闻。

1952年，兰培茂主动将五大财产归公，被划为开明地主兼资本家。土改及“文革”中，曾发动原雇员对他进行批斗，竟无一人响应。1970年，兰培茂病逝，终年70岁。2009年7月18日，兰培茂后人为其三太太吴江（吴秀芳，定居北京归来）在呼市举办了92岁生日庆寿，5代人欢聚一堂。这位三太太思想开明，当年曾变卖首饰以支持兰培茂为抗美援朝捐献飞机。

（摘自内蒙古《北方新报》，呼和浩特人民广播电台编发的资料。）

兰宜生补记：

因为住在北京隔壁院子，从小我对二大爷兰培盛十分熟悉和亲近，对大大爷兰培茂比较生疏，只记得是个圆脸光头的胖老头，乐呵呵地给我压岁钱。自我8岁离开北京后再没有见过，他的三太太吴江（我们家中习惯称“后门大娘”或“三大娘”）因为住在地安门外鼓楼旁，以与前门外王皮胡同二大爷兰培盛的二太太白素贞（称“前门大娘”或“二大娘”）区分。三大娘吴江是个精明强干的女人，极爱整洁，屋里的大理石桌几和花瓷地砖总擦得一尘不染，老太太人很瘦，但耳聪目明、思维敏捷、嗓音响亮，讲起过去的事十分清楚，平时喜欢打打麻将。2012年3月，老人无疾而终，享年95岁。

第二部分

峥嵘岁月(1950—1977 年)

第三章　从包头到北京

——贺素秋

识字班

1950 年，我的二女儿在包头出生了，取名丽川。

新中国成立后，为了提高妇女的文化水平和社会地位，政府在小学校里办起了妇女识字班，利用一年级小学生下午不上课的空闲教室授课。我对这难得的学习机会十分珍惜，希望多掌握一些文化知识，以后也能外出工作。在培珍和婆婆的支持与鼓励下，不论刮风下雨，我都坚持每天认真听课（把家里和孩子的事安顿好，请婆婆帮助看小孩，从未缺课），年底还被评为学习模范。

不久，街道成立读报小组，我这个“读书识字”的“文化人”被选为读报小组组长，以后又在街道夜校里教文盲妇女识字。

新中国、新社会带来了新气象，妇女的社会地位提高了，眼界也打开了，思维不再局限于锅碗瓢盆和针线活上，人们日益形成了一种渴求知识、追求进步的社会风气。

北京安家

1952 年，我和年迈的婆婆带着两个女儿从包头搬家到北京，与培珍相聚。培珍在 1948—1949 年曾与人短暂合伙经商，经营些杂货批发、零售买卖，但他的性格耿直，思想简单，不善于也不适合做商人。比如，为了增加花椒重量，商家通常会往花椒上洒些盐水，再晒干，而培珍对类似的“行业惯例”十分反感，在经营上也有自己的独特见解。看着自己难以融入商业社会，在蚀掉一些本钱后，培珍决定去读书。1950 年，他在北京考取并读高中，1953 年高中毕业后考入北京矿业学院，学习煤矿基建专业。

我们在北京最早的家安在北新桥，非常简陋，除了一口旧水缸之外，还有两只旧皮箱，一个薄皮碗柜是我独自从胡同口扛回来的。

1953 年，我的三女儿在北京出生，取名山川。

婆婆去世

1955 年夏天，婆婆生怕自己年老病故异乡，希望回老家居住，让她弟弟从北京接回崞县贾庄，回家不到两个月就中风瘫痪。培珍当时正在学校参加“三反”、“五反”运动，不准请假，我带着 2 岁的山川回老家照料婆婆。

这是我第一次回东山贾庄婆家，我大哥牵着毛驴从崞县城送我进山，可惜我不会骑，驴在河滩里一低头饮水，我就滑下来，因此只能一路步行。四十里的山路走得辛苦劳乏，在山沟里石头上跳上跳下墩得人胯骨疼，大小石子碰得脚趾生疼，到家两脚肿痛，难以挨地。婆婆见到我们娘俩十分欣慰。我为婆婆每天做饭煎药，端屎倒尿。但老人还是一个月后去世了，终年仅 66 岁。

因为培珍不能请假回家，我在培盛二哥和其他亲友的帮助下，操办完婆婆的葬礼，让老人入土为安。我又绕道大同，去看望年迈的父亲及二哥、二嫂，路上抱着两岁的山川，还有大包小包的行李，行走吃力，多亏有解放军同志上下火车帮助，车到大同火车站已是晚上，我请解放军同志帮忙叫来一辆三轮车，到了四牌楼二哥家，我又让三轮车师傅帮忙去敲门，听到院子里老父亲熟悉的咳嗽声，我才确信地址没有记错而放心了。与父亲及二哥、二嫂住了半个月，帮老父亲做好过冬的棉衣，在父亲的催促下，我也放心不下家里的两个孩子，又匆匆赶回了北京。

宜生出生

因为兰家男丁稀少，培珍是独子，他叔伯兄弟三人（兰培茂、兰培盛、兰培珍），仅大哥有一个儿子，因此，全家都盼望我能生个男孩，好在婆婆人性善良，不给我增加心理压力和思想负担，总是说生男生女都是自家的骨肉，都是亲的。但我也十分想生个男孩，特别是生了三个女儿后，这种期盼就更强烈了。1957 年 5 月 15 日（农历四月十六），这个盼望已久的男孩终于诞生了。俗话说，生男难得正午时，生女难得正子时。对这个生于午时的儿子，我寄予很大的期望，首先祈祷他平平安安地长大成人。

培珍此时正想改自己的名字，恰好儿子出生，就把想好的名字给儿子用了，取名宜生。

兰宜生补记：

我的二大爷兰培盛(比我父亲年长22岁的叔伯哥哥)住在王皮胡同我家隔壁院里，有两个女儿：兰诚凤和兰诚燕，因为没有男孩，对我十分疼爱。二大爷晚年常爱给我讲述往事：在我三姐出生后，他去请教算命先生，连生三个都是女孩，怎么才能生男孩？算命先生建议他为三女儿取名为山川，把山和川都“川起来”，非生男孩不可！果然第四个就是男孩。“可惜你爸给你起个名字宜生，把运道‘移’走了，接下来又是女孩！”

我也曾问过父亲：起名宜生有什么含义？父亲说，没有什么特殊含义——男孩子适宜多生而已。我觉得这一解释似乎合情合理。但多年后，我从母亲口里得知，父亲当时正想给自己改名为宜生，恰好我出生，就把这个名字给我了。因此，我现在觉得父亲的解释有点牵强、敷衍，却无法再向他求证，只能自己推测、演绎。

我联想到两个事实：其一是父亲在看电视剧时指着屏幕告诉我，这个傅作义字“宜生”，就是你名字的那两个字。其二是我出生的1957年春天，父亲正在学校里面对反右运动的巨大压力，几乎被打为右派，晚上睡觉都有两人陪同，预防他自杀。傅作义是晋军名将，在1927年秋的晋奉大战中曾死守涿州三个月，南京国民政府通电嘉勉“弥见声威，立功殊伟”，在军界以善于守城著称，但最后在解放战争中却以大开城门北平起义结局。父亲或许是以傅作义为榜样自勉，但我无法猜测，在每日批判、检讨的重重压力下，父亲是准备坚守还是准备放弃呢？从父亲晚年谨言慎行的行事风格来看，我猜想后者的可能性比较大。

第四章　大跃进

——贺素秋

大炼钢铁

1958年，轰轰烈烈的全民大炼钢铁开始，家家户户的废铜烂铁都被收集起来，甚至连正在使用的铁锅、铁铲、铜锁也捐献出来，要多炼钢铁，超英赶美。

与生产大跃进同时推进的是生活方式的改变，个人不再起伙做饭，口粮都交到公家，家家户户都到大食堂吃饭。妇女们是从厨房锅灶彻底解放出来，每天不用买菜、做饭、洗锅，只要到钟点儿领孩子们到食堂打饭就行。宜生总是对着窗口打饭的胖大妈说："好大妈，多打点儿！"未过多久，这种共产主义"大锅饭"生活就支持不下去了，各家各户还是分灶吃饭，很快，饥饿的"阴云"就笼罩了千千万万百姓家庭的生活，并持续数年。

【历史回声】"大跃进"与"浮夸风"

"大跃进"运动是指1958—1960年间在全国范围内开展的极"左"路线的运动，是"左"倾冒进的产物。

1958年5月，中共八大二次会议提出要使中国在主要工业品产量方面十年内超过英国、十五年内赶上美国（所谓"超英赶美"），正式通过了"鼓足干劲、力争上游、多快好省地建设社会主义"的总路线。尽管总路线的出发点是要尽快改变我国经济文化落后的状况，但完全忽视了客观经济规律。总路线提出后，党发动了"大跃进"运动，在生产发展上追求高速度，以实现工农业生产高指标为目标，要求工农业主要产品的产量成倍、快速增长。例如，钢产量1958年要比1957年翻一番，由335万吨提高到1 070万吨，1959年比1958年再翻番，由1 070万吨提高到3 000万吨。粮食产量1958年要比1957年增产80%，由1 950亿千克提高到3 500亿千克左右，1959年要比

1958 年增产 50%，由 3 500 亿千克左右提高到 5 250 亿千克。

毛泽东号召大家要破除迷信，解放思想，发扬敢想、敢说、敢干的精神。"大跃进"运动在建设上追求大规模，提出了全党全民"大办"、"特办"的口号，例如，全党全民大炼钢铁，大办铁路，大办万头猪场，大办万鸡山。在这样的目标和口号下，基本建设投资规模急剧膨胀，3 年间，基本建设投资总额高达 1 006 亿元，比一五计划时期的基本建设总投资几乎高出 1 倍。

1958 年 6 月初，国家计划委员会提出《第二个五年计划要点》，其中提出五年超过英国，十年赶上美国。这个文件得到了毛主席的首肯，并批示："这是一个很好的文件，值得认真一读。"6 月 17 日，又提出"两年超过英国"的报告。8 月，中共中央政治局北戴河会议，确定了一批工农业生产的高指标，提出 1958 年钢产量翻番是实现"大跃进"的重要步骤。会后，全国形成了全民大炼钢铁和人民公社化的高潮。1958 年底，提出"以钢为纲"的口号，号召全民炼钢。但由于技术不合规格，炼出了大量的废铁，造成极大的浪费。炼钢需要铁矿、焦炭、燃料等材料。由于铁矿不足，大批农民不下田耕作，而上山采矿，使粮食产量大减。由于燃料不足，只好上山伐林，引发日后的水土流失和天灾。

从 1958 年"大跃进"开始的三年"左"倾冒进导致了国民经济比例的大失调，并造成严重的经济困难和群众生活困难。1958 年 11 月至 1959 年 7 月间，毛泽东和中共中央曾努力纠正已经觉察到的错误，压低 1959 年的工农业生产指标。但八届八中全会错误地批判所谓彭德怀右倾反党集团，全党展开"反右倾"斗争，使"左"倾错误继续发展。1960 年，党中央提出长期保持"大跃进"，继续要求工农业生产达到不切实际的高指标，强调反对右倾，要把干劲鼓足。在各地粮食告急的情况下，还不断追加基本建设投资、追加基本建设项目，钢产量指标一吨也不能少。

由于硬要完成不切实际的高指标，导致"瞎指挥"盛行，"浮夸风"泛滥。1958 年 7 月份，农业战线传来喜讯，各媒体先后刊登湖北省长风农业生产合作社早稻亩产 15 361 斤，放了一个大"卫星"。随即，农业部公布夏粮产量同比增长 69%，总产量比美国还多出 20 亿千克。亩产万斤粮的消息见报后，社会上引起了很大轰动。榜样既出，各地纷纷效仿，各地区抓农业的领导干部亲自抓"试验田"。到了秋收季节，亩产万斤粮的报道接踵而来，比比皆是。更有甚者，亩产能够突破十万斤粮。1958 年 10 月 1 日，《天津日报》报道，天津东郊新立村水稻试验田，亩产 6 万千克，并称在田里稻谷上可以坐人，让群众参观。到了 10 月 8 日，《天津日报》又报道天津市双林农场"试验田"亩产稻谷 126 339 斤的特大新闻，一时轰动全国。

河北徐水县在"大跃进"中，先后放了一亩地产山药 60 万千克、小麦 6 万千

克、皮棉2 500千克、全县粮食亩产1 000千克等高产“卫星”。毛泽东在1958年8月4日到徐水县视察时，县委书记张国忠向毛主席汇报，毛主席听后大加赞许。从此，徐水县这个名字响遍全国，成为“大跃进”的明星，各地党政领导干部纷纷来此学习、取经。县城里的巨大标语是“人有多大胆，地有多大产”。

农业战线的高产“卫星”不断升天，对工业战线是很大的“促进”。从9月份开始，在工业企业中打破常规，为了完成全年的生产指标，实行大干苦战，每天工作12个小时。职工在生产一线苦战，生产纪录不断刷新，高产“卫星”也是不断升空。在全民大炼钢铁的号召下，在“没有干不到，只有想不到”口号的指引下，不仅城市里几乎各行各业、家家户户都参与到“大炼钢铁”的热潮中，农民也在田间垒起小土炉，从早到晚炼钢，甚至连地里成熟的庄稼都没有时间去收割，许多倒伏在地里。据时任国家计委副主任、国家统计局局长薛暮桥在回忆录中估计，当时全国从事炼钢的人约有9 000万。

各种快速炼钢的经验迅速传播并推广开来，各地田野里的小土炉星罗棋布，火光冲天，除了有限的一些铁矿石全部投入外，还把千方百计收集来的旧铁器、铜器等投入炼铁炉，烧成一堆堆毫无用处的废铁渣。到1958年底，中共中央发表公报，宣布粮食、钢铁的产量都翻了一番。全民大炼钢铁，浪费了大量能源，砍伐了树木，炼出来都是豆腐渣状的废物，没有任何用处。1958年，粮食产量实际只比1957年增加3.4％，低于前两年的增长速度。

缝纫社

1958年秋天，街道组织妇女参加生产劳动，成立了妇女缝纫社，有一定缝纫技艺基础的家庭妇女可以报名参加，家里有缝纫机的最好同时带到厂里，我也带着家里一台“兄弟牌”缝纫机参加了缝纫社。

贺素秋工作照

缝纫厂的工作是紧张、繁忙的，最初承担的是一些工厂工作服的制作，由于产品质量可靠、加工费用低，收到的委托业务越来越多，于是，缝纫社不断地扩充员工，在七八间平房、总共200多平方米的车间里，挤着三四十台缝纫机，还有裁剪师傅和熨烫师傅的工作台，显得十分拥挤。刚走出家门的妇女工作热情很高，工作中互相帮助、互相提醒，使产品尽可能快速地完成。

由于场地有限，用工数量有限，而加工业务量不断增大，车间领导希望大家增加工时，每天晚上加班一两个小时。而我由于家中孩子小，有三个不到十岁的孩子，生活尚不能自理，对孩子们吃饭等十分担心，因而不能多加班。而缝纫社的工作流程往往是一个萝卜一个坑，如果我不能加班，上下工序的姐妹及整条流水线都会受影响，这让我感到非常为难。经过协商和调整，每到晚间，当我不得不回家照顾孩子的时候，由一名车间干部来顶我的工。

在缝纫厂工作一个月的工资是三十元，如果保持全勤，则可以再有三元钱的全勤奖。我每天早晨起来就要看看三个孩子今天是否都精神，千万别生病，如果有一个生病了，就要上医院，那么这个月的全勤奖就泡汤了。

虽然缝纫厂的工作非常忙碌，但我对这种自食其力的劳动生活非常热爱，感觉终于摆脱了做个家庭妇女每天围着锅台转的平庸日子，也能为社会做一些贡献，成为一个对社会有用的人。

大女儿明川帮我接送并照看了一段时间三个年幼的弟弟妹妹，后来因为读中学住校，就不能在家帮忙了，要靠二女儿丽川挑大梁了。此时，丽川才 9 岁，山川 6 岁，宜生 2 岁，孩子们的健康和饮食是我操心的主要内容。也有亲友讲，你家孩子这么多，安心在家照看孩子就可以了，做这样一份忙忙碌碌的工作，孩子们无人照看，全家生活乱糟糟的，实在是得不偿失。但我不想放弃这份来之不易的工作，坚信孩子们一天天会长大，紧张的日子就会逐步好转。1963 年，小川出生后，四个孩子带来的生活压力就更大了。但我一直坚持着并坚守着这个工作岗位，直到 1965 年离开北京到了太原西山。

王皮胡同

我家搬到北京后，先后在北新桥香饵胡同、前门燕家胡同、王皮胡同居住，在王皮胡同住的时间最长。

我家在王皮胡同 44 号院北房正中一间，西边房是苏泉和老伴一家，苏泉的大儿子与培珍是结拜兄弟，我们称苏泉老两口为干爹、干妈，孩子们称呼苏爷爷、苏奶奶；东边房是伍大爷、伍大妈老两口。

院里西房住的是兰诚义（兰培茂的儿子），是培珍的侄子，但年龄比培珍还大几岁。这个院子是兰诚义的家产，要付一些房租，后来由政府经租了。东房住的是尹家夫妇和两个女儿。南房住的是冯家、李家和黄家。

一个院子住着 8 户人家，共用一个水龙头、一个公厕。我家与各家邻居相处得非常融洽，有事互相关照并帮助。

兰宜生补记：

王皮胡同44号院（后来改为22号）是我童年成长的地方，1957—1965年我在这里生活，儿时的一些记忆似乎仍然鲜活、清晰。院子是我和小伙伴的游乐场，有太多的游戏可以演绎，如弹球、拍元宝、捉迷藏、滚铁环、捉土鳖、逮蚯蚓、逗蝈蝈，女孩子更热衷于跳皮筋儿和跳方格，童年生活比现在的孩子显得丰富。记得有一次，别人送给我一条从前门护城河蹦上岸的有四五寸长的小鱼，我把它养在脸盆里，每天小伙伴们挤成一圈逗弄喂食，最后鱼被撑死了。

院里的各家各户在火炉上做菜做饭，坐着小板凳、围着矮桌吃饭，哪家的水壶烧开了，往往会同时有两三个声音呼唤："苏爷爷，壶开了！"

我二大爷住在隔壁45号院，我也经常去玩耍。二大爷原来开着一个糖厂，生产水果糖，厂子就在院子里（他家住在北房，南房是生产间），有十来个人做糖、包糖，自家的孩子往往也包糖。公私合营后，糖厂搬走了，住进来的邻居孩子也是我熟悉的玩伴儿。

三年困难时期

1959—1961年的三年困难时期，中国每个家庭都会有自己的切身体会。似乎一夜之间，各种副食品就从商店柜台里消失了，取而代之的是各种票证和严格的口粮限制，每个大人每月只有27斤口粮供应，还动员大家节约并贡献1斤。由于肉类副食极少，人们腹中没有油水，这点儿粮食只够勉强糊口，院里邻居似乎家家都不够吃，有小伙子的人家就更难以维持到月底。邻居李大妈家有两个十几岁的半大小子，正是能吃、长身体的时候，总是每月月初第一天清晨就到粮店排队，什么时候买回粮才能点火做饭，因为那时家中已是颗粒皆无了！

人们把各种各样能吃的东西都开发出来吃了，连葱皮、蒜皮、玉米棒子等都磨碎、煮烂，用于充饥。

【历史回声】三年困难时期

三年困难时期是指中国大陆地区从1959—1961年期间由于"大跃进"运动以及牺牲农业发展工业的政策所导致的全国性粮食短缺和饥荒。在农村，经历过这一时期的农民称之为过苦日子，粮食歉年；官方在20世纪80年代以前则称为三年自然灾害，后改称为三年困难时期。

1958年，中央提出"一年粮食产量增加一倍"的冒进口号，各地掀起一股

"浮夸风",各级干部严重夸大、虚报粮食产量。由于实行统购统销,农村除了口粮、种子、饲料以外的粮食全部要上缴,而口粮往往由人民公社的公共大食堂负责,农民不能储粮。当中央派员到地方征收粮食时,是以地方干部上报的严重夸大的粮食产量来计算征收的,征收量大大超出实际的粮食产量,地方干部为了填补缺口,逼迫农民将原本应该留下的口粮、种子、饲料也都上缴。于是,农村普遍出现粮食严重短缺、公共食堂无米下炊的现象,导致大饥荒,许多人因此被饿死。

兰宜生补记:

北京四合院的童年生活给我留下许多乐趣和回忆,唯一美中不足的是,家庭经济条件不宽裕和食物匮乏,使我的食物结构非常单调。如果能够得到一块点心或一个苹果,那应当是一周甚至一个月内的重大事件。怎样"开发"一点儿好吃的来解馋,是自己的头等大事,我也因此受到一些小哥哥和小姐姐的愚弄。我大约两三岁时,在一个邻居小姐姐的指导下,用小铲子在院子一角细心种下一张糖纸,希望能长出水果糖,又在她的"指导"下,每天按时浇水煽风,痴痴地等待和忙活了两三个星期,"糖树"仍然没有一点儿发芽的动静,等得我真是心急呀!当这场"惊人骗局"在一群人的哄笑中被揭穿时,我不禁放声大哭,既"痛恨"骗人的"坏蛋",又因为期待已久的"美食"成为泡影。时光易逝,半个多世纪过去了,当年一起玩耍的小伙伴们已音信全无,那个记不起姓名的小姐姐也不知身在何方,如果她得知当年傻乎乎的"小宜生"现在已是博士、教授,还在指导博士生,不知会作何感想?

由于我的定量口粮都交给幼儿园,但晚上我回到家总喊肚子饿,我母亲就把她自己那个不大的玉米面窝头掰一块给我。我记得在北京火车站食品店工作的二大爷偶尔带回来一包点心渣儿,简直是最可口的美味。儿时我印象最深刻的一种美食是"蜜供"(一种类似沙琪玛的点心),感觉很细软,蜜很多,入口香甜酥软,回味无穷,那时我只希望长大挣钱买来把它吃个够。可惜,这种食物现在已难觅踪影,我两次在北京专门寻找都未找到,2011年初,在东安市场终于找到,但味道差了很多,显得又干又粗又硬,远不是那种香甜细软的感觉。

儿时的记忆是最牢固的,俗话说,"三岁看大,七岁到老",至今,我对浪费粮食和食物的行为非常反感。另外,可能是心理反射作用,我到北京出差,感觉胃口和食欲要比在家里或到其他城市更好一些。

天安门广场是与夏夜提着马扎去乘凉的儿时记忆联系在一起的,记得每当走到前门城楼门洞时,那呼呼的凉风把暑热一扫而光,孩子们一边呐喊着倾听此起彼伏的回声,一边追逐、嬉戏。那时的天安门广场显得那样辽

阔，一望无际，是附近居民纳凉的好去处，人们喜欢晚饭后去那里坐一两个小时，聊聊天，等身上凉爽了再回家睡觉。也有骑自行车来的青年男女，他们多半是恋人。凉风习习，灯光半暗，那里确实是谈恋爱的好地方。

1962 年冬天，我家买了一辆自行车给大姐上学骑。大姐用自行车推着我踩在脚蹬上到天安门广场练车，我穿着棉猴，站在人民英雄纪念碑的台阶上，看着大姐绕着纪念碑练车。大姐骑两圈就过来问："宜生，冷不冷?""不冷，大姐你再骑、再骑。"

懂事的孩子们

大女儿明川，1946 年 1 月生于山西崞阳（原平），从小深受奶奶疼爱，老人出院上街总要背着孙女，一刻也不愿离手。明川小时候身材细小，上学时一直坐第一排，是班里的小不点儿。明川自小聪慧听话，善解人意，与人无争，乐于助人。由于家里的经济条件比较紧张，孩子们自小就很懂事，从来不提买这买那的要求，以免大人为难。我参加街道的缝纫社工作时，让明川帮着每天接送并照看弟弟妹妹。明川提出想买支口琴，我想了想，决定满足孩子这个唯一的心愿。

明川长大后更会关心人，关心父母，关心弟弟妹妹。她每次回家探亲，一路上乘火车 20 来个小时，往往连座位也没有，十分辛苦，还要大包小包带许多东西，每个大人和小孩的礼物都有，心里总想着别人。她在工作单位也善于与人合作共事，人缘很好。

二女儿丽川，1950 年 3 月生于包头，从小聪明好学，争强好胜，上进心很强，事事不落人后，总要做得最好，处处要得到他人的表扬。明川读高中住校后，接送弟弟妹妹的任务就落在不到 10 岁的丽川身上，每天放学后，先去幼儿园把弟弟妹妹接回来，然后生炉子，熬粥，洗菜、切菜、炒菜，后来还学会了蒸馒头，把饭准备好，领着弟弟妹妹等我下班回家。

有一天，因为厂里加班，我迟回来一个多小时，未进院门就听到孩子们哭声一片。问丽川怎么回事？3 岁的宜生看见屋里没妈，哭着不肯进屋；10 岁的丽川拽不进去弟弟，气得自己直哭；7 岁的山川看见姐姐、弟弟哭，也跟着一起哭，3 人在黑洞洞的院子里哭成一团。此后，我跟厂里车间主任提出晚上不能加班，车间主任很不高兴，但我讲，如果孩子大冷天在院子里冻病了，我连白天的班也没法上了。

三女儿山川，1953 年 11 月生于北京，从小自立，自理能力很强，是孩子中最省心的一个。她性格开朗、豁达，从不计较东西多少、衣服新旧。山川活泼好动，心灵手巧，什么玩法一学就会，玩伴很多，能像男孩子一样爬电线杆。山川十四五岁时又参加了西山官地矿文艺宣传队，能唱能跳，一生爱好娱乐运动，不发愁，想得开，给人带来的总是快乐。

宜生，1957 年 5 月生于北京，自小礼貌听话，从不参与胡同里孩子们吵嘴、打架、骂街，比较省心，但个性倔强，有时牛脾气上来，不管在哪里，就地一个仰八叉，脑勺磕得“咚咚”直响，让人又着急又心疼。他 5 岁时，过年前我带他进大栅栏买顶新帽子，挑好一顶带舌头的深蓝色呢帽，戴起来煞是英俊好看，但他却看中一顶大皮帽子，坚持要换，最后看大人不同意他的要求，气呼呼地掉头就走，害得我在人丛中一路追赶，一直小跑追到家。

宜生从小脑子聪明，口齿清楚，招人喜欢。记得有一次，我从箱子里取出钱和粮票，准备去胡同口买米，嘴里自言自语地计算：“二十斤大米，一毛四分八一斤，要多少钱?”没想到地下玩耍的宜生应声回答：“两块九毛六!”当时宜生只有 7 岁，刚上一年级，心算能力已经很强。

兰宜生补记：

幼时的我，每天从幼儿园回来，在晚饭前这段时间，总爱到胡同口“老正兴”饭馆门口的棋摊看大人们下棋，不知不觉也就把象棋学会了。星期天，我总爱缠着院里的苏爷爷杀两盘，趁着老人家眼神不济连连吃子叫将，心里十分快意。“小喇叭”、“评书联播”也是我每天不误的必修课，听时全神贯注、无动无声，以致妈妈叫我吃饭也听不见。另外，我的乐趣是听苏爷爷讲岳飞、杨六郎、程咬金，听二大爷讲三国刘、关、张的故事，那些骑马张弓的古代英雄在我幼年的脑海里引起丰富的联想。

四女儿小川，1963 年 3 月生于北京，自幼胆小，害怕生人，言语很少，去幼儿园时给她小包里装一点儿吃的，直到下午去接她，仍没动过，走在回家的路上才拿出来吃。小川身体不太结实，在幼儿园经常闹病，所以，后来请邻居伍大妈照看，每月给 15 元钱，这相当于我半个月的工资，有亲友劝我不要上班了，挣的钱还不够花——“鼻子比脸都大啦”，不如在家照料孩子们，一家人安安顿顿的。但我想，有一份工作不容易，自己挣钱养活自己更舒心，孩子们一天天在长大，只要坚持过了这几年困难时期，日子会越来越顺利、兴旺。伍大妈把小川打理得衣服干干净净，喂养得白白胖胖的。

大观楼宜生遇险

1963 年冬天，一个星期天，丽川领着宜生到大观楼电影院看电影海报，电影院前厅的暖气正在维修，有的暖气片倒立在墙边，由于人多拥挤，六岁

的宜生不幸被倒下的暖气片砸断了左大腿。

看到几个陌生人抱着儿子进门，我有一种不祥的感觉，心一下揪紧了。我急忙找隔壁院的培盛二哥叫三轮车一起把宜生送到积水潭医院，拍片后清楚看到是骨折了，我的心更沉甸甸的。

断骨刺进肉里十分疼痛，宜生咬着牙，仍不时哼哼，在打上石膏牵引之后，因为病房没有床位，孩子被推入一个单间观察室。医院不允许病人家属留院过夜，家里还有嗷嗷待哺的半岁的小女儿，我只能揪心难舍地走了，答应孩子天一亮就来。宜生也催促我：天黑快回家吧，自己一个人能行。

兰宜生补记：

那是一个格外漫长的黑夜，一阵阵钻心的腿痛使我难以入睡；天花板和墙壁上似乎都是妖魔鬼怪的影子，吓得我蒙头大声哭喊——“妈！快来呀！”最后我在声嘶力竭中昏昏睡着。母亲也是守着我的小衣服、小枕头一夜未眠，天不亮就乘第一班公交车赶到医院，来到我身边。在母亲的一再央求下，医生才同意把我换到一个6人大房间，这样我才告别了孤独和恐惧。

少年不知愁滋味！很快，我就开始喜欢并享受优厚的病号待遇，亲戚和朋友闻讯纷纷来探望，那些平时遥不可及、想起来直咽口水的糕点、水果、罐头现在伸手可得，出院时坐上小汽车更感觉新奇、威风。我觉得一个月的住院时间太短了，却不知道母亲背后流了多少泪，特别是看到儿子最初两个月右腿长、左腿短，走路一跛一跛的，母亲的“心都被攥住了”，生怕儿子成了肢体残疾人。正如医生所言，断骨刺激后长得更快，不久我的两条腿就长齐了，走路、跑步恢复如常，母亲才重现笑颜。

2008年北京奥运会期间，我带儿子兰文浩到前门大栅栏大观楼故地重游，电影院已改成一个纪念、展示的文化休闲场所。

最后的工作——回收组

由于西山官地矿劳组科的负责同志把我原来在北京的工作关系档案给弄丢了，而且官地矿没有一个类似的缝纫厂，因此，1965年我家搬到官地矿之后，我的工作就没有了。我重新变成了家庭妇女，这件事使我很苦恼，但也很无奈。1966年，官地矿更新厂成立一个回收组，主要是拆洗、翻新旧工作服、旧手套等，招收一些妇女临时工，我非常高兴地报了名，重新回到了十几个姐妹组成的劳动团体。每天早晨七点，我就顶着月色，拿着饭盒，爬过高高的山坡铁道，赶去上班。同一宿舍楼里，李校恋是我一起的工作伙伴，比我小4岁，称我贺姐姐，每天天不亮，她的大嗓门就在楼下喊着：“贺姐姐，上班走啦。”我们一起上班、下班，互相关心帮助，成为形影不离的朋友，她的儿子李建堂与宜生后来也成了好朋友。

虽然回收组的工作都是一些拆洗缝补的粗活，与缝纫社做服装相比，缺乏技术含量，但我仍然很珍惜新的工作机会。紧张、快乐的劳动生活仅仅持续了一年半，由于“文革”造成的生产停顿，多数生产活动不能正常进行，煤矿有时也处于半停产状态，我们的回收与翻新业务也被终止，回收组停办，我不得不重新回到家里。

此后，我再未得到正式的工作机会，只能参加居委会的一些义务工作，做居民小组组长或居委会副主任，为矿工们拆、洗衣物，做鞋袜，送米汤饭食慰问。以后按照国家政策，我老年也享受十几元以至100多元的居委会工作补助。不能做一份正常、稳定的工作，自己养活自己，一直是我的一点儿心病，但亲友和儿女们宽慰我：“您能把五个孩子拉扯成人就是最大的工作成就。”

第五章　太原西山

——兰宜生

从北京到太原

1965 年暑假，我刚刚读完小学一年级，我们家要由北京搬往父亲工作的太原西山官地煤矿。小同学们听说我要去“太阳”，感到既惊讶又羡慕。我虽然从大人嘴里得知不是去天上那个太阳，却不晓得到底去哪个太阳，只能以“另一个太阳”来搪塞小伙伴的疑问。虽然曾随母亲去过太原西山西铭矿探亲，但年幼的我对父亲的煤矿工作没有任何概念，只常见胡同院里拉运煤球、蜂窝煤的三轮车和脸上黑乎乎的送煤工，一些亲友就用煤场“摇煤球的”来糊弄我，我也信以为真了。

搬家的缘由是国家的一项解决夫妻两地分居的政策：1965 年提出一项压缩首都城市人口的政策——号召夫妻一方在外地工作的家庭尽量迁往外地，以减轻北京的人口压力。作为一项政策号召，并没有强制性，多数家庭也不以为意——谁愿意轻易离开生活方便的首都大城市到偏远地方去呢？何况困难时期已经过去，此时的国民经济一片繁荣的景象，从子女教育、工作条件、生活便利等各方面考虑，一般家庭没有外迁的意愿。

我父亲一直是积极响应国家号召的模范，在没有公家说服动员、家人没有任何思想准备的情况下，他直接从太原回来张罗搬家了。我当时只有 8 岁，也不知道搬家的利弊；年长的三个姐姐都不愿意搬家，但人微言轻，我母亲也不愿违背我父亲的意见，于是，除了我大姐已工作仍留在北京外，我们全家 6 口人都到了太原西山煤矿定居。临别时，北京的亲友和邻居们十分不舍，到火车站依依送别，大姐更是伤心、难过。

1965 年，全家搬离北京时的合照（大姐兰明川留在北京工作）

官地矿

西山矿务局下属四个煤矿：白家庄矿、杜尔坪矿、西铭矿和官地矿。1965 年秋天，我们家从北京搬到了在太原西山最深处的官地矿。那是个夜晚，在汽车上我望着道路两旁一层层整齐的灯光，感觉是进了一个高楼大厦鳞次栉比的城市，第二天早上才发现，夜幕中看到的“楼房”原来是山沟里依山而建的一排排平房——矿工家属住宅。我家住在新建成的十二号楼，这是一座四层楼，已是当时矿区最高的建筑。官地矿的名称使我感到很困惑。记得我 10 岁左右在日记里曾写过：“官地，官地，应该是出官的地方，但这里古往今来并没有出过大官，莫非要应到兰某身上？以后等着看吧。”现在回想四十多年前写的日记，有一点点可笑，看来也不大可能实现了，因为自己没有追求升官进步的热情，而是走上了一条学术发展的道路。这也说明自己小时候的思维没有什么框框限制，随着年龄的增长，框框可能越来越多。

官地矿子弟小学是矿上唯一的学校，我在这里开始读小学二年级，以后子弟小学又升格为子弟中学，我在这里读到高中，前后学习了九个年头。突然来到一群面孔陌生的小同学中间，因为我讲的北京话和当地孩子讲的太原话明显不一样，所以，男同学们都围着我叫“东北嘎子”，课间或课后总会围观、嘲笑我，甚至推搡我，搞得我对学校和同学毫无亲近感，感到十分胆怯和孤独，由此也养成了放学后马上回家、不与同学玩耍的习惯。但很快我就

找到另一件有趣又有益的事——拣料炭。

捡料炭

所谓料炭是煤炭燃烧的副产品，就是大块炭燃烧后被水浇灭的灰白色剩余物，可以二次燃烧，而且不冒烟，晚上蒙火效果最好。我和三姐成了我家燃料的供应者，每天中午我下学后放下书包，拿起箩头，就直奔职工食堂倒料炭的河滩，对母亲喊一句："让我三姐拿扁担来接我。"午饭时间，食堂的烧火师傅会把刚刚掏出的热气腾腾的料炭一车车拉到河滩倒掉，一群小孩拿着耙子在争抢自己的份额，我也是其中之一。很快装满一箩头，一天的战果就完成了。我三姐下学后拿着扁担来接我，两人把满满一箩头料炭抬回家中，然后洗手，吃午饭。

家里阳台上用砖头垒起一半作为炭池，很快就堆得满满的，冒了尖。这些足够满足全家做饭用炭的需要。虽然当时矿区职工买炭很便宜，一吨炭仅 9 元 6 角，我家却没有买过炭，现在想来，这非常符合可持续发展和资源回收利用的理念。

等到 10 岁以后，我已经不满足于在河滩里捡料炭了，而要到运煤的坑口旁边去拣炭。当时，有一些矿工会从飞驰的矿车上扔下一块块的大炭，他们把大块炭拣走之后，剩下的小块炭就弃之不顾了。我把这些小块炭捡回来，比拣料炭又提高了一个层次。这时我三姐已经是十四五岁的少女了，也不好意思再和我去拣炭、抬炭，所以，我让父亲买来一副箩筐，独自拣炭、挑炭。但因为个子小、力气不大，箩筐装满后挑起来格外吃力，而我又爱面子，不肯担着半筐炭走路。两个箩筐装平了也有一百来斤，我只能咬紧牙关，硬撑着走一段路，歇一会儿。我一直坚持挑到楼下，喊妈妈下来一筐一筐抬上三楼。我妈总抱怨我装得太满，叮嘱我下次不要装这么多，也埋怨我父亲买的箩筐太大，应当买一副小箩筐，这样会把孩子压坏的。但我倔强的个性不允许自己装得太少，由此也可能影响了我的身高，但这是成年以后回想起来的一点遗憾。而且，因为用力挑炭的缘故，小时候我的脖子有点向左歪，到二十多岁以后才慢慢纠正过来。我可以想象当初叔伯爷爷兰盈余在内蒙古挑着鱼担高一脚低一脚卖鱼的辛苦和落下的身体疾患。

十二楼十八号

我家住在官地矿十二楼，与许多地方的称呼和理解十二楼(层)不一样，这是一座四层楼。官地矿的宿舍楼按建成时间顺序命名，既有单身职工集体宿舍，也有家属宿舍楼，十一楼和十二楼就是1965年新建成的两座家属楼。新建的楼房设施也比较新，厨房、厕所、阳台和暖气设施都有，十二楼住了一些矿领导、区队干部和技术人员，所以被人们称为“干部楼”。

十二楼有三个单元，每个单元底层两户，二至四层每层3户，共11户人家，全楼33户。我家住在中单元三层中间的一套两居室——18号，两间朝南的住房并带厨房和厕所，感觉居住条件已经很不错了。

刚入住新居总会有一些地方不适应，由于矿区宿舍常常停水，有时打开水龙头忘记关，夜里突然来水就弄个“水漫金山”，两次殃及住在二层的矿党委书记姚泉水家，我母亲觉得十分歉疚，以后睡觉前都再三提醒关紧水龙头。

我家一侧17号住着采煤二队书记老李家，他比我父亲大几岁，我叫他李大爷，他家有二子三女，李大娘没有工作，后来与我母亲一起做居委会工作；我家另一侧19号是我父亲的同事朱工家，我叫他朱叔叔，他家有二子二女，朱婶是矿医院的护士长，老母亲是北京通县人，一口北京腔，讲话风趣、幽默，我们称姥姥。

因为当时生活水平比较低，各家都难得做一些好菜好饭，因此，如果哪家包了饺子，都要送一碗给邻居尝尝鲜。这时，我妈就叮嘱我们去取那只最大的豆青碗，盛满给两家邻居送去，通过这种身边小事，我们也在潜移默化地学习母亲善良待人的品德。

那时没有电视，也没有空调，多数人家的大门是开着的，邻居之间相互串门往来，有事互相帮助照应，代接小孩，代买油、盐、酱、醋，正如老话说的“远亲不如近邻”。

那时楼下没有信箱，邮递员在楼下呼喊住户下楼取信。因为我大姐常从北京寄信来，因此，中午楼下常传来“十二楼十八号”的叫声，如果喊“十二楼十八号，拿图章!”那就是来挂号信了。“文革”开始后，我大姐常会寄来最新款的毛主席像章，这时邮递员小荣就会跑步把信送上楼，一睹为快。有一次，大姐寄来一个镶嵌在铜五角星里的毛主席像章。小荣看得爱不释手，不好意思地请求是否能让他先戴一天。我母亲不忍拒绝这个既快乐又热心的小伙子，答应他可以戴三天。他喜出望外，连声感谢，连蹦带跳地走了。

挤菜

从繁华的大城市来到偏僻的山区煤矿，生活环境发生了巨大的变化，家里的居住条件改善了，比王皮胡同宽敞了不少，有自家的厨房和厕所，矿上还给按了一部电话。但矿区的商业服务设施很差——买些日常吃的蔬菜都

很难，因为矿区职工的人数不断增加，由两三千人到七八千人，加上职工家属，人口膨胀很快，而菜站只靠马车每天拉来一车蔬菜，严重供不应求，所以到菜站不是排队买菜，而是靠力气挤菜。

我父亲每天忙于工作，根本无暇顾及家里的柴、米、油、盐；我母亲和姐姐也不能去挤，挤菜的责任就落在我这个10岁的小男子汉身上。而我实在是有负期望，心有余而力不足，往往是无功而返，家里常常几天没有菜吃，难为妈妈要想尽办法做无菜之炊，用葱姜炒一点拌面的调料，还要劝慰我这个气哼哼的“采购员”消气，吃饭。

记得1967年夏天，原平老家的70岁老舅舅来住一段时间，每天吃过早饭，我们俩就去菜站排队了。一些妇女老少用竹篮、布包甚至砖头在几个窗口排起一条条长队。快到中午时分，当骑车去探听消息的“哨探”报来“喜讯”：“拉菜的马车快上来啦！”人们立刻紧紧地挤成一队。但等到马车卸完菜、售菜窗口尚未开启之前，窗外已是阵型大乱，挤作一团，一个个彪形大汉很快用实力占据了窗口有利的地形，半大小子只能屈居二三线，而妇女老少早已被挤出圈外，无奈地看着好汉们“嘿哟嘿哟”地比拼实力。我虽然也想坚持顺着墙边挤向窗口，但后边的铁臂一发力，就感觉胸口透不过气来，身体似乎也要散架了，不得不松手退出。老舅舅气得胡子直抖：“我要是年轻二十岁，看让他们吃菜呀！”

与此同时，密闭的木窗内正在紧张、高效地进行着交易，各式各样的“关系户”纷至沓来，菜站后门不时放进一批人、放出一批人，当然他们不会空手而走。

有关系的人凭“软实力”取菜，有力气的人凭“硬实力”挤菜。而像我们这样“软、硬实力”都不具备的人，只能望“菜”兴叹，有时买到一些摔裂的茄子、西红柿就已经非常幸运啦。

午饭时间已过，我母亲切好面条等着，从楼上看到一老一小提着空篮子垂头丧气地回来，就知道今天还是无菜之炊。她一边给老的和小的拍打尘土，好言安慰，一边要挖空心思，想办法做一点拌面的调料。

20世纪90年代初，我写过一篇回忆性散文《挤菜》，描述20世纪60—70年代官地矿区职工买菜的困难，参加《太原晚报》的征文比赛还得了奖。

兰工

我父亲兰培珍自1957年从北京矿业学院毕业后，就分配到西山矿务局。他先后在西山矿务局的西铭矿、白家庄矿和官地矿工作过，由技术员、工程师到负责基建的副总工程师，是当时官地矿为数不多的几个大学毕业的工程师之一，被大家称作兰工。我从小习惯被人称作兰工的儿子，自己的名字似乎不存在。我也非常注重维护父亲、母亲和家庭的声誉，不敢做错事、坏事，使家长蒙羞。如果因为学习成绩好，听话，懂事，得到别人称许，感觉是为父母脸上增添光彩。多年之后，我在研读《三字经》的“扬名声，显父母”的教诲时，才更加深切地体会到为父母增光是孝行的一个重要方面。

父亲兰培珍的大学毕业照

我父亲是一位工作态度非常认真、对自己要求十分严格的人，每天早出晚归，星期日几乎从不休息，即使是逢年过节，也往往是在加班、值班中度过的。因此，他获得了许多荣誉称号和奖状，如劳动模范、先进工作者、优秀共产党员等。由矿上的先进，到矿务局的标兵，再到太原市的劳动模范，家里墙上贴满了两排他的奖状。但常年过分辛苦也摧毁了父亲的身体，他曾被评为太原市劳动模范，在表彰会之前，就突发脑溢血而卧床不起，年仅 56 岁。在成年之后，我在读《礼记》中的“张而不弛，文武弗能也；弛而不张，文武弗为也；一张一弛，文武之道也。”对于父亲的过劳致病，我有深切的感受，因此也特别注意调整自己的工作节奏，以期实现可持续工作和健康生活。

父亲是负责井下基建(开拓)的副总工程师，主持官地矿 300 万吨平峒的建设工程。这个矿井是 20 世纪 80 年代初期国内单产最高的矿井，我父亲也以能在特大型矿井工作而自豪。他主持的一项翻井式煤仓转运工程，采用沉井式施工方法，为当时国内煤矿首创，节省了数百米运输巷道建设投资，约 1 200 万元，因此获得了“官地矿劳模标兵”的称号。但这项工程从设计到建设完工的 8 个月时间，父亲几乎天天夜以继日地扑在工地上，严重透支了自己的身体健康。

父亲认真、负责，一丝不苟，他主持的建设工程很少有纰漏或者误差，往往都是质量可靠的优秀工程。据一位中学同学告诉我，他听其父讲，兰工主持的一个巷道工程，1 000 米长的石头大巷建完之后仅有 20 厘米的误差，言语之间对兰工的设计施工管理水平和认真负责态度十分钦佩。由于有这样一位认真负责的父亲做榜样，我自己做事情也不敢马虎，总是希望在力所能及的范围内把工作做得圆满、完善。

煤炭行业是山西的支柱产业，但这根支柱给山西带来的并非只有福音。煤炭开采造成的环境污染和矿工伤亡，也给矿山生活蒙上了一层阴影。当时，官地矿虽未发生过大规模的伤亡事故，但个别的矿工伤亡年年都有。矿

工家属对救护车的声音也格外警觉和紧张，听到救护车鸣笛，家家窗户前人头攒动，相互询问有什么消息。我母亲曾说过："矿工一下井，家里人心就揪起来了，下班回家，全家才能安心。"我父亲的右脚小脚趾就因为井下一次事故被铁溜子切掉了，当时包扎完只休息了一天，他就正常上班了。父亲也曾从井下背出遇难矿工，讲到"人死了以后身体凉凉的、沉沉的"。在看过一封亲友要钱的信后，父亲叹口气说："他们以为四块石头夹着块儿肉——这钱那么容易挣呀?"

与工作认真、负责相比，父亲对子女的培养却是粗放式的。他没有时间因而也不过问我们的学习，甚至可能连我们正在上几年级也记不准。我们交学费、买一些学习文具等都是向母亲要钱，有一些学校的事情需要家长参与也是由母亲参加。但子女们学习都是很努力，勤学上进，并不需要家长太多操心。从小学、初中到高中，我都是矿上子弟学校的好学生，在出现学习成绩统计之后，几乎一直是班级或年级的第一名，由此也给兰工争光。我母亲回来讲，听外面邻居或邻居的亲友讲，兰工的儿子每次考试都是第一名，心里很是欣慰和自豪。

父亲对公家的财物从来不取一分一毫，即使他分管的工作范围可以动用一些木材、建材。许多职工也往往利用公家的材料为自家做家具、建小平房，但父亲从来不肯这样做，以致我们家多年吃饭都是围着一个从北京带来的小矮桌，面积不够半平方米，却要坐五六个人，显得十分局促，平时还要兼做书桌。后来，父亲的单位更新办公桌，一位领导派人把淘汰的旧办公桌给我家抬来一张，我才算有了一个可以伏案写作业的桌子。此前，我都是在学校把全部作业写完，否则，回家之后只能趴在小矮桌上解决。到我高中毕业下乡插队的时候，其他职工子女都做了木箱，而我父亲却让我带上一只带子已断掉的旧皮箱，最后是父亲的同事看不过去，自做主张让修缮队做了一只木箱送来。在母亲的一再请求下，父亲才没有把这只木箱退回去，这个只刷了一遍红漆的粗木箱成为我在农村两年插队生活的可靠伴侣。

父亲一方面是勤俭奉公，另一方面对矿上的事业是十分关心和慷慨。记得1996年暑假，我去澳大利亚访学之前，从汕头大学回太原看望父母，临走为父母留下800元钱。当时官地矿发生"八·六"洪灾——暴雨、山洪由私人乱开采的小煤窑灌进国营矿井，造成重大人员和财产损失，矿党委号召全矿职工捐款捐物抗洪救灾，已经中风卧床十多年的父亲马上让我母亲把这800元钱全部送到矿上捐献了。对一些要求款项资助的亲友，父亲也是尽力帮助他们。虽然他只有一份不高的工资，73元的月薪挣了19年，一直到他因病退休，工资也不过100多元，还要养活一大家子，但他总是豁达地讲：给别人钱总比开口向别人要钱好。母亲在这一点上也与父亲高度一致。虽然自己克勤克俭,但乐于助人,对别人往往比对自己更慷慨。

父亲56岁患脑溢血,半身不遂,从此不能工作。起初,他是心急如焚,希望通过刻苦锻炼能恢复肢体功能,重返工作岗位。无奈,病情较重,虽然肢体功能有所恢复,但已无法重返工作岗位。在我母亲的辛勤照料21年后,我父亲于77岁过世。由于他不算矿级(处级)干部,因此,按规定,矿上不能给他举办官方的追悼会,好在子女们为他举行了一个颇为隆重的追悼会,许多他的老同事和亲朋好友都前来参加,也算对老人的一点告慰吧。父亲生前的一大叠奖状,也随他一起火化了。

六分钱的难关

有句话说,钱不是万能的,但没有钱是万万不能的。也有讲一分钱难倒英雄汉,对此,我九岁时就深有体会——为六分钱整整为难了三个月。

上小学三年级的时候,我向一个小名叫“二板头”的高年级同学借了一本故事书——《儿童团的故事》。同学们告诉班主任张老师我有一本好书,张老师让我在语文课上给大家读了其中两个故事,下课后,一群男同学抢着要看这本书,你抢我夺,一不小心把封皮扯成了两半。这可让我为难,虽然我把封面细心糊好,并且向对方解释、道歉,但“二板头”坚持要我赔钱或买新书。这本书的定价是三角三分,而我积蓄的“私房钱”总共只有二角七分。我把全部积蓄和书一起还给“二板头”,希望他能原谅我,但他每天在放学路上拦堵我,说我还欠他六分钱,嘴里骂骂咧咧,手和胳膊肘连推带搡。一连三个月,我一到下课放学就发愁,不知走哪条路好,总怕在路上遇到他,直到放暑假才算解脱,也使我从此不敢再借别人的书。

这件事后来反思起来,给我两个教训:第一点深刻体会是遇到超出自己能力范围而难以解决的问题,应及时向家长反映,不应自己默默承受。如果我当时把自己的难处告诉父母亲,家里给我1角钱,我可以还清他的书钱,并把这本书留下,也不会有任何愧疚感,问题就完满解决了,而因为自己不愿给父母添麻烦,怕家长担心,想独自解决这个问题,结果使一个小问题变成了一个天天头疼的大问题;第二点深刻体会就是一定要有积蓄,尽量不要借外人的钱。

停课闹革命

“文革”开始后,学校很快进入了停课闹革命阶段。作为九岁的小孩,对于这样的政治乱象很难理解,在看了一些纸帽子游街、纸牌子批斗和头破血

流的武斗之后，再也没有什么兴趣上街了。我每天待在家里看书，各种各样的小说都在我的阅读之列，有时三四天也不出一趟门，而且是整天躺在床上看书。我母亲很为我的眼睛和身体担心，总是催促我要坐起来看书，要出去走一走、玩一玩，否则会把身体和眼睛都搞坏了。而我被书紧紧地吸引，很少听妈妈的话。有一个例外，楼上的一个邻居少年叫李建堂(后改名为李建业)，比我大两岁，不知什么原因相中了我这个朋友，常常来找我，并千方百计地拉我出去和他一起玩耍，有时坐在床边"蘑菇"半个多小时，我被"蘑菇"烦了就和他出去玩耍一阵。李建业也成为我儿时唯一能回忆起来的朋友，他当兵后在北京石景山定居了。至今我们仍是好朋友。

"文革"头几年，学校基本处于半停课状态，我痴迷于小说和各种能找到的书籍，小说基本上是一天一本，由于整天躺在床上看书，竟把木床中间压成一个坑。感谢父母的宝贵遗传，我这样滥用自己的视力，竟然没有成为近视眼。

当然，闭门不出也不是绝对的，作为男孩子，总有一些喜好的游戏活动。有一年冬天，我痴迷于弹玻璃球，数九寒天，在楼下一玩就是几个小时，虽有棉鞋和棉帽，但手还是冻伤了，右手小指指甲都冻掉了，过了大半年才长出新指甲。

我一度痴迷的另一项活动是"打猪撵鸡"。我带着楼上比我年幼五岁的两个"兵"——佳佳和臭毛，用土坷垃、石子把采掘食堂猪圈里的十几头猪打得嗷嗷直叫，直到它们都躲进山洞里才罢休。附近两座山包上的鸡群也是我们攻击的对象，石子的射程越来越远，准头越来越高，这些鸡遇上我们也是倒霉。每天午后，它们的休息打盹时间正是我们出击的时候。楼道里一声咳嗽就是集合信号，接着侦查鸡群的行踪，布置三人包围截击路线和战术，直到把鸡群撵得四散奔逃，飞出包围圈，一场场"袭鸡战"皆以胜利占领山包而告终。

直到我家里也养了一群鸡，才改掉我打猪撵鸡的"陋习"。看着七八只毛茸茸的小鸡由小到大一天天成长，长出鸡冠和漂亮的羽毛，公、母分开，最后打鸣、下蛋，真是一个惊喜不断的过程。记得当时每年会闹鸡瘟，看着很不容易长大成材的鸡儿突然集体发蔫儿，不思饮食，一只只"倒伏"，让人焦急无措。只有第一年养的一只老母鸡——老黄鸡挺过传染病，有了抗体，年年无恙。老黄鸡毛色鲜亮、光滑，总把羽毛理得一尘不染，夏、秋天很能下蛋，几乎天天不断，每天早晨就从阳台抖翅飞走了，到了要下蛋的时候，就从楼道自己回来，"咯咯咯"轻声地叫门；打开房门，它就自己进到鸡窝顶层去下蛋，"咯咯哒"报喜之后，吃一把小米就又飞走了；傍晚时分又带着一群鸡从楼道鱼贯而回，十分省心尽责。

但任何活动都不像读书能长久吸引我。我喜欢古今中外各种各样的小说和传记，把我家和父亲同事家中能借到的书都借来看遍了。实在找不到书看时，我就翻看父亲的一本《四角号码字典》，锻炼自己的查字能力。当时，我还曾写过一张读过的书单，应该有 300 多本，从《三国演义》《水浒传》《西游记》到《岳飞传》《杨家将》和《七侠五义》等。沉浸在故事的海洋里是我最快乐的时光。只可惜，有的书已经很破旧，封面和前面几页都已缺失，直到看完也不知道读了一本什么书。我曾借来《红楼梦》看，但被我父亲禁止了，只好还回去，以后又找来一套《红楼梦》瞒着父亲悄悄地看，但书页残缺不全，往往有头无尾。

老子讲："祸兮福所倚，福兮祸所伏。"坏事可以变好事，"文革"期间的停课闹革命，学校不上课、不读书，让我有大量的空闲时间可以读闲书，对自己以后的文字表达也有帮助。遗憾的是，由于没有正统的语法学习和写作训练，我对各种修辞手法知之甚少，只是由于阅读量较大，熟能生巧，写东西病句较少，但使用的是何种修辞手法自己却懵然不知，至于词汇读音错误更是经常发生。这中间还出过一个笑话：上高二时开设了英语课，仇老师讲到 be 有不同形式，如第一人称单数用 am，第二人称用 are，第三人称单数用 is 等，我举手发问：如果是他的父亲——第四人称怎么办？一些同学哄笑起来，仇老师盯着我看了一会儿，大概很奇怪我这个素来本分的好学生为什么今天在课堂上"捣蛋"，然后厉声说："坐下！别捣乱。"第二天，班主任郑老师找到我：你真的连第三人称的概念都不知道吗？他很吃惊，因为就在前不久举行的全校散文征文比赛中，我获得了全校第一名。我有几分委屈地辩解：您说从小学到中学哪本书里讲过第一、第二、第三人称？

虽然缺乏中文语法知识，甚至连什么是明喻和暗喻也不知道，但我写作时却很少出"病句"，往往还有一点出彩的地方，这得益于"文革"时看了大量的小说和其他闲书，习惯成自然，对句子结构往往有比较正确的感觉。

第一次回老家

1966 年，九岁的我第一次随父亲回原平老家。当时，贾庄还没有通汽车。我和父亲从崞阳镇步行三十多里路回村子，所谓的路基本上是大小石子铺满的河槽。开头我还走得很有劲，渐渐地，腿越来越沉，脚趾被石头碰得生疼，一瘸一拐，走得十分艰难，背着的挎包也交给了父亲。而我父亲到底是山里长大的，走这种山沟路非常矫健，步履轻松，他肩扛一个大提包，背着两个挎包，似乎并不感觉疲累，使我很是佩服。

中午时分，走到井沟村，我父亲看我太累了，就说"我们进村找碗水喝"。

我们找到一个旧相识的家中，上炕吃饭、喝水，听着父亲与老乡们在讲过往的事情，我困倦疲乏得快要睡着了。下午两点，我们又往贾庄赶去，到了村里已是掌灯时分。我们住在兰姓本家治科大爷家中，这个院子以前是我奶奶带着我父亲住过的，离开老家时就把院子留给本家居住、照看。治科大爷一家四口：老头、老伴还有两个儿子。大儿子兰增旺是村里的生产队长，人很爽朗，嗓门也大，热情好客；二儿子兰龙旺比我还小几岁，正好和我一起玩。

次日上午，我和父亲来到兰家祖坟上，这是我第一次看到完整的家族墓地。从墓碑上可以读到历史和亲人的信息，父亲给我讲一些家族过去的故事。从墓碑的记载，我可以理出一个简单的家谱系脉：

第一代祖：淥

第二代祖：纯富

第三代祖：晏明

第四代祖：攀凤

第五代祖：景荣(郭、刘太君)

第六代祖：盈余、常余、三余

伯父、父辈：培茂、培盛、培珍

【历史回声】兰姓的起源

兰姓的来源大致有三：

1. 出自姬姓，乃周文王之后。据《通志・氏族略》所载，公元前806年，周宣王把同父异母少弟姬友封于郑(今陕西华县东)，称郑桓公，为西周最后分封的一个诸侯国。下传至公元前六二七年，郑穆公即位。传说穆公之母生穆公时，梦见天使手执一株兰草，异常恭敬地赠予她，其时幽香扑鼻，醒来似乎余味无穷，不久产下一子，遂将其子取名为兰。姬兰在位二十二年，死后谥号为穆，史称郑穆公。其支庶有的以王父之名为氏，称兰姓。他们尊姬兰为其得姓始祖。

2. 春秋时，楚有大夫食采于兰(故城在今山东枣庄东五十里)，其后以邑为氏。

3. 出自他族或他族改姓而来。据《后汉书》所载，三国时，南匈奴贵族四大姓(即呼延、须卜、乔、兰)中有兰姓；据《魏书・官氏志》所载，南北朝时，代北鲜卑乌落兰氏，在孝文帝汉化改革时，改单姓兰；元代蒙古族姓喀喇氏，祖名阿尔斯兰，子孙遂以兰为姓；裕固族兰恰克氏，汉姓为兰；今彝、土家、满、回、壮、俄罗斯、瑶、蒙古等民族均有此姓。

郑穆公时，郑国已迁都于新郑(今属河南)。公元前三七五年郑为韩所灭。兰姓子孙纷纷外迁，大多西迁陈(都城今河南淮阳)宋(都城在今河南商丘)间地。此后至秦汉，兰姓基本上在中原一带繁衍、发展。两汉时，见诸史册之兰姓仅有武陵太守兰广和兰夫人，且只有只言片语，让人难知其详。魏晋南北朝时，先秦有将军兰殊，南朝有兰子云，中昌魏(今河北大名)人兰钦、兰夏礼父子。可见，此际已有兰姓因仕宦之故徙居江南。唐有涪州人兰冲虚。所有这些史实证明，今重庆、江苏等南方亦有了兰姓人活动的身影。兰姓郡望(郡望是指魏晋至隋唐时每郡显贵的家族，意思是世居某郡为当地所仰望)有中山、东莞、汝南，这说明在唐代及其以前兰姓曾长期称盛于今河北定州、山东莒县、河南平舆一带。宋元之际，兰姓因仕宦，躲避兵火、瘟灾等原因始大举搬迁江南各地，广泛分布于今江苏、安徽、浙江、江西、湖南、湖北、福建等地。

元末，山西因处于山河的特殊地理位置。对当时中原、江东一带饱受战火的老百姓而言，简直是人间天堂、世外桃源，故山西兰姓繁衍得较为兴盛。明初，山西兰姓作为明朝洪洞大槐树迁民姓氏之一，被分迁于江苏、安徽、浙江、河南、湖北等地。明末张献忠屠川，使川地百姓人口锐减。清初，伴随湖、广、填、四川的运动，两湖之兰姓入迁四川。明、清两代，始有沿海之兰姓漂洋过海，或迁居台湾地区，或迁居东南亚各地。如今，兰姓在全国分布较广，尤以湖南、福建、江西等省为多，上述三省兰姓约占全国汉族兰姓人口的57%。

不少人往往把兰姓与蓝姓混同，即把兰字作为蓝字的简化字使用。事实上，兰姓与蓝姓在历史上是完全不同的两个姓氏，蓝姓出自嬴姓，另有自己的源流，在《百家姓》中可以找到，而兰姓在《百家姓》中没有列出。兰姓是当今中国姓氏排行第一〇三位的姓氏，约占全国汉族人口的0.17%。

([南宋]郑樵：《通志·氏族略》等。)

我上高中后，曾向班主任郑老师借来一套《史记》闲读，看到一段史实：汉朝初期，有的匈奴部落因连年大旱、寸草不生、游牧难以为继而闯入长城以内，强行在晋北一带定居，由游牧生活转为农耕生活方式，定居的匈奴人也改为汉姓，主要改的姓氏有二，其中之一是兰姓。

因为事件发生地就在当今晋北代县、宁武、原平一带，所以我曾疑惑是否为匈奴后裔？在20多岁时，我听北京二大爷、白石成相大爷讲祖上历史渊源：明朝初年，朱元璋从晋南洪洞大槐树大批迁移百姓，有兰氏两兄弟先到河北，又从河北迁到山西原平，在白石村定居谋生，历数百年，其中一支迁到附近贾庄。

我父亲的亲父母属白石兰家，因他出生前，其母做了个怪梦，加上襁褓带白，心中疑惑不祥，恰巧贾庄有人想从本家抱养个男孩，就把父亲给了兰三余家。虽不是亲生，但养父母对他非常珍爱，取名培珍；先后有三个奶妈哺乳，对他也非常关爱。由于长辈的开明、坦诚，我父亲对自己的身世很清楚，曾对我讲："我是你爷爷奶奶从别人家抱来的，但还没有卖了姓。"并半自嘲半玩笑地对二大爷等说："你们的兰是'深蓝'，我的兰是'浅蓝'。"

他生母生育了三个男孩，我父亲排行第二；老大叫兰成相，在太原西山矿务局工作过，退休后回到白石村居住，我们称白石大爷；老三叫兰添相，后来在呼和浩特市工作并定居。我父亲成年以后，回老家也去白石探望他的生母，听身边人讲，老人晚年对儿子给人抱养一事很后悔，但也无可奈何了。

我父亲在呼和浩特市时曾参加高中入学考试，考取后，因改变主意要去北京，就放弃了入学机会，恰好有个老乡要读书，就图省事顶我父亲的名字入学了。但这个老乡后来一直未把名字改过来，以致后来在一些政治运动中，有人检举揭发"兰培珍给兰培珍写信"的蹊跷事，似乎我父亲在搞什么"地下阴谋活动"。这是我父亲给我讲的一件趣事。

我和父亲又去新庄姑姑家。路上，父亲讲起他 11 岁时，在新庄遇上鬼子扫荡，他正在姐姐家吃午饭，日本鬼子一进门就拿枪托把碗盘全抡到地下，又抄起炕上的烟袋锅子冲他姐夫头上砸去，当下就是一个血窟窿，满脸是血。鬼子把全村男女老少赶到村子中央，恐吓、清查八路，把各家各户值钱的东西都抄走，把村里几十头骡、马大牲口搜集起来，让我父亲和另一个男孩子替他们赶到镇上去。两个男孩子出了村子不远，就把牲口赶散放跑了，自己也爬到山上躲起来，直到天黑鬼子走了，他们才敢回村。"跑反"(躲避鬼子扫荡)是他们当时生活的一部分。

我和父亲又去野庄看望老舅舅。他是我奶奶唯一的弟弟，年轻时，家贫给人扛长工，一辈子没有娶媳妇，土改时，成分定为雇农。老舅舅为人十分耿直，言语不多，对我十分喜欢，坚持要在他自己的窑院里盖两间新房，让我以后回去住。老舅舅的家十分简陋，没有什么家具、用具，我父母亲接济他的一些钱款全塞在炕席底下。见到我们爷俩，老舅舅急忙抽钱去村人家买荞面碗坨和果子，很快就备齐几道可口的饭食。每年春节前，姑姑都去给老舅舅拆洗被褥，打扫居住的窑洞。

两年后，老舅舅连续托人捎话：过冬刚杀了两只羊，让宜生回老家来拿羊肉。结果又促成我第一次单独回老家之旅，颇有小男子汉孤身探险的意味，跋涉在无树、无人、石头多的深山沟里，一些没有路标的山沟岔道让我颇费思量，试图从两年的记忆里挖掘出准确的路线信息。老舅舅做的羊排骨炖胡萝卜是我至今品尝过并记忆深刻的少数美食之一。我与老人去冰冻溜滑的井台挑水，沿着砂石河滩“拢柴草”，平静而新奇的山村日子过得飞快。

后来，老人真的在自己的院子里盖了两间新房，要给我娶媳妇住，可惜山高地远，老人善良的愿望无法实现，最后房子卖给他人，拆建到别处了。

穿新鞋走新路

我从小学到中学，一直穿母亲做的衣服、母亲做的鞋。母亲纳鞋底既密实又结实，后来改用旧煤溜皮带裁制鞋底，做的一种黑色罩面“懒汉鞋”既轻便又耐穿，比商店里卖的毫不逊色。

每个新学期开始，母亲都会给我做一双新鞋，同时叮嘱我：“穿新鞋，要走新路，这学期要注意和同学们搞好关系，脾气不能太倔。”我每次敷衍答应着，却本性难移，始终孤傲不群，没有结交什么朋友。为此，母亲没少磨嘴、费心。

我们全家老少的衣服都是母亲做的，从北京带到太原的“兄弟牌”缝纫机，用了几十年，漆皮都磨光了，总被母亲擦得一尘不染。我小时候读书和玩耍的许多记忆，往往都伴随着“咯噔咯噔”的缝纫机音乐。

自己做衣服既省钱又省布票。母亲心灵手巧，精裁细剪，从衬衣、裤子到棉衣、棉裤，以最小的花费满足全家的穿着需要。不少邻居也请我母亲做孩子的衣服，省布省钱，母亲不收一分报酬，为人精打细算，节省布料，剪下的一点儿碎布头也要卷好给人家带回去，往往还要贴上自己家的针线和扣子。过年前一段时间母亲总是格外繁忙，既忙着准备全家过年的食物，又给邻居家孩子做新衣服，母亲默默地从早忙到晚，缝纫机的声响往往要持续到深夜。但母亲从无怨言，她总是乐于为别人分忧解困，只要邻居满意、孩子快乐，她就很开心，她的善良是发自内心的。

西山过年

“文革”十年，太原市民的口粮供应比例大致是30%的细粮（面粉）和70%的粗粮（高粱面为主、玉米面为辅），其中有一两斤大米、小米。对于玉米面，我们并不陌生，在北京时也没少吃；但对难做、难吃、难消化的高粱面，大人和小孩都不适应。邻居互相取经，交流心得和经验，逐步摸索出许多高粱面的烹饪方法，比如，红面压河捞、红面“擦格豆”、包皮面（把高粱面包在白面中间擀制的“三明治”面条）等。但高粱面吃得多了，胃口还是反酸，容易便秘。

天天吃高粱面也是盲目推广“农业学大寨”的后果之一。因为高粱耐

旱、产量高，为了迅速增加粮食单产，达到“上纲要”(500斤)、“过黄河”(600斤)、“跨长江”(800斤)的亩产指标，各地都在推广大寨的高粱高产经验，山西更是首当其冲。当时，我常听到的大喇叭口号是：“全国学大寨，大寨在山西，山西怎么办？”

由于平时吃得很差，肉食很少见到，孩子们对过年改善生活就更加期盼了。无论副食供应怎么紧张，过年总要多给几斤猪肉，还有几斤鸡蛋和带鱼。我就看着并帮着母亲准备过年的食物。

首先是炸排叉，要和两块白面，一块用红糖水，一块用淡盐水，最后炸制出甜、咸两种味道的排叉。我在母亲的指点下，和面也能做到“三光”(盆光、面光、手光)，擀面、切裁、翻拉排叉越来越熟练。

第二项是炸丸子和烧肉，因为猪肉定量有限，肉丸子里要掺大量萝卜丝和面粉，煮肉、炸肉、炸丸子常常会有热油迸出，母亲都要亲手操作，不让我们靠近。如果条件允许，母亲会尽量切一些瘦肉片，和上粉面用油炸，过年时可以炒盘过油肉。我认为山西的过油肉是世界上好吃的菜肴之一。

第三项是拌凉菜。母亲用绿豆芽、细粉丝、豆腐干、黄瓜丝等调制成一大盆凉菜，加上花椒油、葱丝、白糖、酱油、醋等调味品，这道酸甜爽口的凉菜过年期间很受欢迎，每顿一大盘都吃得精光。

最后也是最重要的一项任务是包饺子，要调羊肉和猪肉两种馅，除夕晚上吃羊肉饺子，大年初一吃猪肉饺子。

除了准备食物之外，过年还有贴对联、糊灯笼等许多热闹事。比较头痛的一件事是写拜年信，但不容推辞——作为唯一的外甥和侄子，我要给大舅、二舅、姑姑、北京的姨姨、二大爷等写拜年信，冥思苦想，搜肠刮肚，写的字老大，尽量把信纸写满，而一旦第一封样板信写好，后边就可以如法炮制了。首先是逐一问候老人的身体情况，其次是告知家中近况，最后是祝福和愿望。

我家过年贴的对联多是父亲从办公室带回同事的作品，有一年是我的习作，感觉效果也不错，还替邻居李大娘家写了一副。大约是20世纪70年代初，楼上有人家阳台过年挂了一个灯笼，很快为左邻右舍仿效，家家阳台上都挂上了红灯笼，有的还装饰彩灯和转灯，红彤彤、亮闪闪，夜晚甚是好看。我家先是挂一盏六角宫灯(是我三姐在机修厂焊好带回来的)，后来又换成一个更大的圆灯笼，每到年前都要重新用红纸裱糊，拉上电灯线，我母亲也会让通宵点亮，寓意红红火火，一年兴旺。

西山职工居住区一直延续着过年挂灯笼的好习俗，80年代，我家搬到河涝湾朝北街后，沿街十几座楼上千个阳台家家张灯，景色颇为壮观。除夕之夜，鞭炮和焰火齐放，赏耳悦目，激动人心的不夜天让人难忘！

说到鞭炮，直到20世纪70年代中后期，仍是以一百头、二百头的小鞭炮为主，难得见到一两个彩花弹，而且当时人们生活窘困，处处要节省，孩子们也多是把一挂鞭炮拆开来逐个燃放，细水长流，舍不得一次放完。初一清早也有人家整挂鞭炮燃放的，但鞭炮质量不过关，会有不少未燃的哑炮。有年春节，大姐带五岁的儿子皓玮回来过年，小男孩先是被鞭炮吓得紧捂耳朵，后来习惯了，胆子也大了，下楼捡回一裤兜哑炮，我俩把这些哑炮从中掰开，楼道里摆成“之”字形阵势，点燃第一个，就可以观看十几股火花。小家伙乐此不疲，一趟趟跑到楼下收集“战利品”。

我平时是个喜欢安静的人，但过年却十分喜欢看热闹。从20世纪80年代开始，秧歌、高跷、旱船、抬杠等民俗表演成为年节活动的一部分，我也要东奔西走尽可能多地观看；晚上，五花八门的烟花也让我在阳台上大饱眼福。中国北方浓浓的“年味”确实有着一种特殊的文化魅力和吸引力。

上山开荒

1968—1969年，官地矿区职工家属忽然兴起一股上山开荒种地的热潮。开荒种地的收成可以增加并补贴家里的食物。

我也加入了开荒的人群，先与母亲在附近的山坡上开辟了几处小块地，撒上萝卜籽和蔓菁籽，浇水、施肥，有点儿小收成。很快，我就不满足于这种“小打小闹”，要去深山里“大规模垦荒”。一年春天，12岁的我追随17岁的邻居哥们马宝珠长途跋涉十几里到深山“狼坡”去开荒。我们选好一大片荒地，用镢头一下下砍下荆棘、野草，用铁锹翻土平整，看着身后一小片田地越来越大，对拓荒成果的陶醉也驱除了满身的劳累。

中午，我们吃了一些干粮，把砍下的枯枝干草拢成一堆，宝珠用火柴点燃，又继续开垦。未过多久，忽听身后“呼”的一声，原来是火堆把松树枝引燃了。我们急忙跑回去铲土扑救，但风干物燥，松树油性高，底层树枝的火苗迅速窜至树顶，整个变成一棵“火树”，烈焰灼热逼人，不能靠近，我们抛洒的一些土石如杯水车薪，无济于事。借着风势，火苗很快由第一棵树蔓延到第二棵、第三棵……直到一排树都烧着了。

看到火势迅速蔓延失控，我俩焦急无措、瞠目结舌。这时，我们才发现周围是一排排的松树林，只能期望火势不要再蔓延到其他排的树木。好在一排火墙火势渐渐减弱，最后熄灭。望着一棵棵焦黑的树木，我俩相对无言，开荒辟地的喜悦已荡然无存，取而代之的是担心和恐惧——会不会被当做破坏山林的坏人抓起来？我俩急忙拿上农具，落荒而逃。

此后几个月，我俩一直为此事担惊受怕，生怕有人发现和追究，也不敢

和父母讲，只能当做两人的秘密。直到第二年春天，马宝珠进山回来，告诉我那些树都发芽了，我心里的一块石头才算落了地。

深山开荒受挫，我在宿舍楼对面的山上开垦了一块半亩大的地，种上山药蛋和玉米。当时，山上还有野兔出没，也会惊起一群群的石鸽子，从地里可以遥望我家的阳台和窗户，我在地上就着山势挖了个掩体，铺上茅草，加上树枝伪装，可以玩游击战和看护庄稼。但夏天老舅舅来家，我每天陪老舅舅在家下象棋，有两个星期没有上山。一天，忽然有人来告知："你家的山药蛋被人偷挖了，人家都说宜生回了老家啦！地没人管。"我急忙来到山上，发现地里一片狼藉，满地是抛洒的山药蔓子，玉米连秆都不见了。望着半年的心血毁于一旦，我真是心痛，也非常痛恨这些不劳而获的盗贼。

最后，母亲和我从地里捡回来多半箩筐小土豆，就算一点儿自我安慰吧，还不是"颗粒无收"。

高产日

我从上初中(13 岁)就有下矿井劳动的经历：那时矿上搞"高产日"，全矿上下男女老少总动员，矿工们在井下要加班加点多产煤，妇女家属要送米汤、茶水到矿井口，子弟中学要挑选个高、有劲的学生下井参加挖煤劳动，每个初中班都要挑出五个高个子男生下矿井支援高产(到了高中阶段则是全体男女学生去)，我在班里身高排第三名，每回都是正选，一年要下十几次井。

记得头一次，我在井下看到工人们对头灯光柱里密密麻麻而落的煤尘视若无睹，用黑黑的五个手指抓着包子狼吞虎咽时，心里想：矿工真可怜，一辈子要吃多少煤面儿进去。我当时比较喜欢送饭的活儿，背着沉甸甸的保温包走一个多小时把饭送到掌子面，但可以在井上吃饭，不必就着煤尘吃饭。在一些顶板压力大的掌子面，支柱不到一米就一根，一些支柱因顶板来压而变形、折裂，要用更粗的支柱顶上，人只能在狭小的空间往镏子上铲煤。有一次，煤帮突然塌下来，把一个女同学的双腿埋住，吓得她哇哇大哭。煤矿工作确实是繁重而危险的。

我曾好奇地问父亲："如果地下的煤挖完了怎么办？"父亲笑了笑说："照现在的速度，再有 200 年也挖不完。"20 世纪 80 年代初，官地矿平洞 300 万吨产量是国内单产最高的特大矿井，而现在千万吨产量的矿井也不稀见，中国煤炭年产量由 4 亿吨提高到 20 多亿吨，我不知道现在是否还能这么乐观地估计煤炭资源储量和开采年限。即使还能开采 100 年，我们可以吃祖宗的老本，将来的子孙后代去挖什么呢？现在的山上已见不到几棵树，将来能把石头变成煤吗？我常想：如果煤挖完了，山西的几千万父老乡亲怎么办？

白专道路

“文革”期间，我正在读小学和中学，学校教学秩序混乱，使我学到的东西很少，极“左”政治高压还让人心情很烦闷。1971年后，学校教学秩序有所恢复。我上高一时，上面开始提“复课闹革命”。学校各门课程逐步恢复，开设的课程比较完整，也开始抓学习质量和考试。但我遇到的高一班班主任是个不学无术的工宣队长，没有多少文化知识，也毫无兴趣钻研教学，只知道搞阶级斗争和斗私批修，学生要想入团、当班干部必须跟着他的“指挥棒”转，全靠斗争觉悟和劳动表现，至于学习成绩则根本不予考虑。我这个开批判会和“讲用会”发言不积极、不能早晨六点就到教室打扫卫生的学生，在他看来，走的是所谓的“白专道路”，自然不入法眼，始终处于受排斥的地位，经常被敲打。

在他负责的这个所谓“加强班”(本意是要加强文化学习)，总是充满了政治斗争的火药味。举个例子来说，一天下午，全班在河滩里积肥劳动，我抬了几趟灰渣后刚坐下等装筐，这位李老师恰好过来看到，催促我站起来干活，等他走后，我讲了一句玩笑话：我干了半天，李老师都没看见，我刚坐下就让他看见了。第二天，有人打了小报告，我被他叫到办公室训斥：“你昨天讲过这样的反动话吗?”我问：“这话有什么反动的地方吗?”他马上来一套上纲上线：“你这话影响大家的劳动积极性，影响积肥任务的完成，破坏农业学大寨，还不是反动话吗?”并责令我马上写书面检查。

在这样一种政治高压气氛下，课堂气氛非常沉闷，我听着这个“白字先生”把“丑”当成“羞”；讲《农业基础知识》，把“株距1尺，行距1.5尺”读成“刑具1.5尺”，却不敢发笑，还必须一句一句、一字不落地做笔记，否则就是“政治态度问题”，一堂课50分钟真是难熬啊！上学根本学不到知识，反而使人身心感到很压抑，我实在不想去学校，却不得不去。直到高一下学期我转入有文化修养的郑长銮老师当班主任的高二班，才算走出了高中教育的一段阴暗时期。

三个班主任

张祖祺老师

我在官地矿子弟小学的班主任是张祖祺老师，是一位来自北京的年轻

女教师。因为她教小学生道理格外费口舌，嗓音常带几分沙哑，待人和蔼可亲，对我多有关心和鼓励，暑假还带我去北京探望我大姐等，旅途中照顾我。后来，张老师因工作调动去了其他学校。

赵希禹老师

我初中的班主任是赵希禹老先生，山西雁北人，1920 年出生，幼时读过私塾，对“三字经”、“千字文”、“弟子规”十分熟悉，可惜“文革”时不能讲这些经典。赵老师写得一手好字，包括毛笔字和钢笔字，随便写几个字，都写得像字帖一样端正、稳重，为学校和官地矿写了不少标语和“最高指示”。赵老师原来在山西省工业厅的一个部门做文秘工作，因“三年困难时期”吃不饱饭，饿得不行，亦难以养家，于是主动要求到西山煤矿当了矿工，这样可以多一些口粮供应，后来因矿区子弟学校缺乏师资而抽调到学校。赵老师给我们上语文课，可惜老人对现代语文语法知之甚少，上课只能在黑板上抄“解词”，抄完一黑板，擦掉；再写一黑板，再擦掉。那些解词如今我一个也记不得了。我想，如果当时允许赵老师给我们讲讲“三字经”、“千字文”、“弟子规”、“论语”和“大学”，一定是大有教益和帮助；或者把赵老师漂亮的书法学得一二，也能让我们终身受益。

赵老师的家离我父母家不远，我春节回家探亲总要去给老人拜年，赵老师总有讲不完的话。赵老师还懂“一掌经”，促膝抚手，他推算我是“天刃星”。我觉得“天刃星”的四句口诀与我的性格也确实相似：“天刃为人性太刚，我是他非要争强；万般做事自主张，不管他人论短长。”

2011 年 6 月底，我回到山西太原和原平给母亲故世过三周年，又到西山河涝湾探望赵老师，老人已经 92 岁，依然身体健康、思维敏捷，每天坚持用钢笔抄写《太原晚报》的精彩内容，两三个月就能写满一本笔记，赵老师送给我一本。看着老人隽秀、端庄的笔迹，我感到既惭愧又感动。我请赵老师为我正在撰写的《母子人生》题写书名，并与赵老师相约，在他百岁寿辰时回西山为他祝寿。衷心祝愿赵老师健康长寿！

郑长銮老师

我高中的正式班主任是郑长銮老师，福建人，郑州大学中文系毕业。郑老师中等身材，天庭饱满，一口南方普通话，讲话不紧不慢，态度温文尔雅。郑老师是当时学校学识较高的老师，家里有许多藏书，其中的《史记》、《神曲》我曾借来阅读，感觉书海无涯、学问很深。郑老师对“文革”极“左”的一套不感兴趣，比较重视文化知识的学习，对好学的我很喜欢和器重。当时我从高一班转到高二班后，班里已经有了学习委员，由计建中担任，郑老师又指定我担任学习委员，就使高二班形成了“双学习委员”的特殊体制。

我参加西山四中的第一次作文比赛获得第一名（奖品是一本三角钱的《关成富文选》），郑老师十分高兴，让我在班里宣讲并解读这篇范文——《记一位同学》。1977年高考，我是唯一考上大学的西山四中毕业生，郑老师也为此感到高兴和自豪。

改革开放后，郑老师曾担任西山四中领导，直到退休。我每年回太原探亲，都会去郑老师家探望。可惜可叹的是，因罹患癌症，郑老师刚过60岁就病逝了，也成为好人未必长寿的一个例子。

《勇敢》周刊

1973年，高中学校里传达了黄帅写的信，开始反思教育方针。我对极“左”教育思想不感冒，但对学生可以表达自己的观点很感冒，跃跃欲试，决定写点儿东西。但黄帅针对的是师道尊严，我反对的却是学校工宣队长搞极“左”的那一套。

经过几天的酝酿和思考，我准备创建一个《勇敢》周刊，每周写一篇大字报，针砭学校里极“左”的人和事。我买来几张大白纸，在一个周六的晚上“奋笔疾书”，写“发刊词”，也就是第一篇大字报。母亲对我大晚上不睡觉感到有些疑惑，过来询问、查看，我以“学校老师布置的事情”来搪塞。

在“发刊词”里，我对学校工宣队长的无知及其在高一班搞的极“左”一套大加讽刺，痛快淋漓地发泄自己这一年的郁闷心情，自我感觉是妙语连珠，一气呵成。但我也隐约有些担心这个做法的后果以及周刊未来的连续性，于是在文章的末尾留了一个“伏笔”做台阶：“本刊名为《勇敢》周刊，故一旦本人斗志衰退、勇气丧失，本刊将自动中止。”

星期日上午，我把大字报贴在空无一人的学校走廊里，怀着激动和忐忑的心情回到家，等着下周上课看“作品”的反应。事情很快就传遍了全校，据说，矿党委书记也亲自来看了大字报，但说了一句“看来并非出于公心”，校园里学生们对我指指戳戳，悄声议论，但学校没有人找我谈话了解情况，只有郑老师见面对我摇头：“唉，你怎么……”言语和神态之间颇有些担心。我父母也提醒我不要惹祸，但当时学校也吃不准上面的政策，对学生的行为不敢轻易否定，此事就慢慢平息了。

此时，我对上学已经越来越没有兴趣了。

第六章　初入社会

——兰宜生

合同工

“文革”后期，社会上出现了“读书无用论”。那时候，人们羡慕的不是有高中文凭或者大学文凭——当时文凭对找工作来讲没有任何价值，而是有一个过硬的“后门”。这个“后门”可以是一个掌权的亲戚或朋友，能为你在城市里找到一份固定工作或一份好的临时工作。1974年春天，我在高中第二年，离毕业还有半年就办理了退学手续，希望能在父亲工作的煤矿当一名矿工。当时一张退学证似乎比高中毕业证更有“就业”价值——退学说明你家庭困难或者有其他原因，更利于找工作，而毕业证几乎等于一张废纸，只说明你已经高中毕业，可以并应该去农村接受贫下中农的“再教育”了。

父亲由于不会走“后门”、拉关系，因而争取不到职工子弟补充“自然减员”的正式矿工招工名额。当煤矿工程师下井多年的父亲在四处碰壁后也有几分感慨：“戴了一辈子柳壳帽，如今连这顶柳壳帽也给儿子戴不上。”结束高中学习后，我在矿上做过一些临时工，如建筑工、搬运工，也在太原市区做过建筑合同工，劳动内容主要是搬砖、和泥、垒墙，从中体会一些普通工人劳作的辛苦，也增加了对社会的一些理解和认识。

1975年，我曾在山西矿院做过几个月的合同工，经过与管合同工的后勤干部张宜生（这是我初次遇到同名的人）的激烈争辩，我方得以定级为三级壮工，日薪1.86元（一级壮工日薪1.32元，二级壮工日薪1.57元）。级别定得高，劳动强度也大，我最发愁的是和麦秸泥，穿着长靴上下踩泥，格外吃力，用钉耙往房顶上和泥抡得胳膊都肿了，到下班时真是筋疲力尽，还要骑车一个半小时的上坡路回西山官地矿家里，有时半骑半推就要两个小时到家。我倒不发愁一些技术难度大的活儿，领头的八级大工倪师傅、张师傅曾放心地把砌烟囱的活儿交给我干，自己在旁边抽着烟卷聊天，我也对自己一砖一瓦的“建设成果”十分细心，不断拿标尺衡量，以求精益求精。

现在想来有一点比较奇怪，我虽然每天会看到操场和林荫道上的工农兵大学生，当时却丝毫没有激起读大学的渴望，似乎那是生活在另一个世界的一群人，与自己的生活没有相似性和可比性。我只是渴望能够得到一份固定工作，有一份固定的工资收入来贴补家用，如果说当时还有一点儿工作理想的话，我倒是一度很羡慕矿区商店里干果柜台的售货员，不用风吹日晒，坐在柜台里嗑着瓜子就能挣一份工资。

可惜这个理想几乎是幻想，在没有希望找到固定工作时，我只好下决心去农村插队，因为插队两三年以后，是有机会招工回城的。因此，1976 年春节后，我来到了山西阳曲县泥屯公社苏村大队，在这里度过了两年的插队知青生活。

苏村

我们插队的是一个知青集体点，官地矿与苏村签有协议，苏村接受官地矿的几十个矿工子弟知青，矿上给村里一些木材、砖瓦、煤炭等物资。当坐着矿上派的卡车转过一道道山沟最终爬高到苏村时，一些女学生已经哭了。因为有人细心数过，汽车拐了九十多道弯才来到这个山沟沟里丘陵上的苏村大队。

苏村的主要作物是高粱和玉米，也有一些谷子、山药和红薯，麦子种得很少。因此，知青灶的伙食结构也是以高粱面和玉米面为主，掺有少量的土豆和小米稀饭。一天三顿红面吃下来，没过两个星期许多知青都得了便秘，看到小伙子愁眉苦脸地从厕所出来，就知道又是“无功而返”。有的人四五天不能大便，只好求助于老乡的土法儿，从老乡家找来獾子油喝下去，这时又会变得腹泻不止，半夜要去三四趟厕所。大家每天吃得很差，但劳动强度却很高，在秋收时每天从早战到夜战要四次出勤，在田地里要劳作十三四个小时，剩下紧巴巴的一点儿吃饭和睡觉的时间。那个时候，人是根本不会有失眠苦恼的，基本上是头一挨枕头就睡着了，觉不够睡是主要苦恼。

生活在苏村的一大难题是吃水、用水。因为坐落在一个高高的黄土丘陵上，苏村的井都有几十米深。当劳累一天归来、四肢筋疲力尽的时候，要从深井里摇一桶水上来需要下很大的决心。因此，收工回来我们常常不洗脸，只拿干毛巾把脸擦一擦就上床睡觉了。有时实在需要用水时，我们就到房东家借上桶，两三个人一起轮流把水摇上来，再把水送一桶给房东，自己留一桶，真是惜水如油。

苏村分为三个生产队，我分在第三生产队，但住在第一生产队王队长家

里。王队长有一个两岁的女儿，家里有媳妇还有母亲，他是一个热情、干练的中年人。王大娘对人也很热情，我们不会做的家务事常去请教王大娘和王大嫂。我和李拉柱、薛福、刘贵军四个知青住在王队长家。一盘土炕上睡几个小伙子有一些拥挤，各种资源也是共享的，除了呼噜声之外，每天从地里带回来的跳蚤也充分分享，咬得人遍体疙瘩，却困得实在睁不开眼去找寻这些小债主，直到挠得体无完肤、血痕累累才能昏昏睡去。秋收结束，我回到矿上澡堂洗澡，澡堂的人却把我挡在浴池外，以为我有皮肤病。

苏村不大不小，大概有 200 多户，一些看似不大的小事很快就可以传遍全村。来了几十个知青，是村里的一股生力军，也是一群新鲜人，没有电视、广播的山村生活实在平淡无奇，围绕着知青发生的一些事就成为村民口中的新闻和奇闻逸事。比如，我和大伙儿在锄谷子休息时，在地边探摘酸枣从土崖跌落下去，摔得憋住气，李拉柱急着给揉前胸后背，我半天才喘出气来。傍晚收工回村，院里王大嫂早已知道了。我和薛福曾在收工后转到二队、三队的瓜田，与看瓜的老大爷套近乎，想忽悠老汉吃个瓜解解馋，又被人传说“有个白瘦子和黑胖子每天到瓜地里吃瓜”。我到村西头老乡院子里买杏儿、摘杏儿，因为土地松软，梯子不稳，从树梢处滑跌下来，消息也是即刻从村西传到村东头。当时，村里水果真便宜，大黄杏五分钱一斤，五角钱可以装满一书包，又甜又酸，现在想起来还满口生津。

两年农民生涯

我感觉当时农民一年四季的劳动生活都是辛苦的。春耕春播不久，谷子苗出来后，要“薅苗苗”(给谷子地间苗)，在地里一蹲就是一天，膝盖实在疼痛难忍，有时就跪在田里继续薅。夏天抢收麦子，半夜三点大喇叭就吆喝大家起床下地，睡眼惺忪顶着夜色摸到麦田，在半明半暗中开镰割麦，必须赶在天大亮前完成当天的定额，太阳出来以后再收割会造成麦子掉粒。秋天的抢收抢种更让人脱一层皮，每天从五点多“早战”开始，到晚上九点多“夜战”结束，要“四出勤”，除了压低到最低限度的吃饭和睡觉时间，每天要在田里劳作十三四个小时，真把人累成“一摊泥”。好不容易到了冬闲时节，也不让人歇歇，喘口气，又要折腾“学大寨”，“农闲不闲”，大搞劳而无功的所谓冬季农田水利建设，在一镐砸不出个牙印的河滩冻土上白白消耗体力和时间，大家受冷挨冻，咬牙撑着，老百姓形象地称为“挣冻工”。每年冬天在河滩地里完成的一点儿“学大寨”成果，第二年夏天就会被洪水一扫而光。

农村劳动是典型的“高投入、低产出”，即付出巨大的体力消耗，收入却低得可怜。生产队劳动要记工分，十分算一个工。一个男劳力可以记十分工，女劳力记八分工，而知青劳动要打折，一个男知青只算八分工，女知青算七分工。劳动的时候不知道也无法估算干一天活儿能挣几个钱，一个工的价值要看年成好坏，年终结算，有时候一个工值四五角钱，有时候只值一角钱，辛苦劳作一天往往还挣不到一角钱。因此，一年到头劳动是不会有什么现金分红的，能够把口粮分回来已经是谢天谢地了，有的人还会欠队上的钱。

每年分的口粮以玉米和高粱为主，谷子为辅，仅有十几或二十斤麦子。1977年初，我去三队仓库领剩余口粮，当时麦子已经领光了，齐队长跟我商量："队里还有些荞麦，干脆都给你荞麦吧。"这样我领回来100多斤荞麦，在房东王大娘的指导下，我把荞麦晾晒干，到电磨房去皮磨面，把荞麦皮送给房东，自己得到两口袋荞麦面。头一罗的荞面雪白雪白的，与白面无异，只是咬着有点硬，不好消化，吃多了肚子胀。这些荞麦面成了我半年时间做刀削面的主要原料，削面的手艺也得到了充分操练和提高。

人生经历越丰富，则成长的根基也越深厚，而艰难和困苦是一个人最宝贵的经历资本。我现在常会想起农村插队的经历，应当感谢插队生活对自己的磨炼，否则自己的心理和生理承受力比现在要差许多，也会记起村里老农的话："人只有享不了的富，没有受不了的苦。"这是中国农民的朴实、善良心地，也是他们为中国发展承受巨大牺牲的困苦生活教给他们的"生活道理"。有了这番磨难垫底，以后工作出差，不论住宿条件多么差，甚至有一些蚊子捣乱，只要用衬衣把头蒙住，我就可以心平气和地入睡了。有在农村当农民的经历作对比，我现在对工作收入的高低也不会太计较，甚至感觉现在挣钱太容易，受之有愧。

"揭竿"而起

由于出身和生活背景不同，知青与当地农民特别是青年农民也难免会产生一些摩擦和冲突，一些农民对知青有一种嫉妒心理——"你们在农村干两年就可以招工走了，我们就得一辈子欺负土坷垃！"言语和行动往往会表现出来。

有一天，队里从各家猪圈里"起肥"——把拌入炉灰的猪粪抬到田地里。我和知青冯南生抬着满满的一只大箩筐，他在前，我在后。二十七八岁的张永生是生产队副队长，也是大队民兵连副连长，长得身体壮实，膀宽腰圆，总是盛气凌人，正拄着铁锹站在路旁"监工"："南生，你能不能走快些？走路拖拖拉拉的，好像毬拽住了！"南生赔着笑脸解释着，永生又冒出一句脏话："看你们也是蛋籽子底下的货！"

我一听这话带着“复数”呢，立时停住脚步：“永生，你有话好好说，不要乱骂人！”

想不到他非常轻蔑地“哼”了一声：“骂你莫非你还要咋呢？你有啥了不起呢？你是个啥东西？”

我心里的怒火“腾”地一下子就上来了，喝道：“骂老子就是不行！”我猛地抽出抬杠朝他抡去。

永生猝不及防，胳膊已被结结实实地砸了一抬杠，疼得嗷嗷直叫：“你敢打我?!”拾起铁锹与我对打。

我俩各挥兵器一通混战。此时，路过的老会计和社员纷纷上来呵阻劝架。永生看到他的兵器短、我的兵器长，始终占不到上风，气得扔下铁锹转身向大队部跑去，留下一句话：“看我非捆你一绳子不可！”

我一看他去招呼民兵，心想后果严重，好汉不吃眼前亏，走为上计，急忙回知青宿舍推了辆自行车，向十几里外的泥屯公社赶去。找到公社革委会负责人，我投诉“苏村有队干部辱骂并迫害知青，你们管不管？如果不管，我就告到县革委会去！”

恰巧前几天，阳曲县刚刚发生一起知青自杀事件——一名黄寨的男知青因不堪过度劳累和心理折磨而投井自杀，县里为此事通知各公社，注意知青政策和合理待遇，避免发生类似事件。因此，泥屯公社革委会领导对我的投诉比较紧张，格外重视，打电话让苏村大队妥善处理此事，不许欺负知青。

当天晚上，大队召开事件调解会议，大队党支书张书记、革委会郭主任、知青带队干部张金元等参加，听取双方的陈述。张书记和郭主任对我平时的印象不错，觉得我是个比较文静、老实的知青，这次“打架”真是意想不到。张金元自然也是站在知青立场上，3 人对张永生的所谓“知青不服从劳动管理，在地里肆意胡闹”的说法不同意，对我的“有人蓄意迫害知青、欺凌知青”的控诉也不支持，采取“和稀泥”的方式，双方“各打五十大板”。最后的结论是：永生性子急，我性子慢，两人由此产生一些误会和矛盾，以后双方都注意一些，搞好团结，不要让此事影响今后的关系和队里劳动。

2006 年春节，与儿子重访苏村

一场山雨欲来的危机就此化解。此后，永生对知青说话的口气收敛了许多，对我讲话更不敢用“脏”字。

多年以后回顾人生，可能个性使然，自己曾有过几次“怒发冲冠”的失态举动，“制怒”是自己应时常体会的功课。我很佩服德川家康“视怒如敌”的隐忍工夫，也曾写下一首小诗提醒自己：“遇逼怒顶门，几做尴尬人。解得圣贤志，火气荡无存。”

【历史回声】知识青年上山下乡运动

知识青年上山下乡运动最早可以追溯到1955年，60名北京青年组成了青年志愿垦荒队，远赴黑龙江垦荒。中国共产主义青年团中央于8月30日为他们举行了盛大的欢送会。团中央书记胡耀邦在欢送会上把“北京市青年志愿垦荒队”的队旗授予这批青年。政府鼓励当时的知识青年“上山下乡”，“自愿到条件艰苦的农村去锻炼自己”，把邢燕子等人作为典型模范在青年人中大为宣传。

有组织、大规模地把大批城镇青年送到农村，则是在“文革”后期，毛泽东决定给红卫兵运动刹车的时候。1968年12月，毛泽东下达了“知识青年到农村去，接受贫下中农的再教育，很有必要”的指示，上山下乡运动大规模展开，1968年在校的初中生和高中生（1966年、1967年、1968年三届学生，后来被称为“老三届”），全部前往农村。“文革”中上山下乡的知识青年总人数达到1 600多万人，1/10的城市人口来到了乡村。这是人类现代历史上罕见的从城市到乡村的人口大迁移。全国城市居民家庭中，没有一家不和“知青”下乡联系在一起。知青上山下乡的地点遍及全国各地农村，主要目的地是偏远的边疆地区，包括云南、广西、贵州、内蒙古、黑龙江等地。政府指定“知识青年”劳动居住的地方，通常是边远地区或经济落后的县份。城市知识青年下乡劳动很快成为既定政策，所有城市家庭子女在中学毕业后，除老大可以留在父母身边，其余子女均须上山下乡。与此同时，一些干部子女则通过参军等方式避免走上山下乡之路，或者到诸如北京郊区这样条件较好的地方落户。

在当时，有一部分青年是“满怀热血”投入这场运动中，所谓“紧跟统帅毛主席，广阔天地炼忠心”。但更多的城市青年是被政府强制离家、迁往农村的。与其在城市的生活相比，知青们普遍感觉农村生活很艰苦，他们在贫困的农村地区无法继续接受正常的知识教育，文化生活几乎没有，他们和当地农民的关系有的远非融洽。

上山下乡的知青中，大部分是到农村插队落户，但还有一部分虽然也是务农，过得却是“生产建设兵团”的准军事化生活，他们的状况与插队知青有

很大不同。上山下乡运动前期，全国各地组建了许多“生产建设兵团”，有一大批知青到这些生产建设兵团参加“屯垦”。生产建设兵团虽有“屯垦”的功能，但却非正规军队，它同时兼具安排城市失业青年就业和备战的目的。1968年底，中苏关系紧张对立，毛泽东向全国发出了“全民皆兵”“招之即来，来之能战，战之能胜”“备战备荒为人民”“深挖洞，广积粮”等一系列备战指示。城市里开始修建防空洞，沿海地区不少军工企业纷纷西迁。正是在这样的背景下，各地组建了以知青为主要成员的许多“生产建设兵团”。从1969年初到1970年，原有的“黑龙江生产建设兵团”大规模地扩充建制，同时新成立了内蒙古、兰州、广州、江苏、安徽、福建、云南、浙江、山东、湖北共10个“生产建设兵团”及西藏、江西、广西3个农垦师，加上20世纪50年代组建的“新疆生产建设兵团”，全国共有12个“生产建设兵团”及3个农垦师。

20世纪70年代以后，知识青年被允许以招工、考试、病退、顶职、独生子女、身边无人、工农兵学员等各种形式逐步返回城市。70年代后期，出现了大规模的返城抗争，知青们通过请愿、罢工、卧轨、绝食等抗争方式强烈要求回城，其中以在西双版纳的抗争最为出名。1978年10月，全国知识青年上山下乡工作会议决定停止上山下乡运动并妥善安置知青回城和就业问题。1979年后，绝大部分知青陆续返回城市，也有部分人在农村结婚“落户”，永远地留在农村。有人因为害怕不被政府允许返回城市，所以即使与人同居并有了孩子也不登记结婚。据统计，由于各种原因滞留农村边疆的知青有数十万人。

上千万的知青回城后，并未出现某些官员担心的因城市容纳不下而引发的大规模混乱。相反，由于这个得民心的决定得到了全国人民的热烈欢迎，使得城市和农村都更加“和谐”。

上山下乡虽然暂时缓解了城镇的就业压力，但是，几千万年轻人的青春被荒废，无数家庭被拆散，这场运动也造成了各个层面的社会混乱。本应成为各方面学者、专家和接班人的知识青年被放到乡间长期务农，致使中国后来出现了知识断代、学术研究后继乏人的反常现象。

上山下乡运动让千千万万的城市青年到中国广大的贫困农村地区，影响了无数个中国家庭，改变了一代人的命运。许多上山下乡的知青后来经过刻苦努力成为各个领域的佼佼者，特别是1977年恢复高考让许多知青有了脱颖而出的机会，成为30年来中国改革开放和现代化建设的生力军。然而，更多的知青则失去了受教育的机会，在20世纪90年代的下岗潮中更是首当其冲，许多人下岗失业。

现在想起来，要感谢邓小平果断恢复高考制度的英明决策和领导改革开放的胆识和魄力，否则，我和众多中国青年很可能是另外一种人生轨迹。

邓小平同志的英明决策改变了千千万万中国青年的命运，改变了亿万中国人的命运，使中国走上了一条繁荣、富强的发展轨道。正如赵朴初先生在《题万松图》中对邓小平的评价和赞美："中有一松世莫比，似柳三眠复三起。眠压冬云八表昏，起舞春风万民喜。"

（《中国知识青年上山下乡始末》，人民日报，2008 年。）

第三部分

希望岁月(1977—2008 年)

——兰宜生

第七章 大学生活

严寒中的高考

贺素秋补记：

1977 年 10 月，广播突然传出一条消息——全国青年人都可以直接考大学啦！人们奔走相告，热烈议论。大女儿明川急着给家里写信、打电话——赶紧把宜生从农村叫回来、“抓回来”复习考试！

我们给村里捎信，就说“我身体不适，想念儿子，让孩子请假回来看看”。过了些天，我们仍不见孩子回来，只好又发电报，说“我病了”，这才把宜生叫回来。

我初接到家里消息时，正在忙秋收，队里不允许请假；再接到“母病”的消息，庄稼已收割完毕，上麦场翻打，向队长请假回家获准，到家后才知道是要复习应考。

因为我中学学习的内容浅薄有限，一些课本也丢得差不多了，从父亲同事那里借来一些数学等书籍复习高考，此时我已经习惯了农村的体力劳动，在家中看一会儿复习资料就犯困，晚上不到 9 点就困得想睡觉，急得我父亲在旁边说：“我还没困，你倒先困啦！多看会儿再睡吧！”我心里对高考也未抱多少希望，感觉上大学是遥不可及的梦想，姑且试一试吧。

我记忆中的高考，是与呼啸的寒风和结冰的脸盆相伴的。1977 年 12 月初考试时，考点在阳曲县泥屯公社，我骑车回到阳曲县苏村，准备参加两天的高考。由于进入冬闲，其余知青们已全部回城过冬，只有我一个知青回村参加这次高考，偌大的麦场上两排知青宿舍只回来我一个人。北方冬天的劲风，早已把窗户纸刮得稀烂，屋里与屋外是同样的温度，没有炭火，漫漫寒夜如何度过，实在是我面临的第一道考题。

我把宿舍里四张床的被子全压在身上，和衣而卧，仍然禁不住全身发

抖,彻夜难眠。麦场上的风声时大时小,宿舍的木门“咣咣”直响,破碎的窗纸发出“呜呜”的呼啸声,寒冷、孤独甚至恐惧困扰了我一整夜。上牙打下牙、似睡非睡中我盼望长夜快点过去。好不容易盼到鸡鸣破晓,我起来,发现脸盆里的一点洗脸水已经结了冰凌。戴上棉帽子、棉手套,我骑着自行车摸黑向十几里外的公社所在地赶去。黑咕隆咚的山道,一路下坡,我缓坡骑一段,陡坡推一段,生怕坡陡捏不住车闸滚下山坳。天蒙蒙亮时,我终于赶到了考场——泥屯公社中学。平房教室里生着一个大铁炉,使我感觉十分温暖,闻着淡淡的煤烟味,我感觉冰冻的五脏六腑都在慢慢消融。

考场上洋溢着一种快乐而紧张的气氛,男女青年人人脸上都带着激动和兴奋的神情,而我更多的是在享受温暖带来的舒适。中午休息时,我一边吃着母亲做的烙饼,一边闭着眼打瞌睡。

一整天的考试之后,我不得不推着自行车冒着夜色返回我的冰窖宿舍,用干毛巾擦擦脸上的尘土,就钻进了厚而不暖的被窝。在半睡半醒中,我与寒风又战斗了一夜。第二天清晨,我满怀憧憬地赶去泥屯中学——那散发着淡淡煤烟味的教室,是我心目中最温暖、舒适的“圣地”。

当天考试结束后,我马上骑车向100里外的太原市我三姐家中赶去。那温暖的房间和舒适的床铺,像一盏心中的明灯,使我忘记了疲劳、困倦和饥饿。

30年弹指一挥间,当年高考的题目和场景,我都已记不清了,只有那凛冽的寒风深深地刻在了我的记忆中。

小时候爱读闲书部分弥补了我所受正规教育的不足,在政治、语文、历史、地理等高考科目中,不管题目熟不熟,我总能东拉西扯地写一些内容,最终幸运地以阳曲县文科第二名进入初选。当我接到初选通知到黄寨(阳曲县政府驻地)医院体检时,听到有人在打听:“谁是兰宜生?”后来我才得知,初选名单是按考试成绩排序的,我排在第二位,心里吃了颗“定心丸”。填报学校志愿,因为我生怕以后当老师,而文科可选择的院校也不多,我第一志愿就填报山西财经学院贸易经济专业,但对贸易经济的学习内容却一无所知。在1978年春节前后等待录取通知书时,妈妈每天都在窗口眺望邮递员,直到一天午饭时,楼下一声呼喊“12楼18号,拿图章!”喜讯来到——我被山西财经学院顺利录取。街坊邻居纷纷前来道贺,争相观看这个稀罕的“大学录取通知书”。

现在回想起来,如果没有小时候多读书的积累,我的人生很可能是另外一种轨迹。事实上,我是1977年西山四中已有的四届高中毕业生(1974—1977年)加上1978年应届高中毕业生700多人中唯一考入大学的幸运儿。

七七贸易班

1977年高考后，我来到了山西财经学院贸易经济系贸易经济专业学习。当时一个年级只有一个班，扩招后全班加上走读生有70个人，被称为七七贸易班。班里应当讲能人不少，40个人左右有插队经历，有的人入学前已经是大队党支部书记、公社团委书记、中学老师或社办工厂的厂长。年龄差距很大，年龄最大的同学比最小的同学要大14岁，因此，有的年长同学开玩笑地说，我在高中毕业时你们还在读幼儿园呢！我在班里面的年龄属于中等偏下，有人比我年长十岁，也有人比我年小四岁。第一天上课，我有一种很奇怪的感觉，因为女同学的数量比较少，只有12个女生，而且穿得都非常朴素，所以，整个教室里是一片蓝色、黄色、黑色，给人一种阴沉、暗淡的印象，远远不像想象的大学教室那样明快。我想，那个年代，一方面是人们要刻意保持谨慎、低调，尽量表现出自己艰苦朴素的一面，另一方面也没有太多的鲜亮衣服供人选择。然而，不久，校园里的素花衣衫就越来越多了，人们从"文革"的阴霾中逐步地走出来。

从农村进入高校，从农民变成学生，生活有了翻天覆地的变化，每天接触的都是新知识、新事物，生活条件也大为改观。学生宿舍整齐、清洁，学生食堂里虽然只供应两种菜：一个盆是肉烩菜，2角钱一份；一个盆是素烩菜，1角钱一份，与现今大学餐厅提供几十种菜食无法相提并论，但与插队知青的伙食相比，已是高出许多，我感觉十分满意。我每天不用日晒雨淋地干活，可以学到各种新鲜的知识，又有现成的吃、住，还发几块零花钱，真是天堂般的生活。

从田间地头工厂车间来到书桌旁，不用提醒，同学们都格外珍惜来之不易的学习机会。每天清晨六点，许多人已经到校园外小河边去晨读了。晚上十点，宿舍熄灯后，还有人在教室里继续学习。人们如饥似渴的学习劲头和听课讨论的认真，如今回想起来还历历在目，记得当时曾写过一首小诗记述快乐而紧凑的学习生活，其中有："画箸积分树荫下，价值论辩灯已关。"

70个同学中，大部分是党员、团员，非党、团员只有四人，包括我。其余3个人写了入团申请书后很快也成为团员，只剩下我这个落后分子。因为我们班团支部是全省的先进团支部，不希望留下盲点，所以，团支委就来做我的工作，希望我积极要求加入团组织。我本人对入党或入团并没有成见，只是因为高中阶段在西山四中申请入团时遇到一些不顺心的事，生气后决定不再申请入团，故而，我推辞说自己的条件达不到，也不会写入团申请书，但后来还是在同宿舍吕振林的劝说和帮助下写了入团申请书，成为最后一名团员。

一个宿舍里住六位同学，有谢文秀、刘文元、史天林、吕振林、刘同生和我。谢文秀和刘文元是老高三，都比我大十岁。老谢来之前已经是团市委的干事，被选为班里的党支部副书记。老刘是中学教员，被同学们尊称为刘老师，却遭他连连摆手拒绝，表示反感，因为他已厌倦了教师工作，生怕毕业后再分配去做老师。吕振林是大同人，讲得一口地道的大同话，对人十分热情，他因为父母早逝，全靠兄长抚养帮助，世事人情懂得要比我更为深刻。史天林也是阳曲县考来的知青，和我都算是太原人，以后留校一直在山西财经学院工作。刘同生与我同岁，比我还小半年，是宿舍里的老幺，家在临汾，一口临汾普通话常常逗得我发笑。作为上下铺的兄弟，以后我们经常保持着联系。

“五个现代化”

进入大学如同进入了知识的海洋，虽然此时讲的还是计划经济的知识内容，但对我已经是足够新颖和有吸引力了，课堂上听着各种理论和观点，图书馆可以借到许多书，对爱看书的我真是一种享受。

中国的传统主张多读书——“开卷有益”，但也提醒人死读书的危害——“尽信书不如无书”。读书、学习要有自己的思考和理解。上大学二年级时，在学习社会主义基本经济规律时，我产生了一个疑问，觉得“四个现代化”的提法与所讲的社会主义基本经济规律不符。按照社会主义基本经济规律，生产是手段，满足人民物质和文化生活需要才是目的，而四个现代化无一涉及生产目的，工业、农业、国防、科学技术现代化，都只是实现目的的手段，把手段而非目的作为长期奋斗的目标，从逻辑上是说不通的。所以我写了一篇近万字的论文《实现人民生活现代化是社会主义现代化的最终目的》，文中提出，要用包括人民生活现代化在内的“五个现代化”取代四个现代化，使大家能同时看到社会主义现代化的最终目的和实现这一目的所需要的手段，以避免经济工作中指导思想和政府决策的偏差，更好地安排和协调农、轻、重等比例关系。

由于这篇论文内容敏感，自己也没有把握是否分析得有道理，因此，我先拿给系主任高光筠教授看，他又转给张魁峰老师看，得到他们的赞赏，但投稿《经济研究》未能发表。不久，广播宣传强调“在政治上要与党中央保持一致”，系主任对我说：你那个“五个现代化”不要再讲了。我的第一个“创新观点”就到此终止了。十年以后，新华社山西分社的同志找我采访，要收集关于“五个现代化”的“学术新观点”，我笑着问：“这个十年前的想法，还能算新观点吗？”

开放心态

1979 年的一个周末，我回到太原西山家中。母亲告诉我一件奇事：楼下王家邻居的小姑娘“四儿”能用耳朵认字，我感觉很不可思议——这怎么可能？第二天，我恰巧从三楼窗户看到四儿和她母亲在楼下，就唤她上我家来。这个 9 岁的小姑娘在母亲的说服和督促下才来到我家，我在稿纸上写字测试她耳朵的“视力”(听力)。我连续测试 3 次，头两次她写的是“商品”、“货币”这样比较抽象的词，我把字条揉成一团，小姑娘塞入耳中，不过半分钟就能告知是什么字。第三次我写了一个笔画很多的“鼎”字，小姑娘搓了一会儿脑门才“看清”这个字的影像，她虽不认识这个字，但可以把笔画写出来。这事使我感觉很奇妙，也无法理解其原理——为什么连眼睛都无法看见的字(揉成纸团)，耳朵却能“看见”。如果说对方能在几米之外隔着遮挡的手透视你写的字，那本事就更大了。如果说 9 岁的小姑娘在我这个 20 多岁大学生的正面注视下，能巧妙打开纸团而不被我察觉，那显然不是事实。

对这件事虽然我无法理解和解释其原理，但我不能否认我亲眼所见。我得出的结论和认识是：我的耳朵不能认字(自己确实也试过)，但我不能断定世界上所有的耳朵都不能认字。

此事使我对任何新事物都保持着更加开放的心态，无论它多么令人难以置信，我都不会轻易断言那是不可能的；但某件事若非我目睹或验证，我也不会轻信传言。这应当是我们面对浩瀚无边的未知宇宙时一个比较理智的态度。

留校任教

当初高考志愿填报山西财经学院贸易经济专业，主要是为了避开当老师，因为我不喜欢讲话，更不喜欢当老师，而中文、历史等文科专业多半是培养师资，学贸易经济肯定不会去当老师；但入学后，当看到大学教师不必坐班的自在生活时，我又羡慕这种轻松、自由的工作生活方式而最终选择了留校任教。

1982 年兰宜生大学毕业照

大学三年级结束，班主任安老师征求我的意见：“兰宜生，你英语学得不错，是否愿意去北京外贸学院学习外贸课程，以后回校任教？”我说：

“愿意。”

于是，1981年，大学第四个年头，我来到北京外贸学院学习一年，与姜建华、穆东等几位进修老师住在一个宿舍，进修《进出口业务》等课程（所谓“老五门”）。邱年祝、严思忆老师讲的《进出口业务》及刘舒年老师讲的《国际金融》给我留下了较深的印象，他们精辟的讲解分析和宽广的知识面为我打开了另一扇窗户。

在北京学习的一年中，我几乎每个星期日都到前门二大爷家中，此时，二大娘已过世，二大爷已经76岁，虽然背有些驼，但身体还很硬朗，总要做一些简单的木匠活儿。二大爷是个耿直寡言的老人，除偶尔讲一些年轻时的往事，更多时候是爷俩默默坐着，我看着老人抽烟袋。老人做饭的手艺不错，总是嫌我吃得太少，吃完饭，我收拾并洗碗。二大爷一辈子娶了三房太太，但最后还是剩下自己一个人。他常说：不发愁做饭，就发愁洗碗，一辈子没洗过碗。

我们爷俩去大北照相馆照张合影，他指着照片说：“你的头发黑黑的，我的头发都白啦！”我笑着说：“您比我要大50多岁，我过50年也会有白头发！”想不到的是，在市场经济快节奏的工作压力下，我未到50岁就开始有白头发了，如今不少中年教师和白领三四十岁就“早生华发”了。

1982年1月，我从山西财经学院本科毕业，留校在商品学系担任国际贸易实务课程教师。商品学系是从贸易经济系新分出来的系，除了商品学教研室的几位老教师，新进了一批来自各地高校各类专业的82届（七七级、七八级）毕业生，年轻人多，充满了朝气和活力。系总支张书记、系主任孔老师及系副主任卢昌治老师都和气、友善。卢昌治老师后来当了学校的副院长和院长，对我多有指导和帮助。

1982年上半年，我到青岛山东机械进出口分公司几个月，实习进出口业务，途经济南，我独自去泰安攀登东岳泰山，沿途的巨石和摩崖石刻让我流连驻足。我用了大半天时间从山脚岱宗庙攀到山顶，次日凌晨又观赏了东海日出，方才下山。

九层高的山东省外贸局大楼俯瞰着青岛第一海水浴场，我工作的办公室在第八层，这是我第一次来到海边，大海显得那样辽阔、壮观，我喜欢凭窗眺望，午休时总爱到海滩戏水、漫步。青岛和崂山给我留下了很好的印象。有个星期日，我又坐长途公交车去崂山玩，途中看到海边的风景很美，就下车自己游玩，岸上有许多贝壳和其他海洋生物，我捉到十几只海星，回来养在脸盆里，后来制成漂亮的标本。

青岛是吃海鲜的地方。当时螃蟹仅四角钱一斤，花一元钱就可以在食堂买到三只大螃蟹，可惜，我吃蟹技术不过关，速度超慢，等我晚饭吃完三只螃蟹，食堂大门已经锁上了，我只能越窗而去。

我在外贸公司的进口科、出口科、储运科都实习过，主要工作是用英文打字机写信函、打单证，当时还没有电脑，传真、电传也因成本高而很少使用，要公司经理批准才可以发，平日的询盘、发盘、还盘、接受都是采用国际航空信函，往返一次要十天或两周时间。外贸业务实习让我记忆最深的是单证内容不能有丝毫差错，一个字母不小心打错，或者字母大、小写不一致，就得从头再来。

第八章　学为人师

初登讲台

青岛外贸公司实习结束后，从 1982 年秋季给七九贸易班讲授《进出口业务》起，我开始了自己的教学生涯，回首算来已近 30 年啦！

许多人愿意做老师，喜欢站在讲台上的感觉，而我从内心不喜欢做老师，觉得教学是一种重复性工作，我对重复做某件事缺乏兴趣和热情，而是更愿意不断尝试新事物，搞创新试验。另外，我自小不喜欢讲话，讲话语速慢，自己觉得也不适合做老师。但对大学教师自由工作的向往，让我最终选择了教师职业。俗话说，既来之，则安之。我既然选择了当老师，就要把这份“开口饭”工作做好。多年后，我从丘吉尔由一个言语木讷的少年锻炼成一个雄辩家的事例中，更相信许多事情都事在人为。

在做了充分的准备后，我的第一次讲课颇为成功，听课的副系主任卢老师十分满意；一个学期下来，我的讲课也得到了学生们的喜爱和好评。

父亲中风

1983 年春节过后，我刚回到学校准备开学的课程，一天半夜，宿舍门突然有急促的敲击声，三姐在门外呼喊我的名字。原来我父亲晚上 7 点多在办公室突然中风昏迷，送医院抢救，矿上派车到太钢和山西财经学院接三姐和我去医院。我和三姐赶到官地矿医院时，只见父亲僵硬地躺在病床上，母亲坐在床脚，默默地用双手使劲地搓着父亲冰冷似铁的小腿，希望肢体能回暖过来，眼里却没有泪水、紧张和慌乱。望着医院下达的病危通知书和进进出出抢救的医生和护士，我感觉头有些发蒙，这一切似乎那么不真实、不可能——昨天还结结实实的父亲怎么成了这样子？诚如母亲事后所言：“孩子虽然长大了，但都没经历过大事情，我要是不撑住点儿，娃娃们就更心乱啦！”

这一切是怎么发生的？

父亲过年从来不休息，大年初一都要值班下井，今年也不例外。从正月初一到正月十一，父亲连续下矿井 11 天，正月十二没有下井，开了一整天会，开完会回到办公室不久，突然口角歪斜、说话含糊不清，失去知觉。同事们见状，急忙把他用沙发尽量平稳地抬到医院抢救。

父亲身体一直很好，轻易不得一次感冒，走路比小伙子都快，也往往以此自豪夸口，想不到才 56 岁竟得了这样的重症。

不幸中的万幸，父亲被抢救过来，一天天恢复了身体知觉和语言能力，但左侧肢体僵硬无力；后来采用针灸和中药等多种治疗方式，加上自己每天刻苦锻炼，逐步恢复了一定的肢体功能，可以由人扶着下楼走动，但上班工作已经不可能了，这对以工作为第一生活需要的父亲确实是件非常难受的事。

反思父亲过度劳累生病的教训，我觉得人到中年以后，一定要注意张弛有度，不能透支身体，要学会做减法！

结婚生子

1983 年秋天，经父亲的老同学段叔叔介绍，我与徐薇丽相识并结婚。新房是隔断的半间平房，由于当时学校住房紧张，把 20 平方米的教工宿舍平房从中隔为两间，每间 10 平方米，分配给刚结婚的青年教师。母亲和二姐夫帮我操持，找木匠制作了双人床、写字台和立柜，我和学生们用砖头和油毡在门口搭个小厨房，安锅立灶，这样我俩就开始居家过日子了。

结婚两年以后，我才分到一套 50 平方米两居室的底层楼房，这已经算是青年教师中比较幸运的了。徐薇丽发挥她的设计天分，按照两个房间的大小格局设计画图，请木匠制作了一套家具摆设。但我们当时还买不起家用电器，屋里连个半导体也没有，直到 1987 年夏天我从美国访学回来，才带回彩电、冰箱、照相机、组合音响“四大件”，基本实现了当时的家庭“现代化”。当时有个说法：大学教师“脱贫致富”的唯一途径就是出国留学。对信奉自强、自立的我来说，自己完成家庭建设比依赖父母更为开心和安心。

我的儿子于 1984 年 12 月在太原出生，其时我正在杭州参加商业部出国预备人员英语强化班的紧张学习，不在家中。这年冬天，天气十分寒冷，太原刚下了一场大雪，岳父和岳母把妻子连夜送到医院，由于难产，两夜一天后只得采用剖腹产。我母亲闻讯后也从西山赶到市里医院照料，并把母子接回西山。

爷爷奶奶为孙子的出世十分兴奋，爷爷为孙子起了几十个名字："兰非蓝、兰不蓝等"，写信给我挑选，可惜我都未选中。我对儿子的名字也准备不足，多方比较后，以兰文为名，后来又改为兰文昊、兰文浩。

1985年春节前，我回到太原西山家中，看着床上的小家伙，心中涌起一股血脉相连的激动——不知这个小家伙的命运怎样？长大聪明还是不聪明？听话还是不听话？希望比你爹更有出息！人生更顺利！

贺素秋补记：

丽丽她爸早晨从市里打来电话，说丽丽要生啦！我赶忙把培珍的陪侍人找来，嘱咐他在家照料培珍几天，我把吃食都准备好了。然后，我欢喜地把小衣服等收拾好，着急往市里赶。前两天刚下过大雪，马路上都是冻得厚厚的冰凌，走路几步一滑，通往市区的公共汽车已停驶。我正发愁几十里路怎么进城去，恰好碰上山川的好朋友玲玲："兰大妈，您这是要去哪儿呀？"

我说："宜生媳妇要生了，我要去市里医院。可是没有公共汽车啦！"

玲玲带我到矿上机关小车队，所有的车都出去了。正在此时，一辆卡车经过，玲玲拦住，原来是官地矿食堂进市里拉菜的车。玲玲与认识的司机说好，把我带到市里，我才赶到太原杏花岭医院。

丽丽仍在产房待产，我和亲家母轮流照看，后来看自然分娩实在困难，只好在次日早晨剖腹产，生下一个七斤多的男孩。产后在医院住了一周，我回西山官地矿向小车队要了一辆吉普车，把她们娘儿俩接回西山家里。这年冬天，太原大雪，天气奇寒无比，马路上都是光溜溜的冰，我想这娃娃将来是个不怕冷的小后生。

五个男孩

中国人的传统观念，特别是老人们比较偏爱男孩。在我们姐弟五人的下一代中，第一个孩子都是男孩，如果有机会生第二个孩子，就是女儿。

我曾经问母亲，为什么这么巧，这么合心思，是您积德行善的结果吧？母亲却说，是你们自己做好事的结果，也许是你奶奶吃斋念佛行善的结果，不是我的功劳。

到现在，我们姐弟五人共有七个子女，分别是大姐的儿子周皓玮、女儿周昕玮，二姐的儿子鲁翊、女儿鲁欣，三姐的儿子陈伟，我的儿子兰文浩，我妹妹的儿子安舒遥，共五个男孩、两个女孩。

母亲的"小气"和"大义"

中国人是世界上最勤俭节约的民族，国人中山西人的节俭又是出了名的，特别是晋北地区，这可能与当地土地贫瘠、出产不丰有关。外省人有时笑话山西人"抠门儿"，会攒钱，部分反映的是事实，至今山西的居民储蓄率在国内名列前茅。

节俭是一种美德，但如果过分节俭则会影响生活质量。我母亲是非常节俭的，省吃俭用，任何与她生活接触过的人对此都会有深刻的感受，水果往往放到发蔫才吃，我与母亲开玩笑说：咱们家总是"放着好的吃烂的，吃着烂的烂好的"。母亲这种节俭观念和习惯潜移默化地也会影响子女们，在母亲身边生活时间较长的二姐、三姐和我受的影响最大，生活十分节俭，消费观念不能与时俱进，生活水平不能随收入的增长而相应地提高。我大姐因为很早离家在外地工作，受此影响比较小；我妹妹因为长大时家里经济条件已显著改善，也未养成过分节俭的习惯。

我小时候对母亲的"小气"是很不理解的。回忆我幼时的一件事，我五岁左右，一次与母亲乘公共汽车，母亲忽然示意我往脚下看，我看到车厢地板木条缝里有一个五分钱的钢镚儿，母亲示意我悄悄把它捡起来。我把钢镚儿捡起后一直用眼睛看母亲，心里想她可能要交给售票员，但母亲一直不看我，眼睛平视着车外。下车后，母亲牵着我过马路，穿街过巷，我心里总在想是不是要把这枚钢镚儿交到警察叔叔手里，但母亲默不作声，把这五分钱收走补贴了家用。

为此我有好几天都不愿理母亲，觉得她是个"小气鬼"，应该交公的钱为什么要自己装起来。以后我长大，看着母亲总是买最便宜的蔬菜，比如说五分钱一斤的西红柿舍不得买，降到二分钱一斤可能还舍不得买，要等到菜场收摊时，一毛钱十二斤的烂西红柿才买回来。白面可以随便买的时候也不买，而是要买棒子面吃，因为棒子面比白面一斤要便宜几分钱。母亲有许多节俭的"道理"，比如："信嘴吃能吃倒泰山"。这样的消费观念是怎么形成的？多年以后，听母亲讲家里几十元钱的收入要维持七口人的生活甚至还要资助老家的亲戚，我对此才有了更深的理解。

母亲对孩子们有几项"家规"：别家小孩吃东西时，不许盯着看；邻居亲友给吃食和玩具，不许接受；上街进商场不许指这个、要那个，有亲戚朋友在场时尤其要闭住嘴、收住手。北京的夏季也是很热、很长的，听到"牛奶冰棍"、"小豆冰棍"的吆喝声，对幼小的心灵是一种考验或者说是一种折磨，因为我知道，即使三分钱一根的小豆冰棍，母亲也不会买的，至于西瓜，更是奢

望。往往是夏天快过完时,母亲才把孩子们领到西瓜摊,给每人买一片西瓜解解馋,但她自己却舍不得吃。

后门三大娘(吴江)常常讲起的一件事是:她来我家探亲串门,看到山川端着米饭碗要倒点儿酱油,被我母亲斥责:“吃米饭还要倒酱油? 有咸菜行啦!”三大娘插话解围:“这个老三家(我母亲)也太抠门了,娃娃倒点儿酱油也不让,快给倒点儿吧。”我母亲才破例允许。由于家里平时很少见荤腥,过年买回猪肉,山川拿起生肉就咬了一口。

母亲是节俭的,她总是吃用最差的,把有限的资源让给孩子和家人,但母亲还乐于助人,特别是那些处境艰难的亲戚或朋友,母亲是绝不会让他们白白张口的。另外,母亲是绝不会害人的,即使是为了钱和收入的事情。20世纪90年代初,记得我有一次回到母亲家,母亲告诉我一件倒霉事:她在菜场买菜被摊贩找回一张五十元的假钞,这张五十元后来买东西时才发现是假的,但那个摊主已不承认,只能自认倒霉了。有的邻居劝我母亲可以傍晚出去买菜时花掉,我母亲坚决不肯,说不能让这张假钱再去害别人了,就放在这里让娃娃们回来都认识一下假钱,以后买东西时小心一点,不要再上当。后来,我母亲把这张假钱烧掉了。我可以想象,对于一个平时总是挑最便宜果菜的老太太,每天为省出一元两元菜钱而精打细算,收到这张五十元假钞意味着什么,它可能会让母亲心疼后悔好多天,但母亲善良、诚实的品德还是不允许她让这张假钞再去伤害别人,自己把全部损失承担下来。

英训班

我在读大学的时候,就希望毕业后考研究生,为此还开始学习第二外语——日语,因为曾有传言考研究生要考两门外语。但后来证实,所谓第二外语之说是虚构的,我也就放弃了日语学习。但英语一直还抓得比较紧。在一次参加学校英语竞赛时我考了全班第二名。到三年级时,系里要选拔一名学生去北京外贸学院学习国际贸易方面的课程,将来留作国贸方面的师资。由此我大学第四年是到北京外贸学院与进修教师们一起进修了一年,然后回学校与同学们一起毕业。按照我与系里的约定,因为当时师资很紧张,最初三年不可以考研究生,所以我也安心备课、上课。但工作两年后有了一个考试学习机会:商业部在所属高校考试选拔出国预备人员,所有青年教师均可以参加,考试的内容又是我比较喜欢的强项——英语,我当然不会错过这次机会,系里也支持我报考。

1984年夏,商业部在下属12所高校和其他科研院所考试并选拔出国预备人员,在杭州商学院强化英语一年,我以第一名的成绩考取。虽然考分最高，但我的英语听力和口语与一些名牌大学毕业的同学还是有明显差距，正好通过这次英语强化训练来弥补。英语训练班有两个专职外教——来自美国的希尔先生和爱丽。希尔三四十岁，多年在日本、中国等东亚国家教英语，娶了个日本妻子，有两个混血女儿，在杭州又生了一个“blue baby”。爱丽是个活泼开朗的20多岁的大学毕业生，来自亚利桑那州，特别喜欢打排球和跳舞。

由于商业部当时每年只有10—13个公派名额，而这个班有35名学员，意味着最后考试成绩排在后面2/3的学员是难有出国机会的，因此，班里的学习竞争气氛非常浓厚，加班加点是自觉而普遍的现象。有的同学早晨5点多就起来背单词，直到晚上12点还在听录音带，身心疲惫不堪，可以听到录音机还在“嗞嗞”转，但人已在打呼噜了。一些同学还要吃营养品来提神，坚持夜战和持久战。我每天并不喜欢早起，下午打会儿排球，晚上还要早睡，但感觉这样有张有弛地学习，效果更好。

这是我第一次在长江以南生活，11月份天气还挺暖和，可以穿衬衣，感觉舒适、新奇；但12月份，气温急降，很快就体会到南方冬天的刺骨寒冷。这年冬天杭州特别寒冷，气温降到－4℃，我们四人一间的宿舍没有任何取暖设施，室内外的温度几乎一样，被褥潮湿阴冷，晚上睡觉进被窝是个痛苦的过程，咬紧牙关，止不住全身发抖，震得床板“吱吱呀呀”直响，宿舍里要听四番响动，才算完成一天的功课。早晨起来可以看到脸盆里结了一层薄冰。学校里唯一感到的一点儿温暖，是门房老大爷那里的一个小煤火炉，有时实在冷得不行，挤进去烤烤手。班里一大半同学手上生了冻疮，我还算幸运，也许是北方农村插队锻炼得身体比较“皮实”，没有长冻疮。

第一个学期结束，在四门考试（五个单项）中，我有三门考试（四个单项）成绩排在全班第一。室友谷克仁打趣地问我学习诀窍，我说：你下午去打一小时排球，晚上10点半睡觉，早上7点再起床，学习成绩肯定会提高。他笑着说：你如果说是吃“蜂皇浆”效果好，还是“双宝素”效果好，别人肯定要试试，但这睡觉的办法，恐怕没人敢试。诚然，是多睡觉、休息，还是适当进行体育运动或听音乐，要因人而异，但一定要使大脑得到充分休息，打疲劳战是得不偿失的——不但会降低当天的学习效果，而且会影响第二天的学习效果。从小到大，我在学习和工作中是从来不打疲劳战的，快乐学习、快乐工作是我追求的生活方式。

1985年，商业部有11个公派出国名额，其中三个名额去美国，我以第二名（EPT 135分）的优异成绩被录取去美国进修一年。

第九章　美国进修

初到纽约

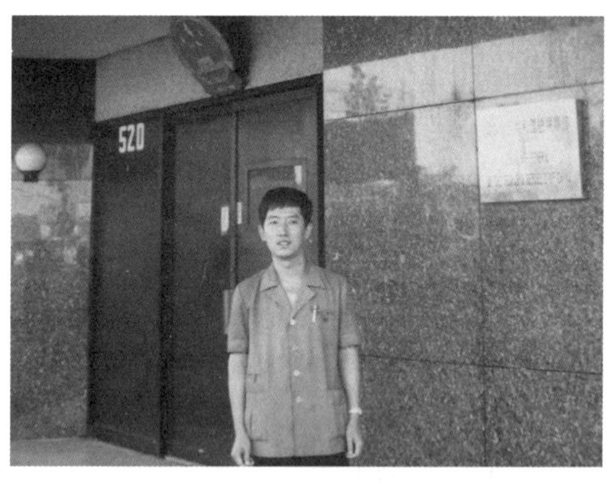

1986年8月23日，我从北京飞往美国密歇根大学进修，第一站来到纽约，住在中国驻纽约总领馆。在纽约街头观光溜达，高楼大厦让我感觉十分新奇，道路旁边有一些黑人小贩摆着手表等物在卖，我拿起一只看起来很漂亮的表询问："How much is this one ?""200 dollars!"我放下手表，起身就走。"20 dollars!"听了这天上地下的报价，我连头也不回就走了。

那时世界贸易中心的双子楼巍然屹立，我站在哈德逊河边，眺望自由女神像和身后鳞次栉比的高楼，感觉自己来到了一个完全陌生的现代化国家。在纽约，新奇感受之余也会有几分紧张，在一些十字路口，总站着一群无所事事的黑人、闲汉，眼睛直勾勾地盯着你，有的会跑过来搭讪，紧贴在你身旁："Do you want drugs?""Do you like girls? White girl! "你一再说"No, no "，也难以摆脱他胶皮糖似的追随。

听中国领事馆的官员介绍，在哥伦比亚大学就读的中国学生及访问学者，有40%遭到过街头抢劫，当然这种抢劫通常不会造成人身伤害，只是把你身上携带的现金抢走。所以，在当地也流行一个说法：身上要带20美元保命钱。如果遇上抢劫犯，你身上拿不出20美元的话，往往会被歹徒痛打一顿。

密歇根大学

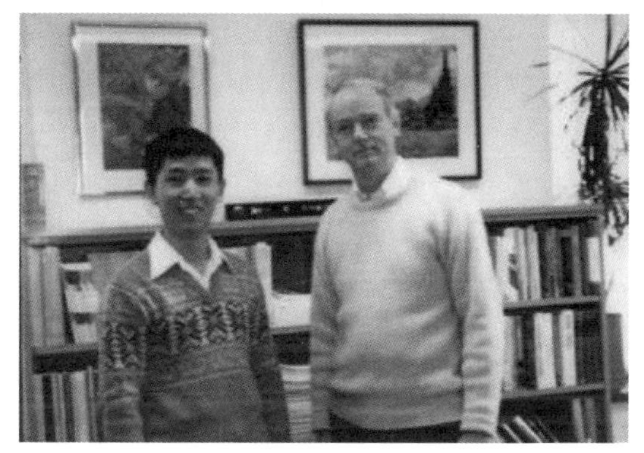

从纽约来到安阿伯市(Ann Arbor),这里是密歇根大学所在的一个大学城,全城大约10万人口,而密歇根大学有31 000名学生,还有大约1万个教辅人员及家属。作为一个校园城,安阿伯市的环境非常好,或者说非常干净,涉及黄、赌、毒的生意在这里不能经营,也看不到踪影,例如,成人电影院、赌博机等。

美国的大学都是开放式的,当我走进没有围墙、没有大门的校园时,也有一种新奇的感觉。密歇根大学成立于1823年,当时只有5名教师和11名学生,却已被冠以大学之名,并划定了数千英亩的土地,由政府无偿提供。据说,一直到大学成立50年后,校园土地上的牛羊数目仍然超过学生的数目。像美国这样十几个人、七八个教师就敢办大学,在中国可能是想也不敢想的,即使敢想也没有人敢批,即使敢想敢批,恐怕也没有学生、家长敢报,这可能也是中美之间思想观念的一种差距吧。

密歇根大学注册的学生中,留学生有3 000多人,韩国、印度、中国学生居多,中国学生和访问学者加起来有400多人,但多数是在工学院和理学院,我所在的商学院只有两个中国学生,一个读博士,一个读MBA,再加上我这个访问学者。密歇根大学商学院在美国属于一流的商学院,排名在前五名左右,有一年曾位居首位,到21世纪,排名有所下滑。记得当时在课堂上,有的教授半开玩笑地教训学生说:“你们要是学习不努力,就会让哈佛超过我们啦。”当然,美国的教授、学者普遍有一种母校的骄傲、自豪情结,喜欢拿其他大学开涮,特别是其他名牌大学。中国的某些教授、学者往往会把自己的学校贬得一无是处,而对其他学校却往往给予很多好评,这恐怕也是中美文化的一点差别吧。

我在商学院的International Business系做访问学者,系主任Vern Terpstra教授是一位面相和善、讲话温文尔雅的老学者,他曾经是全球国际商务学会的主席、国际货币基金组织的高级顾问,曾担任美国与中国政府最早合办的工商管理硕士(MBA)培训班(大连)美方教授团的主席,有四个暑假到中国来讲学,他对中国的情况比较了解,对中国人民也非常友好。在我

联系出国访问美方接待院校的时候，先后两批寄出17封联络信，Terpstra教授直接寄来签证申请表（IAP66表），同意接受我的访问。我在国内办完出国手续后，曾到大连拜访正在讲学的Terpstra教授，也闹了一个小小的笑话。

当我把自己准备好的个人情况介绍和想法用自以为流利的英文滔滔不绝地讲给教授听时，忽然被老教授一个问句打断："Pardon?"

我猝不及防："What？"

"I beg your pardon."

我才意识到自己的英语可能并不太流利和准确，只好涨红着脸，把一些主要内容又讲了一遍。Terpstra教授对我很和气，他叮嘱一个正在跟他读博士的中国王同学，协助我安顿下来。

我同一间办公室里还有一位韩国来访问的讲师，他见到我这个中国来的访问学者，感到很新奇，我俩谈了一些双方都感觉新奇的事情，他请我中午去吃韩国料理，并递给我一张名片，特别强调他已经是full time lecturer，在他这个年龄是不容易的成就。但是，第二天，这位朴讲师有些不好意思地对我讲："LAN，我可不可以把我昨天给你的名片收回来?"我问他："为什么?"他说："因为你来自中国，如果我回国以后，政府知道此事，我怕会有麻烦。"我笑笑，把名片还给他。时间过去20多年，现在韩国已经是中国第五大贸易伙伴，上海财经大学的韩国留学生数量已超过其他任何国家的学生数量。

我认真研究了一下商学院的课表，发现许多课都想听。为了充分利用这一年的访问时间，我第一学期就选了7门课，一些中国学生听了我的选择觉得不可思议，他们给我的建议是一个学期最多听4门或5门课，7门课是吃不消的。我想以往在国内上十几门课也是正常的，听7门课有什么吃不消呢? 但很快我就为自己经验主义的想法吃苦头了。因为美国大学里的课程虽然课时不多，一门课通常每周上两次，每次一个半小时，但教授讲得不多，教科书的内容却很多，而且指定的参考书多，阅读量很大，都要学生在课余时间完成。中国学生阅读英文的速度比较慢，又没有经过中小学阶段的快速阅读训练，我们看书的速度只相当于美国学生的1/5左右，所以，那些参考书几乎读不完，我晚上要读书到12点多，脑子迷迷糊糊，有些内容已经区分不清属于哪门课程。学习重压之下，心急上火，我嘴巴起了泡，后来还是把两门相对不太重要的课程停掉，降低到自己能够承受的压力范围内，学习才得以进入正常轨道。

通识教育是美国大学教育的重要内容，几乎所有大学都有详尽的通识教育计划。通识教育是服务于学生的智能、情感和社会化等方面发展的教育，主要包括人文教育、社会科学教育、数学和自然科学教育等。在当今信息技术日益发达、全球化潮流影响加深的时代，通识教育的范畴也相应拓宽，包括信息技术应用、外语、多元文化教育，并融入了跨学科、跨文化教育的理念。

即使在专业教学领域，美国大学也更注重基本理念和基本方法的学习与训练，而不会在细节上花费许多时间。我在密歇根大学商学院进修国际商务课程时，很想听《进出口业务》这门课，却发现没有这样的课程，我向 Terpstra 教授询问此事时，他的解释是：我们在大学里只讲 idea，至于 skill，学生到了公司里，企业会教给他们。我想这应当是美国高校的基本教育理念，也是我们可以借鉴的教育思想。

美国大学教授一般都要承担本科生教学任务，教师每周有固定的时间在办公室接待学生来访，学生可以不经预约直接到教师办公室与教师见面，探讨学习及其他有关问题。院系也设置学生顾问办公室，为学生提供必要的学业指导与帮助。多数新生在跨入大学之后，会有专业定位与选课的困惑，有些学生因心理压力而辍学。学生顾问或辅导员可以帮助新生缓解心理压力，掌握有效的学习方法。新生还可通过辅导员结识其他高年级学生，熟悉学习气氛，扩大社会交往。

我初到密歇根大学，对课堂上往往有六七个人同时举手提问的情形感到很惊奇，而教授并不马上点名，而要讲到一个段落时才请他们发问，否则，课堂教学会被不停的发问完全打乱。

20 世纪 80 年代，一些美国学生对中国的了解较少，比如一个美国研究生问我，中国的总统（国家主席）是谁？我说是李先念，他没有听说过。我问他知道哪些中国领导人的名字，他说知道毛泽东和邓小平，然后问我毛泽东到哪里去了，我说逝世了。他接着问："When? One hundred years ago?"我只能给他普及一点当代中国的常识。进入 21 世纪，欧美普通民众对中国的了解逐步增加。

这是个高大、英俊的白人男生，身高近 2 米，十分潇洒，课间总能吸引几个女孩围在身边闲聊，上课也经常举手发问，讲起话来滔滔不绝，有时把脚跷在课桌上，神态傲慢自如，给人的印象是非常雄辩和干练。在"国际营销学"课程布置的一次市场调查后，每个小组要介绍调查结果，小组全体成员着装整齐，坐在台上，由组长向全班介绍调查结果，这个男生作为他们小组的组长，也是西装革履，穿戴一新，大家都指望他会有一次精彩的演讲，结果却令人大跌眼镜：这个男生走上讲台后，脸色发白，口唇发紧，结结巴巴说出两句话后，突然白眼一翻，晕倒在讲台上。教室里一片惊叫，多亏 Moller 教授见多识广，掐住他的人中，又让人拿来一杯清水，倒在他脸上，这个学生才慢慢苏醒过来，被人

送回家。此后，这个学生沉闷低调了很多，上课也较少发问。

Tim 一家

Tim Buxton 是我在美国结识的第一个朋友。他是一个电脑工程师，妻子 Mary 一边读书，一边兼职，最后获得医学博士学位，从事健康咨询工作。Tim 夫妇有一双儿女，儿子九岁，女儿五岁。Tim 夫妇兴趣爱好广泛，待人十分友善。我与他们一起度过了好多个周末，我和 Tim 去滑雪，看棒球比赛，下国际象棋，在周边城市旅游。更多的时候，我们在他家的书房或花园里随意闲聊，聊中国、美国及世界其他地方的风土人情和趣闻轶事。Tim 和 Mary 都有飞行驾驶执照，Mary 的父亲有一架私人小飞机，他们夫妇也能沾光。

因为英文 Engineer 有“工程师”、“火车司机”等多种含义，Tim 的女儿 Elith 一直以为她爸爸是开火车的，所以往往缠住爸爸问火车头的事。

Tim 的儿子本杰明，读三年级，我曾应邀到他们小学的“中国周”活动日去介绍中国的小学教育。当我走进教室，看到周围的沙发和横七竖八的绒毛玩具时，我怀疑自己走进了一所幼儿园，只有三面墙壁上的黑板提示我这应当是一间教室。在这间三年级的教室里没有整齐的课桌，教室中间随意摆放着一些桌子和椅子，学生们可以随意走来走去，交谈讲话。我开讲不到三分钟，已经有学生举手提问了：“中国有没有蛇呀？”“中国有没有狗呀？”“中国的狗是什么颜色呀？”……小学生们七嘴八舌，很是兴奋、活跃，一点没有中国小学生见到陌生人的拘谨、胆怯。

小学校没有上、下课的铃声，而是由老师根据学生的听讲注意力，随时决定下课和室外活动的时间，师生们到外面玩耍一段时间，再回来讲下一个科目。教室里还有两三位家长义务承担组织和照看学生的责任。后来我到高年级——八年级学生的教室去参观，教室中间是一个椭圆形会议桌，同学们围坐四周，正在热烈地讨论问题，书本和书包随意堆放在桌面上，更像一间会议室，而不像我们国内的教室。

当然，这种轻松、随意的教学方式和高度自由的学校管理，在为学生个性发展提供广阔空间的同时，也存在一定的弊病。有的美国教授对我讲，因为在中学和大学里学生都有许多选修课，可以抵充一些他们不愿学习的科目的学分，美国学生往往回避像数学、化学这些枯燥的科目，基础知识不扎实，许多大学生连分数的除法都不会，老教授生气地说“It's the shame of our country!”

当我离开安阿伯以后，Tim 一家也去了津巴布韦，做一些帮助贫穷发展中国家的工作,他们在非洲工作一些年之后,又回到美国中部地区定居。Tim 的一双儿女也已大学毕业,走上了工作岗位。好人有好报,希望 Tim 一家幸福快乐!

"轮子上的国家"

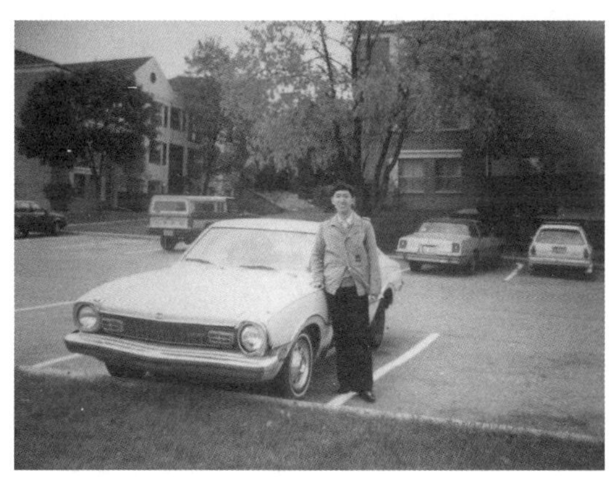

底特律是美国三大汽车公司总部所在地,也是密歇根州最大的城市。作为美国汽车工业基地,密歇根州对汽车产业发展和汽车销售给予支持和鼓励,提供各种便利。汽车价格很便宜,驾驶执照也容易考,笔试用中文、英文等都可以,只要交 7.5 美元参加书面考试,交通规则笔试通过就可以拿到临时驾照,由有驾照的朋友陪同学车,半个月后参加路试,路试通过即可换正式驾照。我在一个月内就拿到了正式驾照。据说,密歇根州是美国考驾照费用最低的地区,在纽约市需要交 180 美元。

我和室友盛锋合买了一辆破旧的三手车,是辆自动挡六个缸的大福特,只花了 180 美元,但其后屡坏屡修花了几百美元,最后引擎也坏了,修理要花 1 000 多美元,只得放弃。在当地,一般再破的汽车也可以卖 50 美元,但由于当时的旧车供过于求,我打了几个电话,旧车行都不愿意收。你如果能开到车行,可以得到 50 美元;如果要上门拖车,则一分钱也得不到。只有一家车行同意付 10 美元,就让他们把车拖走了。

由于美国的超市都设在郊外,没有汽车的人购物非常不方便,因为郊外往往没有人行道,骑自行车或步行在公路上是很不安全的。由此也不难理解,为什么美国人离了车寸步难行。美国平均每两个人就有一辆车,被称为"汽车轮子上的国家"。美国的各种交通设施和商业设施都充分考虑驾车人的便利,而步行的人或骑自行车的人就没有那么方便了。

安阿伯位于美国北部五大湖区,冬天会下很厚的雪。1986 年的冬天,最大的一场雪有一尺多厚,这是我第一次看到如此厚的雪,我们很开心地在那里滑雪、滚雪球、打雪仗。当地交通管理部门应对大雪非常熟练和高效。雪下了不到一个小时,扫雪车就上路了,这样公路上不会积太厚的雪,等雪停之后,再往路面上撒些盐,余雪很快就融化了。所以,大雪不会造成交通中

断。然而,公路上的盐水会严重腐蚀汽车底盘,因此,在密歇根州看到的旧车往往是锈迹斑斑。正因为这个缘故,那些新车的主人往往会在冬季到来时,对车子做一次过冬保养,给车的底部涂一层厚厚的防锈漆或沥青。

美国人喜欢刺激和新环境,喜动不喜静,不愿意久居一地,据说,一个美国人一生平均要搬迁 5 次。美国经济的活跃和国力的强盛得益于国民的探索冒险精神,当然,美国的法律制度也保护和鼓励人们的探索冒险行为。美国的《破产法》对债务人提供了较好的保护,它把破产免责的决定权交给了债务人,债务人可以根据免责的成本和利益,选择适当的时间和条件宣布破产,解除自己的各种债务。这使得一些创业不成功或投资失败的人能尽快放下包袱,重整旗鼓,东山再起。当然,这种相对宽松的法律规定也有其负面作用。一些美国人因高消费造成债台高筑,也选择破产逃避债务,美国每年宣布破产的人数,往往超过其他西方国家破产人数的总和。

美国给我的最初印象中非常深刻的一点是繁忙的天空。不论是在大城市或中小城市,任何时候抬头看天空,几乎总能看到飞机,有时还不止一架。一些大机场的繁忙更让人耳目一新,一架架飞机排队等在跑道边就像出站的公共汽车一样。我未曾想到的是,这种情况 20 年后也会出现在中国,更不曾想到的是,还在蹒跚学步的儿子后来会成为飞机驾驶员(从中国飞往芝加哥)。

旅美记趣

钓"傻鱼"

一个周末夏日的下午,天气非常炎热,我和盛锋到公寓楼对面的湖边散步乘凉,走到一棵大树下,意外地发现一大群鱼,密密麻麻地挤在那里乘凉,立刻有想钓几条鱼来改善生活的冲动,看看湖边的告示牌,上面有"不得游泳"(No Swimming)、"不得潜水"(No Diving)的警示,并没有不得钓鱼的文字。于是,我们回屋找了两个别针,制作了两个简单的钓竿,用螺丝刀在湖边湿土里寻找蚯蚓做鱼饵，就在树下做起了渔翁。

想不到这鱼钓得非常轻松、快捷，根本没有时间体会渔翁的悠闲和耐心。鱼儿见到钓钩就一拥而上，争相抢食，很快就把我们的鱼饵吃光了，塑料桶里也有了七八条鱼。此时我们发现，即使钓钩上没有蚯蚓，鱼儿也抢着咬钩，直接用“光钩”把更多的鱼“提”上来，只是要把钓钩放在大鱼嘴前，防止小鱼抢着吞钩。不到半个小时，我们就钓了(或者说是“提了”)30 多条三四两重的鱼，装了满满一大塑料桶。我们回屋倒在浴缸里，放上水，浴缸就变成了一个小鱼塘。

钓鱼虽容易，但加工烹饪却很难。盛锋会做酸辣鱼。我俩当场分工——我刮鱼鳞，他掏内脏。我们把一大堆鱼处理完，足足花了三个小时。

这种鱼的整体颜色是黑青色的，肚皮发白，有点儿像鲤鱼，但形状比鲤鱼要扁平一些，又不像鲳鱼那么扁，不知道叫什么名字，我就把它命名为“傻鱼”。盛锋用大铁锅做了满满一锅酸辣鱼，果然鲜香开胃。鱼儿烹调好，除了自己大快朵颐，也分送给其他中国学生品尝。一大锅鱼我们吃了三天，最后吃腻了，没有胃口再吃鱼了，特别是想到刮鱼鳞、去内脏的辛苦，我们过了三个月才又打起精神去钓了一次鱼。鱼儿“憨傻”依旧，胃口却减弱了许多。

因为美国水产很贵，所以，我们很少从超市里买鱼，这两次钓鱼属于少数几次水产品食物消费。

吃龙虾

到美国以后，因为我国教委发的生活费相当有限，而留学人员往往还想节省开支，带回几件电器。因此，我们买的食品都是最便宜的。在美国超市，鸡肉最便宜，猪肉较贵，牛肉更贵，鱼肉最贵，我们的肉食以鸡肉为主，很少买猪排、猪肉吃，即使买猪肉，往往挑快到期的减价品，宿舍里几位同胞开玩笑是吃“过期血脖”。但美国的水果相对肉食、蔬菜而言还算便宜，特别是一些拉美进口的水果，比如质量很好的尼加拉瓜香蕉，又粗又长，黄澄澄的，只要 0.39 美元/磅。遇到减价时，只要 0.19 美元/磅。而蔬菜往往都要 1 美元/磅以上，因此，我吃水果比吃蔬菜更多些。

不久，我们得知了一个可以打牙祭的好消息。Red Lobster 是一家著名的美国连锁龙虾餐馆，其有一项优惠政策：凡是生日这一天到餐馆用餐者，凭身份证件给予半价优惠，也就是说，花一只龙虾的钱可以吃两只龙虾。在我生日的当天，我和盛锋一起去吃龙虾，我要了一只蒸的，盛锋要了一只煮的，想要体会不同口味，结果证明煮的龙虾似乎味道更加鲜美一点，这是我在美国一年间唯一一次吃龙虾。

学理发

因为美国工资水平和人工成本高，服务行业收费也高，理发一次最便宜也要 10 美元，中国学生生活费有限，往往觉得理发太贵，可能要两个月才理一次。后来我想到一个办法——自己买推子理发，一把电推子只要 17 美元，理两次发就收回成本了。可惜没有一个理发技术过硬的高手，只能拿别人的脑袋现学手艺，互为教具和学习成果，刚理过的头，往往也惨不忍睹，七长八短，反复修理的结果就介于平头与光头之间了。我给王利亚理发后，他回来说，一路上人都盯着他看，我说你是做贼心虚，别人怎么那么闲，都盯着看你啊。经过勤学多练，我的手艺提高得很快，所以他们理发，往往要请我操刀。实际上，我理发有个习惯或独门诀窍，就是不垂直或水平横着下推子，而要斜着 45°角下推子，这样即便有一点差池，看起来也不太明显，这应当算是“老理发师”的业务心得。

学游泳

我的游泳爱好也是在美国学习一年期间培养起来的。在 Willowtree Apartment 有一个不大不小的社区游泳池，水深 1.5 米左右，平时白天往往没有一个泳者，但总有个 life guard（救生员）值班。我合理安排学习时间，每周有两天，下午 3 点学游泳，游累了就躺在沙滩椅上和救生员聊天，练练英语口语。良好、舒适的游泳环境，使我这个“旱鸭子”很快就学会了游泳，并且以后越来越喜欢这项运动。因此，游泳成为我的三大爱好之一。古人讲“仁者乐山，知者乐水”，我既喜欢爬山也喜欢游泳，也算是培养自己的仁爱和智慧吧。

我 50 岁时树立的人生五十个目标之一是学会四种泳姿，即蛙泳、自由泳、仰泳和蝶泳，并且完成游泳距离 2 000 公里。蛙泳是已掌握的基本功，通过看游泳教学录像，我很快学会了自由泳和仰泳，但蝶泳却迟迟学不会，可能是由于腹肌力量不够，总没有办法蹿出水面像蝴蝶那样飞行一段，只能在水面扑腾。

学会游泳之后，我逐步加大每次的游泳运动量，由几百米到 1 000 米，到 2 000 米，再到 3 000 米，最多的一次游了 3 700 米，游得两个肩关节都发烫了。但不久我发现，过量运动并非好事，所以我把运动量逐步调低到每次游 1 500 米左右，这样既锻炼了身体，又不感觉过度疲惫，不会影响工作和生活。

2010 年 6 月，上海财经大学教工游泳比赛，我获得中、老年组 50 米自由泳第二名，这又激起我对竞技游泳的兴趣，希望不断提高游泳速度，掌握好到边技术，今后能取得更好的比赛成绩。我希望能把自己的游泳爱好坚持到 80 岁、90 岁，一直到自己生命的尽头。

第十章　汕头七年

从太原到汕头

1994 年 6 月，我从太原调到汕头大学工作，这一选择现在想来是比较自私的，只考虑自己的工作和事业发展，没有考虑父母的感受。我父亲中风后半身不遂，只能拄着拐杖行走，主要靠我母亲照料，而我母亲已年近古稀，本来应该享受晚辈的照顾，现在还要照顾一个病人。当我和爸妈讲希望调到沿海地区工作的想法时，父亲和母亲没有说一个“不”字。我父亲向来是以工作为第一位的。只要可以做好工作，有利于事业的发展，他就会支持。更为难得的是，我母亲没有因为儿子要离开自己数千里外去工作而悲伤或埋怨，反而宽慰我：“你爸有我照顾，你们安心工作就好。”现在回想起来，母亲当时右眼已经失明，随着年龄的增加，年老体衰，照顾一个病人越来越吃力。而对孩子的思念更会增加她的心理负担，她能够用如此宽容的态度理解我的工作调动是非常不易的。

因为我从事的是国际贸易专业，而山西是个内陆省份，对外贸易规模很小，当时山西省的进出口贸易额还不到汕头市的 1/5。因此，我想调到沿海城市，这样可以发挥自己的专业特长，做出更大的工作成绩。事实也证明，自己的工作成绩确实更加出色了，但父母为此付出的代价，我现在回想起来才感到痛惜。古人讲：“父母在，不远游。”何况是父亲有病，这样的工作调动确实欠考虑。曾子讲：“父母在，不择地而仕。”这应当是古代士人做人做事的优良品行，可惜自己未早读圣贤书，没有这种觉悟，想想十分惭愧。

当时从内地调到沿海的工作手续十分烦琐、困难，我从 1993 年 5 月到 1994 年 6 月，花了 13 个月的时间才从山西财经学院调到汕头大学工作。汕头给我的印象是，它的农村地区颇为富裕，随处可见三四层的小洋楼，外表贴着色彩明亮的马赛克。与山西农村的旧平房形成鲜明对比，农民的居住条件不亚于城市的居住条件，这使我对内地与沿海的生活差距有了直观的

认识和理解。

汕头市经过20世纪80年代初期到90年代中期的十多年发展，城市面貌有了显著改观，居民生活水平(包括农民在内)大幅度提高，一改20世纪50年代到70年代贫穷破败的城市形象。但这十多年的发展中，由于管理不规范，走私、制假、骗税等经济违法行为相当普遍。因为生产要素的严重偏移，正常产业得不到有效发展，给今后长期经济发展埋下了隐患，由此也导致汕头在20世纪90年代中期以后陷入经济发展困境，增长速度落为全省最后。

对"汕头"地名的道德感悟

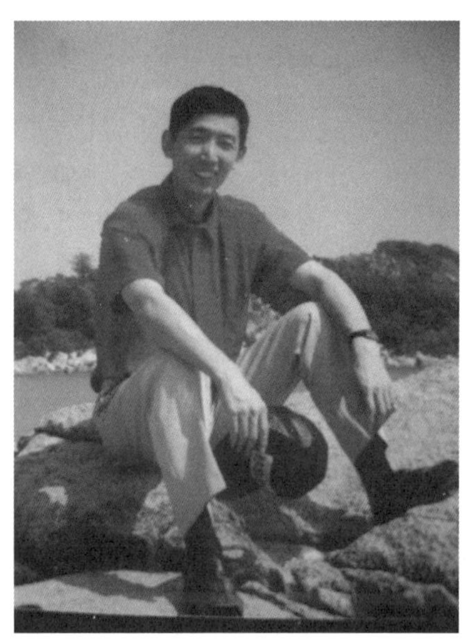

作为曾经生活和工作过七年的城市，汕头给我留下了深刻的记忆，"汕头"这个地名更给我留下了很好的印象。实际上，我觉得国内再没有一个城市的名称具有"汕头"这样丰富的道德内涵。

孔子讲："智者乐水，仁者乐山。智者动，仁者静。"山水为仁者和智者所好，水具灵动之性，山有宽厚之德。"汕"是山水之和，"头"有源头和为首之意。所以，"汕头"可以理解为山与水的起源之地，也应是仁德智慧的首善之区。

山与水皆有德。老子讲："上善若水。"孔子更是从水看出十一种美德可以让人学习，体现了古代贤人"格物致知"的洞察力和修养。

【历史回声】孔子与子贡论水

子贡问曰："君子见大水必观焉，何也？"

孔子曰："夫水者，启子比德焉。遍予而无私，似德；所及者生，似仁；其流卑下，句倨皆循其理，似义；浅者流行，深者不测，似智；其赴百仞之谷不疑，似勇；绵弱而微达，似察；受恶不让，似包蒙；不清以入，鲜洁以出，似善化；至量必平，似正；盈不求概，似度；其万折必东，似意。是以君子见大水必观焉尔也。"

(摘自刘向的《说苑·杂言》。)

与水的包容和善化相比，山在具备包容性的同时，还具有多样性，这也是我们构建人与人、人与自然友善相处的和谐社会的重要理念。《春秋左传》中记载齐景公与晏子关于“和”与“同”的概念差异的讨论：

齐景公问：“和与同异乎？”

晏子对曰：“异。和如羹焉，水火醯醢盐梅以烹鱼肉，燀之以薪。宰夫和之，齐之以味，济其不及，以泄其过。君子食之，以平其心。”

正如汉代思想家王充所言“德不优者，不能怀远”。诚实、善良的道德风尚是一个城市经济发展和社会和谐稳定的重要基础，是一个城市的无价之宝，也就是现在谈论的“软实力”。

龙泉园

汕头大学附近有座小山叫龙泉岩，山脚下有个商品房小区叫龙泉园，汕头大学买下其中四座楼作为教工宿舍。我刚到汕头大学工作，住在龙泉园4楼一套三室一厅的房子里。说起来离校园不远，只有1公里，但这不是北方城市上班轻松骑行的1公里，如果夏天骑车到学校，立刻汗流浃背，衬衣湿漉漉全贴在身上。汕头位于北回归线上，附近山上还有个北回归线标志塔，夏天可以真实体会烈日当头的感觉。

上、下班时间学校有班车，接送老师和教工子女上学，来往还算方便。但这些楼房是由附近镇上农民兴建的，质量很差，墙面、地面粗糙不平，水管常有渗漏，我家厨房天花板上的白灰竟然掉下来一大块，正砸在锅上，还好没砸在头上，真是险象环生。另一个问题是买菜不方便，只能到附近镇上农贸市场买菜，而当地潮汕话很难懂，菜贩看到我们北方外地人常常会把菜价提高。

我们家在龙泉园住了1年多，后搬到校园内的教师宿舍A1－101，这是一套三室两厅的房子，建筑质量很好，据说可以抗八级地震。大人上班、孩子上学都很方便。

我们到汕头不久，就遇到一次台风在附近登陆，那是一种紧张、新奇的体验。台风临近时，气压变得很低，屋里闷热难耐，而室外狂风暴雨，门窗要

关严，甚至用毛巾把缝隙塞紧，这时把阳台门推开一点缝，就会感到风的一股巨大吸力，雨水真的如倾盆而下。“呜呜”的风声中，感觉楼房似乎也在轻微晃动，让人有点提心吊胆。但风雨过后，天气会十分凉爽。因此，在天气长时间闷热难受时，有人就会说，来场台风就好了。

按照汕头的气象历史记录，大约 3 年内会有两次台风登陆。事实上，我在汕头工作 7 年，只遇到一次台风正面登陆，那是 2000 年，校园里的上百棵大树被台风刮倒，一些木质比较脆的紫荆花树被拦腰折断。台风的威力还是不容小觑的。

汕头大学与李嘉诚

汕头大学是 20 世纪 80 年代初期由李嘉诚先生捐助建立的，有非常漂亮的校园。李嘉诚先生担任校董会名誉主席，每年要来开两次校董会，并要召开教师座谈会了解情况，谈一些他的想法。李先生是个有德之人，谦虚平和，丝毫没有全球华人首富的架子。他的一些发展思路也体现了他的睿智，虽然他不是教育领域的专家，但他对一些问题的见解常有独到之处。

我刚到汕头大学头一个月，家属还没有来，我一个人单住，吃饭往往也将就着。储小平老师是法商学院副院长兼经济系主任，为人热情、爽朗，健谈多知。几次邀请我周末去他家做客，我也不推辞，一个月就去“混了三顿饭”。他妻子马晔老师是北京人，待人热情，做菜厨艺很高，笑着跟我说：“欢迎常来混饭。”

我到汕头大学第一个学期就承担了 4 门课，每周要上 16 节课，工作强度很大，人也很累，但感觉心情还是舒畅的，因为有可以施展自己学识能力的地方，工作成绩也能得到认可。1995 年教师节，我被评选为“汕头市优秀园丁”，并获得了学校唯一一个国家公派出国访问学者的名额。这年，国家留学基金管理委员会给广东省 9 个公派访问学者名额，汕头大学得到一个名额。当时汕头大学有 7 个学院，每个学院推荐一个候选人，我被法商学院推荐，并被学校最后选定为第一人选。由于国贸专业的师资比较紧张，储老师希望我能够暂缓出国，先帮助学院度过师资紧张的一段时间，我毫不犹豫地答应下来，把出国时间推迟到 1996 年秋季。此次出国的目的地是澳大利亚南澳州的阿德莱德大学。

1996 年 5 月，我参加汕头大学校董会的教师座谈会和李嘉诚先生的宴请。来到汕头国际大酒店宴会厅时，我发现李嘉诚先生正在大厅中央与一个人轻松地交谈。我走过去并介绍自己是经济系从事国际贸易专业的教师，问李先生：“您是从事国际贸易创业起家的，能否抽时间给我们国贸专业学生做个讲座，学生们会非常欢迎。”

李嘉诚笑着看看我胸前的名牌：“兰教授，你这个建议不错。我们去听听校长的意见。”

李嘉诚拉着我的手走到汕头大学前校长戴校长身前：“这位教授建议我给学生们做个讲座，讲一讲。你们觉得怎么样？”

此时，其他校领导和商学院戴道传院长也围过来，大家齐声说“好”——全校师生都愿意听这样的讲座。

李嘉诚笑着说，他接到过许多类似的要求，但仅给斯坦福大学和香港大学的 MBA 学员做过两次讲座，其他邀请都谢绝了：“如果我答应在香港做讲座，我想他们 1 000 元一张的门票也会卖光！”

李先生最后承诺说：“汕头大学是咱们自己的学校，以后有时间可以和学生们做一些交流。”

直到 2001 年春天，汕头大学商学院举办“世纪大讲堂”，请李嘉诚先生作为第一位演讲者，大讲堂座无虚席，还在电子商务中心机房设置了远程直播，李先生就青年学生素质、机遇努力与个人成功的关系等问题坦率地与大学生做了交流。

阿德莱德

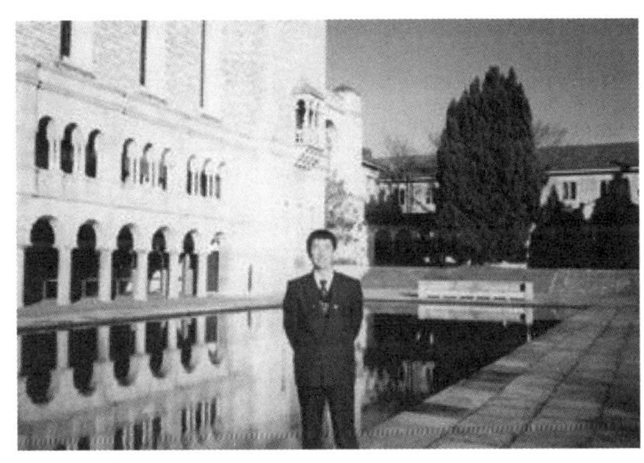

阿德莱德是南澳大利亚的首府，约有 100 万人口，在澳大利亚已算大城市。这个城市的特色之一是许多建筑物都很像教堂，因此，阿德莱德也被称为“church city”。1996 年 8 月到 1997 年 8 月，我在这里生活和工作了一年。

阿德莱德大学是澳大利亚一流大学，历次学术排名都在第一方阵的六所大学中。阿德莱德大学经济学院（系）实力也比较强，按照英国教育体系，一个系往往只有一个教授，下面有高级讲师和讲师，澳大利亚高校基本上保持这样的传统，只不过增加了副教授层级，以解决一些高资历、高水平讲师因名额所限而长期不能晋升为教授的难题。但阿德莱德大学经济系却有三个正教授，而且三人都是澳大利亚社科院的院士，资历颇深，包括对国际贸易有深入研究的 Kym Anderson 教授和 Richard Pomfret 教授。

我所在的中国经济研究中心(CERC)由经济学院和亚洲研究院联合建设,有两个主任,分别是经济学院的 Christopher Findlay 副教授和亚洲研究院的 Andrew Waltson 教授,两人对中国问题颇有研究。Findlay 教授同时在澳大利亚国立大学(ANU)兼任教职,长期从事亚太经济贸易问题研究,也是亚太经合组织的高级顾问,后来升任教授和系主任。Waltson 教授出生于英国,长期研习中国文化,20 世纪 60 年代曾在北京大学学习汉语,能讲非常流利的汉语,熟悉不少中国诗词和现代歌曲,我们到他家聚餐时,曾一起合唱《游击队员之歌》。Waltson 教授后来担任福特基金会北京代表处总代表。

与国土面积广阔形成对比,许多澳大利亚人认为自己的国家是个小国。确实,由于人口只有 2 000 万,澳大利亚的市场规模和就业机会都十分有限,人也比较保守和安稳,不愿轻易变换居住城市和工作,因为“一个萝卜一个坑”,一旦陷入失业困境,就很难摆脱;失业率(特别是青年失业率)高是澳大利亚政府面临的一大难题,毕业即失业是许多澳大利亚青年学生的遭遇,我在阿德莱德海滨曾与晒太阳的大学毕业生交谈过,他们对就业前景非常悲观,这也导致 20 世纪 90 年代澳大利亚青年自杀比率在世界上名列前茅。

澳大利亚人比较喜欢平稳的生活,他们的工作节奏较慢。澳大利亚有优美的自然景观,特别是美丽、宁静的海滩,令人流连忘返。阿德莱德有 11 个可以游泳的海滩,我光顾过其中的 8 个。夏天炎热的傍晚,我们常在海边游泳、乘凉,到晚上 11 点才回宿舍睡觉。平静的海水波澜不兴,人可以全身放松,悠闲地躺在海边的沙滩上,跷着脚仰望圆圆的明月,思绪在澳大利亚和中国之间驰骋。我把此情此景发 E-mail 告诉远在汕头的妻子,我儿子说:“把咱家的工夫茶具给老爸寄过去,让我爸一边看月亮一边喝茶。”——这小家伙倒也懂得凑趣。

澳大利亚的许多建筑很有特色,悉尼歌剧院、堪培拉的国会大厦就是很好的例子。我在悉尼、墨尔本、布里斯班、珀斯等几个大城市旅游时发现,大概是财大气粗,城市最引人注目的豪华建筑往往是 Casino。至今我对墨尔本皇冠 Casino 的华丽场面仍记忆深刻。东、西两侧有两个主要入口,东入口有一个直径 1 米、高 2 米的玻璃圆柱,里面塞得满满的一元硬币,一共是 100 万元。这个金灿灿的钱柱子很容易激起人们对金钱

的欲望和渴望，可能让人在赌场里出手会更果断、大方。在另一个入口处，有上百盏水晶吊灯悬挂在宽敞的大厅里，流光溢彩，五光十色，让人有一种眩晕、陶醉的感觉。我想这有助于把赌客们搞晕，下注也会更加慷慨。赌场里有形形色色的赌具和博彩方式，老虎机和轮盘赌往往是赌客比较喜爱的。赌客中亚洲面孔居多，其中中国人又占多数。据说，华人有好赌的习惯，也是赌场开发的重点客源。我认识的一个中国朋友，把在澳大利亚十来年的打工收入都送给了赌场，但他还是买了一套公寓——有一次在赌场，他福星高照，走了大运，用所赢的钱立即买了一套房子。此后，他再没有遇上类似的好运，把月月年年所得都扔进去了。

另外，每个大城市都有设施先进、规模宏大的室内植物园，这也是澳大利亚城市的一大特点。澳大利亚人口的80%集中在几个大、中城市，悉尼约有400万人口，墨尔本有300万，阿德莱德、布里斯班、珀斯各有100多万。

虽然澳大利亚畜牧业很发达，畜牧产品出口比重较大，但农牧民占人口的比重很小。农产品和矿产品是澳大利亚的主要出口产品，国际市场竞争力很强，国民收入和生活水平也较高。由此我想并不一定搞初级产业就落后，搞工业就能发达，还是要因地制宜。中国的工业制成品出口已占出口商品的92%，但获得的贸易利益很少，我们的服装和纺织品的出口价格逐渐下跌，增量不增收、多增量少增收是中国出口企业面临的最大问题。而澳大利亚可以根据市场需求控制开采规模，把铁矿石的出口价格逐年提高20%—80%。

澳大利亚记趣

捉螃蟹

我和中国经济研究中心的陈春来博士、访问学者老徐去捉过一次螃蟹。陈春来是捉螃蟹的行家里手，帮我们借来全套的捕蟹设备：三个耙子、三个拴绳的塑料盆。看着直直的五根铁丝做成的耙子，我很难想象这样的工具竟然能捉到横冲直撞的螃蟹。我们开车来到远离阿德莱德市中心的一处海边滩涂，下车后，我们穿着胶鞋，淌着约一尺深的海水向海中走去。脚下有一片片沙子，也有一簇一簇的水生植物或水草。我和老徐拿着耙子向水草中捅来捅去，希望能发现螃蟹的踪迹，但毫无收获。而陈春来在前面不紧不慢、轻松地走着，如果手里的耙子不时发出“啪啪”的响声，那就是有螃蟹落网了。我们追上他去探寻捉螃蟹的诀窍，原来螃蟹不会躲在水草中，而是躲在一片片的细沙下面，如果你看到有一片沙子的中间鼓起来，十有八九藏着

一只螃蟹。你用铁丝耙子耙过去，螃蟹出于自卫反击的本能，会拿钳子死死夹住铁丝，再不肯松开。只要把耙子往上一翻，一只螃蟹就到手了。我们把螃蟹放在大塑料盆里，用一条绳子把塑料盆绑在腰间，随着人浮在水上往前走，盆里的“战利品”也越来越多。

学到了捕蟹的诀窍，我和老徐也分头朝两个方向走去。滩涂上不时发出“噼啪噼啪”的声响，三个人都开张了。不知不觉脚下的水似乎越来越深了。陈春来急忙招呼我们：要涨潮啦，赶紧往岸边走。我们恋恋不舍地一边搜寻着螃蟹，一边向岸上撤，海水很快就从一尺到一尺半到两尺漫上来，这时我们才急忙加快撤离。岸上，三个人检阅收获，陈春来捕的螃蟹最多，有四十来只，我捕了二十来只，老徐也有十来只，加起来有七八十只大螃蟹。

这是一种深蓝色的梭子蟹，上宽下窄，通体刚蓝刚蓝的，看起来色彩很鲜亮。按照当地法令，不可以捕捉肩宽小于12厘米的螃蟹，母螃蟹的数量不能超过所捕螃蟹的1/4。这种规定应当是出于保护螃蟹资源，对于从海边回去的车辆，偶尔会有检查人员抽查，发现违规行为要处以200澳元以上的罚款。

七八十只螃蟹，分送了一些给朋友，剩下的二三十只我们用大锅蒸熟，蘸上姜醋每个人一气儿吃了四五只，味道果然是鲜美啊。这种蟹不像上海的大闸蟹，没有膏黄，但一只只腿很粗，肉满满的。

海边捕蟹的代价也是很高的，首先是鞋和裤子都让海水浸透了，脚也被海水浸泡得肿胀发痛，烈日炎炎的海滩没有一丝阴凉，在太阳下暴晒两个小时，全身衣服都被汗水浸透了。虽然脸上涂了防晒霜，但是胳膊和手没有适当保护，仍然晒得黑红发疼，但这样一次捕蟹的体验给我带来了很多的乐趣，也是难得的人生经历，印象深刻。

澳大利亚超市里的水产品价格都比较高，包括鱼类、虾类、蟹类。但去海边捕螃蟹的人非常少，据说澳大利亚在20世纪70年代以后接收大批越南难民后，海里的水产资源大大减少了。因为越南渔民的捕鱼技巧和吃苦耐劳精神是澳大利亚渔民所不具备的，由此也引发了一些当地居民与越南新移民的矛盾与冲突，看来许多事情都需要入乡随俗。

袋鼠岛之行

袋鼠岛方圆有100多公里，是南澳大利亚一处有名的自然原始风貌的岛屿，因岛上有大量野生袋鼠而得名。1996年11月，我和三位中国留学生周末一起去袋鼠岛游玩两天。

我们带着帐篷，先开车，然后再乘轮渡两个小时上了袋鼠岛，驾车沿着空荡又冷清的环岛公路观光。公路两边是荒凉、原始的自然景色，有大片茂密的树林和荒芜的砂石地,公路上有时会看到被撞死的袋鼠。据说,在夜间开车时,司机的视线受限,看不到远处的物体,对突然穿过公路的袋鼠来不及刹车,而袋鼠也会因为汽车灯光而反应迟钝,从而造成袋鼠的意外死亡,这对人和动物都是悲剧。因此,在一些路段会有大型路牌提示——"袋鼠出没,减速!"

我们来到著名的海狮滩。沙滩上躺着一大片黑灰色的海狮,体态肥胖臃肿,懒洋洋的一动不动,只有偶尔摇动的鼻头说明它们是有生命的。据说,海狮的生活习性是长途跋涉几百甚至上千海里到特定海域捕食,吃饱之后再返回这里的沙滩来休息以恢复体力,如果受到惊扰,睡眠不足,就没有足够的体能再去捕食。因此,沙滩上有禁止游人接近海狮的告示。一位澳大利亚小朋友在热心地解释大家保持安静的重要性:如果惊扰了海狮的休息和睡眠,它们就可能死在去捕食的路上。大家都悄悄地点头附和。

我们在海岸公路上可以看到碧蓝碧蓝的大海,来到一处浅水沙滩,我们赤足走进清澈无比的海水,我按捺不住游泳的冲动,就毅然下海游了两圈。这水的能见度非常高,可以清晰地看到水下的各种景物。如果不是海水太咸,我真想喝几口这种天然矿泉水。

晚上,我们在政府设置的野营地草坪上搭起帐篷,这里有自来水管、供电接口和煤气管道。我们在烧烤架上点燃煤气,用随车冷藏箱里的肉食烘烤出一道道鲜美的烧烤大餐,喝着听装啤酒,听着录音机里的中外音乐,看着清亮、皎白的月亮,这真是一种惬意的半原始生活。在袋鼠岛的两天游程,看海景,吃烧烤,玩海水,时光过得飞快,我们不得不恋恋不舍地踏上回程。

"冬泳"遇险

1997 年 4 月底,我与李健民等一些朋友及家属又来到海边游玩。澳大利亚的 4 月底相当于北半球的 10 月底,海水已经很冷了,但我和健民都很喜欢游泳。我们穿好泳裤,咬着牙下了水,希望活动一会儿就能暖和起来。我们慢慢向海中游去,看到远处有个灯塔,距离有四五百米,就商定一起游到灯塔那里。想不到海中景物的距离其实是非常远的,我们感觉游出三四百米后,再看那个灯塔似乎还有三四百米;又往前游了三四百米,再看那个灯塔似乎还有两三百米。但这时我们已经没有退路,只希望快点游到灯塔,休息暖和一下,我们的四肢已经被冰凉的海水冻得有些僵硬。

我们终于游到灯塔,双腿发抖,沿着铁梯爬上灯塔平台,此时回望岸边那一群人已经变成了一些小黑点,灯塔距离岸上足有上千米。我们身上的热量已被长途游泳消耗殆尽,上下牙止不住直打架。好在这天的阳光还不

错，我们脱下泳裤拧干，把全身的海水擦干，双手用力摩擦麻木的双腿，晒着太阳，让身体一点点暖和起来。这时我们才互相开玩笑怎么回到岸上去？——你把我背回去吧！望着远处海上有渔船驶过，我们想是不是应该向渔船呼救，但又想这太给中国人丢脸，有来无回不是英雄好汉！

在吸收了一些阳光的热量之后，我们下决心游回去。重新回到冰冷的海水里感觉是非常痛苦的，但我们互相鼓励着，蛙泳一程，仰泳一程，向陆地靠近。此时会仰泳是很重要的，既可以休息一下酸困的胳膊，又可以晒晒肚皮，吸收一点儿太阳的热量和能量，终于我们又回到了陆地上。大家都等得很焦急，特别是健民的妻子福娟抱怨他下次不能再如此胆大妄为。这次“冬泳”遇险也是澳大利亚之行的一件趣事，令我印象深刻。2010 年 5 月，健民参观上海世博会时，我问他是否还记得多年前的灯塔之游，他果然对当时的情景记忆犹新。

澳大利亚交友

我在澳大利亚结交的第一个朋友是李健民，他是福建人，清华大学本科毕业后，到美国攻读硕士和博士学位，然后到澳大利亚工作并定居。李健民性格开朗，为人热情，曾担任阿德莱德中国学生学者联谊会主席。他的妻子福娟原先是杭州青年越剧团的演员，她舞艺很好，人长得漂亮，又聪明能干。我与健民有许多相似的爱好：我们是棋友，一起下围棋，健民是数学专业出身，往往胜算较大；我们是泳友，一起游泳；我们是球友，一起打排球、羽毛球；我们又都喜欢跳交谊舞。健民夫妇生了两个儿子，现在全家定居在墨尔本。

我在澳大利亚结交的第二个朋友是来自北京的陈凡，我俩同在阿德莱德大学的中国经济研究中心（CERC）学习、工作，陈凡当时在国务院扶贫办工作，已经有国内博士学位，又在阿德莱德大学攻读博士，而我做访问学者。我们每天一起去办公室，下午回来一起打排球。陈凡对排球是情有独钟，一天不打球就难受，因此，他如果惹我不开心，我只要说今天不打排球了，他十有八九会让步。澳大利亚城市的绿地资源颇为丰富，我们往往选一处比较厚的草坪，既可以鱼跃救球，球也不会滚出很远，光着膀子痛快淋漓地打一个小时排球，再回屋洗澡、吃饭。我的双手交叉掌扣球的准确率很高，往往是我扣球、陈凡垫球，我们可以打十几个、二十几个回合。而陈凡扣球则格外凶猛，常常一下子就砸飞了。与陈凡几个月切磋下来，我的排球技艺大有长进。陈凡思维敏捷，十分健谈，讲起国内外的社会、经济问题头头是道，开玩笑以“副总设计师”自诩。

我在澳大利亚结交的第三个朋友是来自中国科学院自然地理所的研究员董锁成，老家是甘肃的。说来也巧，陈凡刚回国第二天，我正发愁没有球友，董锁成来了。锁成年龄比我小四岁，才 30 多岁已是博士生导师了，属于“少年成名”。我和锁成合租一套两室一厅的公寓，一起上班，一起运动，一起买菜、做饭。每天下班回来，我们先商量“今天吃拉条子还是吃刀削面”。如果吃拉条子，就是锁成主厨；如果吃刀削面，就是我主厨。两人都不存心机，互相体谅，相处得非常愉快。周末，我们一起去朋友家玩，或者请中国朋友、外国朋友到我们公寓来做客。

我们与交往的一些中国朋友建立了轮流坐庄的周末活动机制，每家轮流接待，负责准备午饭，确定活动场所和内容，可以是游泳、跳舞、排球、羽毛球、飞盘等，吃的有 BBQ、汉堡包或中餐。我的指导思想是“淡化吃饭意识，增加娱乐时间”，吃的东西可以简单一些，活动内容多增加一些。

我与在澳大利亚结交的朋友至今仍保持密切的联系，利用出差开会的机会大家见见面、聊聊天，或者一起运动运动，这也是澳大利亚留学的一项收获。2010 年 5 月 1 日，李健民来上海参观世博会，一起游园之余，又有机会手谈两盘。

海伦老太太

经中国朋友介绍，我在阿德莱德认识了善良、好客的海伦老太太，她恰好与我母亲同龄，也是属牛的，当时 72 岁。海伦人很瘦，但总是精神抖擞、笑眯眯的，待人十分和气。我几次周末去海伦家做客，也对她的家庭及澳大利亚人的生活有了一些了解。海伦有一儿一女，女儿 40 来岁，是一个博士，在一所研究机构工作。女婿是一家公司的高管，两人的生活和工作都不错。海伦的儿子三十多岁，按理说是个设计师，但实际上没有正经的工作，处于失业半失业状态。他对社会抱有一种怨恨和抵触情绪，对他姐姐和姐夫也有一种嫉妒或不满，言语之间常能表现出来。姐弟俩轻易不照面，遇到圣诞节这样全家团聚的节日，海伦就要小心谨慎地调解姐弟俩的关系，避免出现不愉快的尴尬场面。

虽然有儿有女，但海伦老太太的一切生活都要自理，显得十分孤单，由此我对澳大利亚老人晚年生活的凄凉也增加了一些感受。一次见面，海伦告诉我：她下周预定好要去做白内障摘除手术。我心想这是一件大事，就问有什么我可以帮忙的？她讲社区服务中心会派一个志愿者开车带她去，并帮助她买菜、做饭一两天。我很奇怪为什么不让附近的儿子来照顾，他在家并没有多少事情。海伦讲儿子的心情不好，还是不要给他添麻烦。我想母

子关系处到这个地步，遇到急事宁可用外人，也不用儿子，真是不可思议。

海伦与她老伴已经离婚多年。在澳大利亚，有许多离婚或单身老人。我看到澳大利亚的另一个奇特现象是许多同居男女之间不是婚姻关系，而是伙伴关系。据说，这样在家庭报税方面有一些好处，当两人感情不和而分手时，手续也比较简单。因此，澳大利亚有许多年过花甲、已经当了爷爷奶奶的人仍然是伙伴关系，当然这不影响他们子女的合法身份和各种民事权利。

海伦是澳中友协的成员。通过她，我也认识了几位澳中友协的朋友，包括老John。老John已经78岁，一直未婚，他个子不高，脸膛红润，头发雪白，讲话十分爽朗，也有几分幽默感，几次驾车带我们外出游玩。

第二年，我又去澳大利亚悉尼开会，转道阿德莱德拜访一些老朋友，意外听说单身多年的老John刚刚结婚，新娘是北京的一位老姑娘。我到老John家去探访、祝贺，见到了这位29岁的老姑娘，正在隔壁房间与一位澳大利亚小伙子"学英语"。她是中医学院毕业的大学生，讲话十分爽快，笑着和我们打招呼："上次你们来，还没有我呢。"许多朋友都不看好这桩婚姻，果然，一年以后，我们就听到劳燕分飞的消息，80岁的老John又恢复了单身。

电子商务系

1996年8月20日，我来到阿德莱德大学，在与中国经济研究中心主任Chris Findlay教授讨论研究计划时，他对我选择电子商务作为研究方向表示惊讶："China is so developed—it has E-Commerce now? I have no idea about it."

我回答说："Not yet. But it wouldn't take too long."

在阿德莱德大学的一年时间，我主要利用上网的便利，收集互联网和电子商务发展的各种案例和数据资料，开辟了电子商务这个新的研究领域。

1997年8月，我从澳大利亚回国后，给汕头大学商学院的学生新开了一门"电子商务概论"的课程，介绍网络经济和电子商务应用。同时，我们商学院也向学校提交报告，申请建立电子商务实验室。但报告一次次被校长退回，理由似乎很充分："你们都是些搞经济的教师，如果实验室的电脑坏了，谁会修！"商学院向人事处打报告，要求引进一名实验员负责电脑维护，人事处的疑问是："你们没有实验室，进实验员干什么？"因此，商学院的电子商务实验室建设方案搁置了两年也不能实行。直到2000年2月，李嘉诚先生在上海出席一个投资项目开工典礼，把汕头大学张校长叫到上海，对他讲了一段话："汕头大学所有学科能够和IT挂钩的都应当和IT挂钩，IT技术发展快，这些学科也可以跟着加快发展。”校长回到学校找各个学科的负责人讨论如何与IT挂钩，加快学科发展，才明白商学院提了两年的电子商务实验室就是和IT挂钩，很快批准了150万元的建设经费。从2000年3月到5月，仅用了2个月的时间，装备75台新电脑的电子商务实验室便建成并投入使用。

此后，校方对电子商务专业建设给予了大力支持，一路“绿灯”。2000年6月，汕头大学商学院成立电子商务系，我由国际商务系系主任转任电子商务系系主任，这应当是国内第一个正式成立的电子商务系，有15名教师，当年开始招生。为了解决没有高年级学生、专业教师无课上、正常四年制本科生培养毕业周期太长的问题，我创新并设计了“3＋1”、“2.5＋1.5”、“2＋2”和“4＋0”四套电子商务专业教学培养方案，采用校内二次招生与正常高考招生相结合的办法，在一年内即招满电子商务专业四个年级的学生，包括当年9月从全国普通高考招收的第一届电子商务方向的本科生。

1998年初，我出过一本专著——《电子商务与经济变革》，认为在10—20年这样一个时间段，电子商务会引发一场经济革命，电子商务应用会对社会和经济等各个领域产生重大影响。这本书是国内比较早的关于电子商务的专著之一，但当时影响不大，汕头大学出版社在高校教材订货会上介绍这本书，铩羽而归，因为当时国内尚没有电子商务专业和学生，这本书也不是一本教科书，而是一本介绍普及电子商务概念的通俗读物。14年过去了，中国网民数量增长几百倍，2012年3月已达到5.2亿人，网络成为普通中国人工作和生活中必不可少的部分。

在电子商务学科建设上，我提出“超媒体教学”和“U2U”办学理念，利用我们在国内的一定先发优势加快教学资源建设，编写专业教材，制作教学软件，向其他高校转让。2000年秋至2001年夏，我与张耀辉教授共同组织并主编了国内第一套电子商务专业系列教材，共12本，并请乌家培先生为之作序。

电子商务作为一个新兴交叉学科和快速发展变化的研究领域，吸引了一大批有志向、有创新意识的中、青年学者。与这个群体交往，使我获益良多，可以保持一种年轻的心态和求知的热情。从2006年成立教育部第一届电子商务教学指导委员会以来，我每年参加两次教职委的工作会议和一次全国电子商务专业建设会议，与大家交流新知识、新观点，互相学习、互相帮助、共同提高，也有幸结交了西安交通大学李琪教授、浙江大学陈德人教授、对外经济贸易大学陈进教授、西南财经大学张宽海教授、东北财经大学李洪心教授、重庆大学孟卫东教授、北京大学张宁教授、厦门大学刘震宇教授和彭丽芳教授等一批德才兼备的学者为友。

种木瓜

我家住在汕头大学 A1 教师宿舍楼的底层 101 房间，此前这里曾是王子坤院士的住房，后来，王院士搬到汕头大学新盖的一座超 A 楼的四室两厅，这套房子就分给我了。房间朝南有一个非常宽大的天井，长 9 米，宽 3 米，其中 1.5 米是水泥地，1.5 米是土地，土地填满了建筑渣土。我和儿子把渣土里的砖、瓦碎块清理掉，又补充了一些泥土，种下一些花草和树木。

汕头有充足的阳光日照和充沛的雨水，因此一年四季常青，三季有花，种什么植物都容易成活。我们在土地里种了一片豆角，很快就可以摘了炒菜吃；种下一棵木瓜树苗，迅速长高，枝繁叶茂，开花结果，望着一串像气球一样越来越大的木瓜，我感觉非常新奇，原来植物生长并非靠土壤里的肥料，而是靠吸收阳光和雨露。邻居朋友看到我家的木瓜越长越大，纷纷向我预订："木瓜熟了要给我一只尝尝！"后来，我把八九只有排球大小的木瓜先后采摘下来馈赠朋友，自己也尝了鲜。成熟的木瓜当水果吃，而六七分熟的木瓜可以炒菜，与西葫芦味道相似。

1996 年夏，我去澳大利亚访学之前，在地里种下两棵香蕉树苗，过了不久，徐薇丽写信告诉我说，香蕉树已经长起来了，有两米来高，很快又说结出香蕉了，有两大串。在北方当过两年农民的我对此将信将疑——植物不可能长这么快吧？又过了些时候说遇上台风，一棵香蕉树被刮断了，未熟的香蕉也给毁了，我才信以为真。回到汕头后，真的看到和品尝到自己家种的香蕉，这是一种不太长的绿皮香蕉，长度不超过 20 厘米，看起来一点儿也不吸引人，但吃起来甜糯可口。

香蕉树虽然容易生长，每年可以收获两三次，但每次收获香蕉后，要把庞大的树根挖掉，重新插种一棵小香蕉树苗。香蕉老根不会再结香蕉，但生命力顽强，在地下盘根错节地不断扩张和蔓延，可以把水泥地顶起来。挖出巨大的香蕉树根真是个力气活，两个直径一米多的树根花了我们父子俩大半天时间，我们累得筋疲力尽，从此放弃了香蕉种植。

此后，我回山西老家看到光秃秃的荒山时往往会想到，如果有充沛的雨水，这些荒山都可以变成植物园。我在南方许多地方旅游过，从华东、华南到西南，把各个省、市都走遍了。南方的山往往是植被层层覆盖，一片绿色，看不到一丝裸露的土壤，十分醉人。

政协委员

1998 年 2 月，我由汕头大学推选担任汕头市第九届政协委员和其中的经济科技委员会委员，由此也增加了与汕头企业家的接触与交往。我发现汕头人很有经商头脑，心理承受能力很强，其思维特点是：做事不教条，敢闯敢试，敢为天下先；不管有没有风险，不管别人怎么讲，自己认准的事都要试试，失败了算交学费，成功了就坚持下去。但也有些人走过了头，把国家法律不当回事，敢做走私、制假、骗税的“生意”，结果栽了。一些商家经营不规范，也曾严重地影响了汕头商人的市场声誉，这些年已逐步走上正轨。

汕头人有一股永不服输的精神和自己当老板的豪气。在市场经济的海洋中，竞争是一个持续不断的过程，只要竞争者不丧失斗志，输了不气馁，不轻易退出，重整旗鼓再上，商场上的最终胜负，可能要看谁的坚韧和决心大。自己当老板在许多情况下是对的，但有时候也影响企业做大，“宁为鸡头，不为凤尾”的性格使一些汕头人往往有一定的经营基础就想单干，不愿久居人下，一些家族企业规模扩大了也往往会兄弟分家、另起炉灶。

汕头人谈事情比较爽快，不会犹犹豫豫、拖泥带水，成就做，不成就算，不要相互耽误时间、浪费精力。这件事做不成，下次再找合作机会。

潮汕人有下南洋的历史传统，俗话说“国内一个潮汕，海外一个潮汕”，意思是说，在国内的汕头、潮州、揭阳、汕尾四个城市居住的 1 000 多万潮汕人口之外，海外还有 1 000 万潮汕籍的华人，主要分布在东南亚，海外华人中不乏有成就的富商，如中国香港的李嘉诚、泰国正大集团的谢世民等。潮汕人很崇拜李嘉诚，以李嘉诚为荣，一些企业家也以李嘉诚为榜样，希望自己的事业有大的发展，但需要学习李嘉诚谦和待人、诚信做事的品格。

复旦读博

1998 年春天，我考取复旦大学世界经济专业博士生，师从洪文达先生，3 年后获得博士学位。在复旦学习的头一年，我住在南区宿舍 6 号楼，每天按时上课、下课、食堂打饭，在 40 岁时又恢复了学生生活。从繁忙的教学和科研工作中摆脱出来，过一段相对轻松的学生生活，我感觉十分舒心。课业负担不重，写论文也不是太难的事，一切按部就班、顺其自然就可以了。我每天下午与隔壁房间的老管一起打排球、羽毛球，周六到教工多功能厅跳舞，生活显得丰富多彩。南区文科图书馆也是

我常常一待五六个小时流连忘返的地方，沉浸在书海里永远是我一种快乐的选择。

洪文达老师非常健谈，性格开朗、倔强而耿直，我与他很对脾气。洪老师与我都属于不阿权势、不畏官僚的人。洪老师跟我讲起他 20 世纪 40 年代抗战期间在西北大学读书求学的经历，还有与当时已是研究生的滕维藻、宋则行先生交往、交流的情况(这两位是他在世界经济学界最为敬重的学长)。洪老师曾经讲到，在我报名复旦考博时，南开大学的滕维藻先生曾两次打电话给他推荐兰宜生，提到我人比较踏实，人品可靠，外语基础很好，又多年讲授外贸进出口业务，却未下海挣钱，一直坚守教育岗位，如果可能的话，招为博士生是一件好事。

我和滕先生只有一面之缘。20 世纪 90 年代初，我因报考滕先生世界经济专业博士生来到南开大学，见到滕先生。老先生十分健谈，谈到他年轻时在浙江的学习和生活经历、对农村经济问题的关注及近些年对跨国公司的研究。这次考博，我虽然英语分数最高——81.9 分，但经济学未及格，仅 56 分，最后未能被录取。滕先生复信给予鼓励，勉励我以后大胆承担经济学和国际经济学的课程教学，以深入掌握有关内容，打好理论基础。由于 1992 年我晋升副教授，学校不鼓励再考博士，因而我未再报考。但我与滕先生一直保持书信往来，逢年过节写信问候老先生，并汇报自己工作中的一些情况。滕先生总要亲笔回复，对我的情况给予细心的指导。后来我们又增加了电话交流。可惜，我一直未有机会去天津出差并拜访滕先生。21 世纪初，我得知老先生因为高龄记忆力退化，不能认识亲人和熟人，感觉十分遗憾。这里要对已故的滕先生表达深深的敬意和谢意。

Three Hares

2000 年 10 月，我和张耀辉教授在汕头大学商学院组织并编写了一套 12 本电子商务专业教材，要求大家在 2001 年 3 月份完成初稿，争取赶上秋季学期用书。我承担了其中两本书的写作任务，马上开始收集资料和加班加点的写作。因为我的博士论文初稿完成时间也是 2001 年 4 月，我感到空前的压力和时间紧迫。但作为主编，我绝不能推迟交稿，并要为大家做守时的表率。

英文有句谚语："If you run after two hares, you would catch neither."(同时追两只兔，一只也抓不住。)当时我在同时追三只"兔子"，加上教学任务和系主任工作，"兔子"就更多了。以致当时徐薇丽跟我生气：你自不量力揽这么多事，写不出论文毕不了业，最后会弄个鸡飞蛋打！但我对自己的能力是自信的，个性也比较倔强，信奉言出必行，不会轻易放弃或更改。最终两本书稿在2001年1月初和3月初分别完成，博士论文也在4月中旬完成，论文答辩于6月份在复旦大学顺利通过，我拿到了博士学位。

我不喜欢“夜战”，每天晚上10点多就睡觉了，但在最后完成博士论文那天熬到半夜12点多，因为按照进度计划这一天必须“完工”。住在对面楼与我隔窗相望、平时习惯“夜战”的张耀辉教授发现了我家的异常，第二天对同事们讲：“兰老师也开始‘夜战’了！”

在大家的相互鼓励和督促下，其他老师的书稿也相继完成，最终12本书在2001年8月份全部按时出版，这是国内第一套完整的电子商务专业系列教材。

博士毕业

2001年10月，复旦大学举行博士学位授予典礼。我给家里打电话，希望母亲来上海参加我的毕业典礼，顺便出来散散心。自从父亲生病之后，虽然矿上安排了陪侍人，帮助他锻炼身体和协助照料他，但父亲仍对母亲非常依赖，不希望母亲外出，但我知道父亲对公家的要求和工作方面的事是格外重视的，因此，我对父亲讲学校要求毕业典礼应当有家长参加，这样我父亲就痛快地答应了。我母亲由扬州大姐陪同来到上海，我去车站把母亲和大姐接到家中。当时，上海财经大学提供给我的周转住房是博士楼上一套两室一厅的房子。

由于复旦大学刚刚与上海医科大学合并，其博士毕业生规模也大为增加，这一届有300多人。相晖堂里，激动又兴奋的博士生穿着红袍子，坐满前半场，后面是家属和亲友们。母亲和大姐兴致勃勃地观看了毕业典礼的全程，与我在礼堂和校园里合影留念。

此后，我们又乘出租车来到黄兴公园，在公园绿地上拍下更多的照片。这次上海之行，母亲和大姐留下了许多珍贵照片，包括在外滩、南京路、人民广场、世纪公园等地的游览观光。

上海之行使母亲十分兴奋，一直到几个月后我们回太原过年，母亲仍在开心地把上海之行的观感和体会讲给来访的亲友或邻居听，并把我的博士毕业照片细心地装饰在相框里。

第十一章　从汕头到上海

发展是硬道理

人的一生难免遇到不顺心的事，有时工作业绩得不到公正评价和认可也让人郁闷。1999年，我在汕头大学申报正教授职称时遇到不快，很气恼，但想想母亲的话："生气是拿别人的错惩罚自己，精明人从来不气自己。"我心中豁然开朗，不再以职称晋升为意，2000年和2001年也不再费神去申报教授职称，只是放开手脚做事，锻炼自己的工作能力，享受完成一件件新事物的乐趣。思想解放了，视野打开了，生活变得更加轻松，工作效率也更高。2000年底，我获得汕头大学校董会首届十名"汕头大学优秀教师"表彰，得到李嘉诚先生赠送的一部摩托罗拉2000手机作为奖品，这也是我使用的第一部手机。

2001年夏天，出于给儿子高考提供有利条件和离年迈的父母近一些的考虑，我提出调往上海财经大学工作。汕头大学商学院领导知道此前学校职称评定结果使我很不开心，遂要求学校采取措施挽留我，学校也允诺立即解决教授职称和待遇问题，随后再补办有关手续，但校长和书记的劝说都被我一一谢绝了。两个月后，我调入上海财经大学国际工商管理学院工作，由于前期积累了较多的科研教学成果，2002年申报教授职称和博士生导师资格均顺利通过。

我如果因为1999年的评职称挫折和不公正待遇而怨天尤人，自暴自弃，则可能会走上一条平庸甚至下滑的道路。我对一些因评定职称问题而生气的青年教师的开导也是"发展是硬道理"，你只要坚持做事和展现自己的能力，最终会被认可。俗话说"东方不亮西方亮"，石头尚且不能压住顽强的竹笋，没有什么东西能够阻挡你的前进。

我目前走过的人生地理轨迹是从北京到山西，再到广东，再到上海，第一次是被动迁移，后两次是主动迁移。迁移对个人发展是利大于弊还是弊大于利呢？在国人的传统说法中，有两种相互矛盾的观点：一种是“走一处不如守一处”，主张在一个地方干一辈子，人头熟，地面熟，能得到亲朋好友的关照；另一种观点是“人挪活，树挪死”，主张人要适当换换环境，可以激发你的工作热情和创造力。各人有不同的情况，会认同不同的观点，就我个人而言，感觉第二种观点更有道理。

英国思想家罗素讲过，人类有两种基本欲望——占有的欲望和创造的欲望。我想，一个占有欲望大于创造欲望的人，通常不太愿意迁移，因为迁移意味着放弃原来占有的资源；反之，一个创造欲望大于占有欲望的人，更愿意迁移和改变，因为这意味着尝试新事物、新生活。我可能属于后一种类型，总喜欢尝试新的工作，不太喜欢重复性的、单调的工作。

对于近些年内地人才流向东南沿海地区的趋势，即所谓“孔雀东南飞”，我是这样看的：一些内地省区由于用人机制和人才选拔机制不够灵活、合理，使一些人感到英雄无用武之地；对一些“存而不用”的单位而言，人才实际上是相对过剩的资源，大家挤在一起，容易发生内耗，外流一部分可能使坏事变好事。如果外流的人才把沿海的资源、信息引到内地，作用则更大。在这一点上，我比较赞同“不求所有，但求所用”的人才使用观，也希望看到更多有效的人才开发使用机制。

当然，并不是说人才大量、持续的外流对内地省份是好事，内地省份应当从中吸取一些经验和教训，尽快改革不合理的人才选拔使用机制，为本地人才成长和吸纳外地人才创造良好条件，相信人才外流的现象会逐渐减少。

转学风波

我们家搬到上海时，我儿子兰文浩已读完高一，但因为上海与汕头的高中课程内容不同，所以要重新读高一。我们在联系住家附近的同济中学转学就读时，才发现事情很麻烦。

我本来以为，兰文浩从原来广东省省级重点中学——汕头金山中学转到上海杨浦区的一个区重点中学就近入学，是顺理成章的事，而同济中学却要我们交 2 万元的择校费才能入学。双方谈不拢，学校就不接收。

这事使我非常郁闷和生气，以我作为汕头市政协委员的体会，知道政协对政府是有建言职责的，遂给上海市政协主席王力平同志写信：上海市的人才引进政策存在不配套与不完善的地方，既然引进人才，就要考虑到其未成年子女的就学问题，而目前这方面似乎存在政策空白点，上海市政协是否应向市政府建议完善有关政策。

信发出两天后，我接到上海市政协办公厅一位副主任的电话，随后他带

一位秘书来拜访，了解具体情况，说王主席对这封信有亲笔批示，让他们协助解决小孩转学就读的困难。我们一起来到杨浦区教育局，询问解决办法。区教育局同志讲，如果同济中学的招生人数未满，他们可以让学校接收这个学生，但现在学校每个班达到46人，已满额，他们也无权强制学校再接收学生，对此没有什么符合政策的办法。

政协同志又带我找到市政协常委、杨浦区民盟徐主委，他曾担任杨浦区分管文教的副区长，与同济中学的石校长熟悉，写封信说明情况，希望同济中学校长考虑上海人才引进需要尽量给予帮助。有了王主席和徐区长的面子，石校长才同意我只交第一学期4 000元的赞助费，如果孩子期末考试成绩能进入年级前50名，则可免交其余的赞助费。我对兰文浩的学习能力毫不担心，担心的是他贪玩的个性，提醒他这个学期不许贪玩，如果进不了前五十名就有麻烦。儿子也比较争气，第一个学期下来，考试成绩在全年级近400名学生中排名第十，还获得学校一个小奖牌，也免去了其他的赞助费。

通过小孩转学这件事，我对上海做事的章法和条理也有了一些认识。如果在内地城市，拿着一个省领导的批示，办件中学生转学的小事应当是一路绿灯，而在上海还是处处要讲规则、讲制度，官位和人情并不大好使，上海市领导也能倾听群众的呼声，帮助市民解决一些实际困难。在这里我要感谢帮助过我们的所有同志，更要向从未谋面的王力平主席表示感谢。

超媒体教学法

2000年，我在汕头大学提出“超媒体互动式”的新型教学理念，但只获得学校教学成果三等奖，我觉得自己的新思想没有得到认可。调到上海工作后，我再次提出这一理念并加以完善。2002年12月，“超媒体互动式教学法研究及课件开发”获得上海财经大学优秀教学成果一等奖，后来这一成果又获得了上海市优秀教学成果一等奖。在成果鉴定会上，有专家问我：“超媒体与多媒体、流媒体有什么区别?”我提出的“超媒体”概念是指“多媒体+因特网”，我把因特网主要作为海量知识数据库而不仅是通信手段来使用，以其来弥补教师个人知识的相对不足和落后。“超媒体教学”与“多媒体教学”的主要区别是：与后者重在教学手段更新相比，前者在使用现代信息技术手段的同时，更强调教学理念的转变，把有限的教室扩大到因特网这个无限的大教室，教师必须由知识传授者转型为学习的组织者。

传统教学理念格外重视“教”的作用，“要给学生一碗水，教师要有一桶水”。当今社会新知识层出不穷，要保持教师与学生“一桶水”与“一碗水”的关系已很难做到。如果仍依赖教师的“半桶水”授业解惑，难免造成学生的营养不良;“缺水喝”、“等水喝”的后果是扼杀了学生的学习能力,贻误一代代学子。因特网不但提供了便捷、高效的知识交流工具,还有上亿个数据库,即使按万分之一的比例估算,每门专业课也能找到上万项相关知识资源。超媒体教学就是要突破教案和教师知识的局限,把教室扩大到辽阔的网络空间,由教师引导和组织学生去发现和获得更丰富的知识。

所谓“互动式”教学,一是指“教学+自学+互学”的集体学习方法,二是指师生之间、学生与网站之间利用网络技术实时交流。互动式教学理念强调教学、自学、互学并重,教师既是知识的传播者,更是学习的组织者,鼓励自学,推动互学,通过学生之间、师生之间的知识交流和渗透,迅速掌握大量知识,其原理是“每人贡献一碗水,大家都有一桶水”,我称之为“逆桶板原理”。通过学习方法的交流与观摩,还可以提高全体学生的学习能力,得到“渔”而不仅是“鱼”。

我体会超媒体互动式教学的主要优点是:

第一,扩展了教学资源,突破了教室和教师教案的局限。学生在教师的引导下从因特网海量信息汲取丰富知识,熟悉网络学习方法,为终身学习打下良好的基础。

第二,充分利用因特网“无须远行、无须久等”的技术特点,提高学习效率和学生学习兴趣。通过对各种商务网站的实时访问和分析,拉近了课堂教学与社会经济实践的距离,增强了教学现实感,也保证了知识的新颖性。

第三,促进知识融会。通过师生之间、学生之间的互动与交流,加深对问题的认识和理解,加快知识的传递和融会。互动式教学是应对知识爆炸、迅速掌握大量新知识的有效方法。大量网上英文数据库的引入,教学资料数字化也为开展网上远程教学和国内外教学交流创造了有利条件。

买房子

2001 年 8 月,我来到上海财经大学工作,因为学校只能提供两年的周转住房,因此,我们马上考虑购买商品房。我们先后看了附近的公元 3000、文化佳园、汇元坊三个楼盘,仔细比较下来,最后选中文化佳园一套三室两厅的住房,面积 114 平方米,打折下来房价 4 700 多元/平方米。如果几年以后回看,这是相当便宜的房价,但与当时汕头市区的房价相比,这个价格已经是翻番了。我拿到学校 8 万元的住房无息贷款,向二姐家借了一些钱,再加上十万元银行贷款,买下了这套总价 50 万元的房子,这是我第一次购买商品房。安装中央空调、购置家具和装修又花了 20 万元。

因为工作调动的关系,我一直未能享受购买单位福利房的优惠待遇。

在汕头大学工作期间，国内推行房改政策。单位职工可以把自己的住房以优惠价格买下，但因为我们住的汕头大学教工宿舍是李嘉诚先生捐资而建的，并不是国家投资的房产，李先生也不希望房屋出售转让，让更多外人住到校园里，只希望把这些住房无偿提供给教师们居住。因此，汕头大学很长时间未能进行房改。当然，房租十分便宜，我在A1宿舍楼101的三室两厅住房，最初每月租金只要9元，后来提价到65元，但仍然是非常便宜的房租。

我离开汕头时，汕头市区的房价大约是每平方米2 000元，比上海低许多。因此，我感觉上海房价过高，负担过重，购置住房也尽量节约开支，够住就行。当然，上海房价以至全国大中城市的房价在此后十年迅猛上涨，连翻几个筋斗，让国人瞠目结舌，也是我们始料未及的。

房地产价格飞涨是有关利益集团联手炒作的结果，既严重影响城市居民的正常居住需求，也透支了房地产业的未来发展，给国民经济留下很多的隐患。为此，我近两年撰写了几篇相关论文，提出一些解决问题的思路，设立"第二土地红线"就是其中之一。

【有此一说】关于设立"第二土地红线"及其延伸思考

（作者 兰宜生）

一、设定第二土地红线的思路

（一）以0.18亿亩的第二土地红线专门保障并大量增加城市住房土地供应

目前，国内大中城市的房价居高不下，百姓无法安居，政府抑制房价的政策尚未有明显的成效，且随时要警惕并预防房价再次反弹升高。压低大城市高房价的釜底抽薪措施是大量增加土地供给和住房供应，国家可以考虑在18亿亩粮食耕地的"第一红线"之外，设立0.18亿亩的"第二红线"作为城市住房建设用地。

"第二红线"仅相当于"第一红线"的1%，已足以根本解决城市住房土地供应问题。0.18亿亩能提供120亿平方米的建房土地，按照1∶2的中等容积率能建造240亿平方米的住房，相当于全国城镇现有住房的两倍（2009年底，全国城镇住宅建筑面积接近120亿平方米）；按照6亿城镇居民计算，每人可再供应40平方米的住房。即使按照未来12亿城镇居民匡算，平均每人可有30平方米住房，即（240亿＋120亿）/12亿，高于现有城镇居民的住房水平。

国家的"第一红线"政策保障了全国粮食供给和百姓吃饭需要，让全国民众和世界各国放心——中国有足够的耕地可以供养中国人。同样，中国政府也应让全国民众放心——中国有足够的土地让中国人安居，把"第二红线"政策公告于众，可以有效地抑制炒地、炒房投机，对广大普通民众是一颗"定心丸"。

从前面的数字分析可以看出，根本不需要动用"第二红线"的全部土地，只要先动用25%的土地，城市住房即可有50%的增量供应，住房市场供不应求的现象(在一些城市往往是假象)将根本扭转，囤积、空置的房子会争先恐后地投入市场，房价会逐步回归合理水平。

(二)设立"第二红线"不会影响农业安全，却可以解决基本民生难题

2008年，全国耕地面积(18.2574亿亩)比上年减少29万亩，但2008年我国粮食产量达到52 850万吨，比上年增长5.38%，人均粮食398公斤，比上年提高4.74%。减少1%的耕地在农业可承受的范围内，不会影响国内粮食供给。

百姓衣、食、住、行都属于国家应统筹保障的基本民生需要。目前，城市居民住房困难是突出矛盾，应优先解决。房价畸高引起民众强烈不满和社会矛盾，设立"第二土地红线"有助于市民安居乐业、社会和谐稳定和城市化稳步推进。

高房价影响民生，严重挤压居民消费能力。以上海市为例，目前上海城市居民人均年约消费大米40公斤、猪肉17公斤。按照上海大米和猪肉的市价与约2.5万元/平方米的房价来计算，买一平方米住房的钱足够吃47年猪肉或312年的大米。要保障基本民生需要，最重要的莫过于平抑房价，让老百姓住得起房，这远比监控粮价、肉价更有意义。

住房首先是消费品，一套房子价值100万元和50万元，其使用价值没有差别。所以，如果房价降低50%，对无房户固然是好消息，对只有一套住房的普通居民也没有什么损失，而他们帮助儿子、孙子买房的经济负担和心理负担都大大减轻，这样可以减少预防性储蓄，增加家庭各方面的消费，扭转当前国内市场"一房兴旺，百物难销"的困局，也扭转现在一些人把住房当做收藏品的不合理投资行为。

(三)"第二红线"土地的来源

因为"第二红线"是建设用地，并不需要适耕土地，因此，一些原本不能划入"第一红线"的土地(如盐碱地、沙石硬地)却可以作为"第二红线"建筑土地使用。另外，政府可以通过调整城市土地使用结构来解决一部分建筑土地，尽量少占用农业耕地。

1.把淘汰落后产能关闭的工厂场地转为住房建设土地

目前，国内淘汰落后工业产能的压力很大、阻力很大，其中关键问题是生产企业和员工补偿安置问题，如果允许关闭的工厂厂区由工业用地转为

住宅用地,原有工业企业获得部分房地产开发利润作为补偿,则有利于解决工厂关、停难题,并有利于调整国内生产大于消费的明显不平衡状况。

2. 允许一些城市把圈而不用的开发区土地转为住房建设用地

我国目前城镇规划范围内有闲置、空闲和批而未供的土地约400万亩,其中各种类型的开发区闲置土地比重较高,有的已闲置多年,是土地资源的严重浪费,可以允许一些城市把圈而不用的开发区土地转为住房建设用地,增加当地住房建设。

3. 在上海、北京等城市应允许更高比例的农地转为城市住宅用地

由于住宅土地供应偏少,加上一些利益集团的囤积炒作,上海、北京等城市的房价扶摇直上,远远超过普通居民的购买能力。因此,全国土地统筹,在房价畸高的大城市,应当把更高比例的耕地转为住宅用地,大量增加住房供应,促使房价明显回落。

以上海为例,按照“上海市2009年住房建设计划”,2009年上海住宅用地供应约为1 100公顷,供应量明显偏低(不到上海现有耕地面积的0.5%),也是上海房价上涨的重要原因之一。上海土地资源是不是非常紧缺呢?可以把上海与东京做个对比。上海占地面积6 340平方公里,人口为1 880万;东京面积为2 187平方公里,人口高达3 530万,东京人口密度约是上海的5.4倍。

上海有充足的土地资源满足住房建设需要:2009年,上海有耕地约24万公顷,如果把其中的10%(折合2.4亿平方米)用于住宅建设,按1∶2.5的中等容积率(目前上海内环线以内实际建筑容积率可高达1∶7),就可提供6亿平方米住房,按全市常住人口1 880万人计算,人均可增加31.9平方米住房供应,房价势必回落。

二、关于土地出让金和地方税收管理

(一)把50%的土地出让金收归中央再分配

2009年,杭州市政府土地出让收入高达1 200亿元,上海为990多亿元,北京为920多亿元。一些大城市极高的地价和土地出让收入,实质上是一种级差地租,理应由中央政府收回一部分,在全国范围内进行二次分配。

中央政府应当确定一个全国统一的土地出让金基本标准(相当于绝对地租),比如,每亩地50万元,各地政府拍卖土地使用权的收入低于或等于50万元/亩的部分,全部留归地方政府使用;超过50万元/亩的部分(相当于级差地租),应将其中的50%上缴中央财政,用于国内再分配,以调节各地财政收入差距。这样的政策安排可以抑制一些地方政府惜地不售、不断推高地价、高价卖地的牟利考虑。

(二)试点房产税

为了促使地方政府把财政收入的着眼点由“一次性高价卖地”转向“长期性均衡收税”，可以在深圳等城市率先试点，允许地方政府对住房普遍性征收房产税，作为地方财政收入，税率逐级累进，住房大、房产多的富人多缴税。为了防止瞒报、少报和分散所有权等逃税行为，可以参照加拿大的做法，对所有住房普遍征税，再按照统一标准给予每人平等的税收返还。这样，住房不大的普通居民税负并不重，甚至没有负担；而那些购置多套房屋、有大量房产的人税负较重，迫使房产炒家把囤积的商品房投入市场。

三、把国内过剩资金导入城市住宅建设，以大规模平价住房建设启动新一轮中国经济增长

目前，国内许多行业产能过剩，找不到投资方向的大量资金不断地冲击股市、期市、房市、地市，造成一些经济混乱现象。政府应把过剩资金导入城市住房建设，大量增加平价住房供应，解决城市居民买不起住房的首要民生难题，同时缓解钢材、水泥、家具、家电等行业的产能过剩压力。

在国内大中城市，首先是沿海大城市和中西部省会城市放宽住房土地审批供应。鼓励国资、民资进入普通住房建设领域，但不是从事房产、土地囤积炒卖。通过平价大量供应土地以增加住房供应，调整土地供应结构——控制工业用地，增加住房用地；控制大户型用地，增加小户型用地，以量增促价降，平抑大、中城市虚高的房价。房价降低有利于刺激内需和扩大国内消费，以大规模城市住房建设为新的经济增长点，启动内需主导的新一轮中国经济增长，并为我国城镇化的顺利推进创造有利条件。

（《财政研究》，2010 年第 8 期。）

儿子高考

2004 年 6 月，儿子兰文浩参加高考，成绩不太理想，未达到重点本科线，原来填报的一本、二本志愿全部落空。后来补填志愿，他才被中北大学物理专业录取。以兰文浩的智力水平来说，如果他学习认真一些，考所重点大学应当没有什么困难。可惜儿子从小太贪玩，在汕头大学附属小学读 5 年级时，就因为考试时仍在玩借来的游戏机，被老师没收并告到家里，气得我哭笑不得，责骂一顿。

说起来这也是我的责任，我对儿子的学习关心得很不够，没有检查、督促，总以为学习是自己自觉的事，不需要父母多操心。我每天忙于自己的教学和科研工作，很少过问他的学习，在家长会上听到老师的一些意见，回来讲讲也就算了，没有认真地抓。

上大学以后，兰文浩的学习自觉性和主动性大大提高，他一直担任班长，还担任团委办公室主任，做事认真负责，各方面的表现都更成熟了。

上大三时，兰文浩利用一次“大改驾”（大学生改驾驶员）的招生机会，由中北大学物理系转入南京航空航天大学飞行驾驶专业学习，一年后毕业，又到美国实飞培训大半年，获得飞行驾驶证书后，进入南方航空公司工作，担任副驾驶，先后飞国内航线和国际航线。

儿子很聪明，看书、学棋悟性很高，一看就会，这一点与我很像，只是比较贪玩，学习自制力较差。儿子的身体也很棒，视力很好——这一点得自家族遗传。儿子做事麻利，干活很利索——这一点像他母亲。我曾说，他靠脑力或者体力就可以求职谋生，有一份不错的工作，主要看他自己的选择。最后他还是选择了更多靠体力来工作，因为飞行员虽然待遇不错，但也是一份既辛苦又紧张的工作，飞国际航线更要常常经受时差的考验，对体力要求较高。

父亲去世

2004年8月4日凌晨1点，我父亲去世了，享年78岁。头天傍晚，父亲突然感觉不好，我们急忙叫车把他送到西山总医院急救室，经过输液等急救治疗，到晚上十点多，父亲身体状况趋于稳定，似乎已无大碍，遂转入观察室病房，商定由二姐与我在病房陪护，其他人均回家休息。晚上11点，二姐让我先去隔壁病房休息，两人夜里轮流守护。我躺在床上毫无睡意，思维格外清晰，现时的与往日的人和事如走马灯般在脑海中闪现。刚过12点不久，二姐匆匆进来叫我：“咱爸突然情况不好！”医生和护士正围着老人抢救，呼吸机、电击器都用上了，但父亲的心律急速下降，显示器上变成一根直线，父亲已经去了另一个世界。这一天恰逢观音成道日（农历六月十九），我想父亲是否与观音菩萨有某种缘分。

我父亲是个学习非常刻苦的人，靠自己的勤奋苦读，一步步由山村中走出来，成为山村稀见的大学生。参加工作以后，他呕心沥血、兢兢业业，勤奋工作，获得几十个劳模、标兵称号，但也累垮了自己的身体。

父亲中风脱离危险后，积极锻炼身体，表现出顽强的意志力，逐日增加锻炼强度，半年后可以拄棍行走，但最终未能重返工作岗位，在我母亲的细心照料下又生活了21年,走完了自己的人生旅程。

父亲生命的最后两年,由于年老体衰,行动越来越不方便,事事要人照料,有时大便失禁弄在裤子里,全靠我母亲收拾,心中也很懊恼,无奈地说:"这一年一年身体不见起色,活着也是发愁呢,就是等着想看看兰文浩上大学呢!"想不到孙子刚刚收到大学录取通知书,老人真的就离开了人世。

一则寓言故事讲,幼年的儿子往往觉得自己的父亲很了不起,似乎什么都懂;到了青少年,则觉得父亲已经年老糊涂,处处跟不上时代;而到了中年以后,又会觉得老父亲的话还是很有道理的。我对父亲的认识也经历了一个相似的过程。

从小到大,我常听到父亲讲一句话:"钱是好东西,也是坏东西,搞不好就要受它的害。"当时家里那么缺钱,我觉得钱是有百利无一害的,说钱是"坏东西"实在难以理解,显得矫情。如今看到许多贪官被判刑甚至枪毙的事例,我就会想到这句话的深刻道理。

父亲常讲的另一句话是:"世界上总是有眼的打没眼的"(意指掌握权力资源的人欺凌无权无势的人)。我当时觉得这是一句没有什么内容的大白话,走入社会多年、经历一些人生坎坷之后,我才明白这是父亲从自己人生经历中得到的真实经验。

父亲还有一个观点是,世界上人有两种活法,一种人靠本事生活,另一种人靠脸生活。如果你没有本事,什么事也做不好,那就没法要面子了。父亲是一个自尊心很强的人,自然不会让人批评、指责,工作格外认真负责。我与父亲在此方面有些像,做事从不马虎。

母子杭州游

父亲病逝后,我们姐弟都希望母亲到南方居住一段时间,调适一下心情。父亲"三七"祭奠过后,母亲先到扬州我大姐家住了1个月,又由大姐陪同来到上海我家住了2个月。这期间,浙江大学有个会议邀请我参加,我就携母亲一同前往杭州。

我小时候曾多次随母亲到原平、大同等地探访亲友,这却是我们娘俩第一次一起游览名胜。母亲是一个非常热爱大自然、热爱生活的人,只是这些年要在家中照顾我父亲,使她无法外出。在茶社里品尝着西湖龙井,眺望着美丽的西湖景色,老人对湖光山色十分赞赏,漫步在苏堤、白堤上,在绿柳碧水的映照下,母亲笑容满面,更显得容光焕发。因为母亲平时喜好养花种草,对花园里的各色花卉看到格外仔细,流连忘返,赞不绝口。

一些教授对我带着80岁老母出来开会、旅游感到新奇和钦佩,因为偶尔

有人会带妻子出来开会，却从未有人带父母一起出来。吃饭时，一些朋友纷纷向我母亲敬酒，老人微笑着感谢回应，气氛十分融洽。后来我才得知：有的教授从小被他人抱养，亲父母已不可得；有的父母双亡，要尽孝承欢已不可能。他们看到此情此景，一定会有几分感慨和心酸，由此也可以体会"子欲养而亲不待"的迫切性。

第十二章　游学欧洲

鹿特丹大学

2005 年 5 月至 10 月，我到荷兰做半年访问学者，这是时隔 8 年后的第三次海外访学经历，我确定此次访学的任务是广泛接触和了解欧洲。

我所去的高校是荷兰著名的鹿特丹大学，全称是 Erasmus University Rotterdam (EUR)。据说，按照荷兰政府前些年的一项规定，各地高校均应加上所在城市名称，而 EUR 认为鹿特丹不足以说明学校的地位和影响，要把 Erasmus 放在校名首位，因为 Erasmus 是古代荷兰以至北欧和西欧著名的哲学家和思想家，生于鹿特丹，在荷兰历史上的地位与中国的孔子相似。EUR 经济学院曾产生过第一位诺贝尔经济学奖得主——丁伯根教授，其在经济学研究领域有雄厚基础。

因为有 20 世纪 80 年代、90 年代在美国和澳大利亚的两年访学经历，我对中国留学生群体和外国学生并不陌生，也自觉或不自觉地观察并比较中外学生的区别和变化。

如果把中国留学生与欧美学生作个对比，我感觉中国学生的智力水平和知识记忆学习能力高于欧美学生，但中国学生相对缺少追求个人理想的胆量和合作沟通能力。当然，欧美学生也不是个个能说会道，但一般而言，欧美学生的语言表达能力和人际沟通能力比较强，这与他们从中学到大学都要学习"Communication"(交流)的课程有一定的关系，也与他们相对开放的个性有一定的关系。

从 20 世纪 80 年代到 21 世纪初，我感觉中国人出国留学有了较大变化，形成了一些新的特点：

1. 学习经济管理和法律的学生大大增加。早期出国学习物理、化学、医学、工程等自然科学的比重很大，学习外语的学生也有相当一部分，而学习经济管理、法律的人较少。比如，1986 年，密歇根大学有 31 000 名学生，中

国留学生有200多名，但主要集中在理工科和医科，也有一些学习英语，在法学院和商学院的学生很少。我记得当时商学院只有一名中国学生读DBA，另一名中国学生读MBA，法学院也只有两名中国学生。而现在出国学习经济管理和法律的中国学生比重大大增加，2005年，荷兰EUR的管理学院和经济学院中，中国学生占外国学生的比例是最高的，法律系有一个新开的法律硕士班，42名学生中有21人来自中国内地。

2. 访问学者数量减少，留学生大大增加。20世纪80年代，出国进修的中国人中，访问学者占到一半左右，而进入21世纪以来则是留学生占绝大多数，访问学者占比不到10%。

3. 公费留学生比重下降，自费生大大增加。20世纪80年代的中国留学生中，公费生占绝大多数，自费生很少；而目前正好相反，自费出国留学占到80%以上，公费留学比重很小。

4. 留学人员的年龄越来越小。20世纪80年代，出国留学人员的年龄相对较大，因为多是教师进修，留学生也以读硕士学位或博士学位为主，极少有出国读本科的。到了21世纪，中国留学生已是以本科生为主体的一支庞大留学队伍，甚至还有不少中学生，留学人员的平均年龄据我估计降低了8—10岁。

荷兰人

未到荷兰之前，在我的印象中，荷兰是一个中等规模或中等偏上的国家，因为我们搞国际贸易专业的人都知道，荷兰是全球十大贸易国之一，排名通常在第七、八位，中国自改革开放以来，外贸发展很快，但一直到1999年才超过荷兰。到荷兰以后，我才发现荷兰的国土面积只有4.4万平方公里，并不比瑞士大，不到山西省的1/3，从国土面积看是名副其实的小国。荷兰4万多平方公里的国土至少1/10是围海造地形成的，是一个典型的低地国家，全国平均海拔高度仅为一米，阿姆斯特丹的海拔是0.6米。荷兰民族在与海洋的斗争中积累了丰富的经验，十几公里长的拦海大坝给人非常深刻的印象，能开启或旋转的各式各样桥梁也展示了荷兰民族的聪明才智。一些建筑也有鲜明特色，有的像积木，有的像蜂巢，体现了荷兰人的丰富想象力。

低地的地理特点为自行车的普及创造了良好条件，带给荷兰自行车王国的美誉。荷兰有1 700万人口，但拥有1 200万辆自行车，几乎人人会骑车，如果从人均自行车拥有量来看大大高于中国。荷兰的城市和郊区一般都有专设的自行车道，用红水泥铺设，平坦安全，穿越路口也有自行车专用的指示灯。在那里骑自行车实在是件非常惬意的事，既能欣赏周围的绿地碧波美景，又能够感受新鲜空气和温暖阳光。

荷兰的人口密度较高，每平方公里有 400 多人。也许是海拔低的缘故，荷兰人个子长得比较高，据说荷兰男子的平均身高为 1.88 米，女子身材也比较高大。在我看来，荷兰男子身体结实、作风硬朗，无怪乎荷兰的男子足球队是世界强队。我曾经观赏过鹿特丹大学经济系教授与学生的一场足球友谊赛，双方踢得十分认真、激烈，下脚硬碰硬，40 岁的教授倒地铲球也不含糊，让人不得不佩服。

荷兰号称是世界上最自由的国家，同性恋、吸大麻、妓女、安乐死，在法律上都是受到保护的，阿姆斯特丹尤其是许多有特殊需求者的乐园。荷兰政府将吸毒者视为病人而不是罪犯，他们可以在指定的店铺买到少量软毒品，如大麻；但如果携带大量毒品则有贩卖之嫌，当做犯罪处理。妓女在荷兰也是一项合法职业，按章纳税，享受社保待遇。阿姆斯特丹的红灯区是荷兰著名的旅游景点。许多荷兰人也形成一种标新立异、反对主流的思维模式，凡是其他国家赞同和认可的事，荷兰不一定要认可。

荷兰人是善于经商的民族，被称为欧洲的犹太人，处处透着精明。我到 EUR 后，得知经济系要为其接受的每位访问学者每年向学校缴纳 1 200 欧元的电脑使用费、250 欧元的 E-mail 账户使用费时，确实很惊讶——学校内部都算得这么清楚。也正是这个缘故，荷兰高校不太喜欢访问学者，除非你能为它做出贡献。

荷兰政府当时有一项颇不合理的规定：凡居留超过 3 个月的外国人都必须申请居住证，交 430 欧元申请费，否则属违法居留。但居住证的审批制作过程却长达 6 个月，这意味着那些居留四五个月的外国人可能直到离境都见不到居住证，只是白交 430 欧元申请费而已，相当于对外国人的一项“罚款”。长期居留的外国人要每年重新申办居住证，虽然申请费降至 100 多欧元，但也十分烦琐和不便。这项政策很受外国人的“诟病”，特别是人数增长很快的中国留学生受害最多，而英国、法国、德国等其他欧洲国家都没有这种要求，我在美国、澳大利亚也未听到类似的规定，但荷兰政府仍我行我素，大概政客们不太在乎这些没有投票权的外国人的意见。我在荷兰时曾就此事致信荷兰首相和副首相提出批评意见，并与副首相兼经济部长 Laurens Jan Brinkhorst 先生两番书信往来，希望荷兰政府对留学生和访问学者的居留政策有所改进，此举也得到中国驻荷兰大使薛捍琴女士的大力支持，最终也起到一些作用。回国后与洪文达老师谈起此事，洪老师笑道：“你与我脾气有点儿像，都属于‘好事之徒’”。

荷兰人一般与人不深交，同事之间的关系往往停留在见面时的两句问

候上。亲戚或朋友的钱财往来分得很清楚，很少看到一人买单的情况，朋友们吃饭连谁喝了几杯酒也要分清楚。搞对象的男朋友与女朋友往往也不例外，买东西各付各的，出门旅游拿行李各管各的。

欧洲人对子女选择职业和人生道路，没有刻意的设计和督促追求，比较尊重子女的选择和兴趣爱好。有个荷兰教授讲起自己的儿子想做木匠，神态非常轻松和满意，大概认为做个好的木匠也是很了不起的。

许多欧洲人往往认为自己的国家和民族是最好的，对其他国家和民族持一种淡淡的嘲讽态度，欧洲国家之间、欧美之间这种态度到处能体会到，互不买账，还有一些拿其他国家取笑的故事和笑话，没有什么崇洋媚外心理。在学校里，许多中国学生往往愿意选择“国际”字头的专业，如国际经济法、国际商务等，而欧美学生往往选择 MARKETING、ACCOUNTING 这样的专业，而对带“国际”字头的专业缺乏兴趣。

【有此一说】兰宜生与荷兰副首相 Laurens Jan Brinkhorst 先生的信

兰宜生的第一封信

22 September，2005

To：Deputy Prime Minister Laurens Jan Brinkhorst

RE：Unpleasant experience of a Chinese visiting professor in Holland

Dear Mr Brinkhorst：

I am a professor from Shanghai University of Finance and Economics and now a visiting scholar to Erasmus University. I am writing to you about some unreasonable Dutch regulations towards foreign visiting scholars like me.

It's quite difficult and time—consuming to get a visiting visa because of the work permit requirement，even though we are not paid a cent for our academic research here and the Chinese government pays for all our travelling and living expenses. Some of my Chinese colleagues had to change their visiting institutes to UK，after wasting one year time in Holland consulate general in Shanghai，and they got their visa from UK consulate general within a month. Anyway I was lucky (or unlucky) to receive my Holland visa after months delay，yet more unexpected experience waiting for me here since I arrived on 4th May.

According to Holland government regulation，the foreign visitors staying over three months must pay 430 euro to apply for ID cards from IND, but the issuing process might take up to six months. This regulation seems ridiculous and unreasonable:

1. Chinese government does not have such a requirement and charge Dutch visiting scholars a fee like this. I had been a visiting scholar to USA and Australia each for one year and never encountered or heard such requirements and fees. The Netherlands boasts the fame of most liberal country, even being very tolerant and generous to drug disabuses, why is it so strict to foreign scholars and students? Is it suitable for the Netherlands to hold such a close-door, close-mind policy in the time of globalization?

2. Is it so costly to issue the little card? In fact, it is a heavy burden on Chinese students and scholars. As I know, Germany charges nothing for giving visitors temporary residency permit and it could be done within one day. Four Chinese exchange students from my university SUFE arrived this month to study for 4 months in Erasmus and they felt it a terrible burden to pay the ID fee. Their parents are ordinary Chinese workers earning 200—300 euro per month. I wonder if Chinese government should charge the four Dutch exchange students in Shanghai 430 euro each so to compensate our students and their families.

3. If the ID card is really an important and necessary document, then it should be issued as soon as possible, say, within a month. Six months is the time enough to produce an aeroplane, not a tiny card. Is this the government efficiency in a well developed country with high technology? I am not in a least developed African country with poor infrastructure, right? The process of six months means the card would be useless for the foreigners staying 3—6 months and the 430 euro fee becomes a pure fine on their foreigner status.

Let me continue my unpleasant story: I submit my ID application in May and got a letter from IND dated 16 August confirming my application was approved and the card is in processing. After one month silence, yesterday I learnt from IND via Mr Zwet, who is in charge of ID application in this University, that it would take 10—11 weeks from 16 August to issue the card which validated only until 4 Oct., the final date of my work permit. It means the card would be out of date when it was produced. So it would be advisable not to produce the card because it's totally useless and I

would have to come from China to pick it up in the city hall (they would not mail it to me). If I submit a complaint to IND, it would take 6 weeks to get a response. Obviously, I am fined for my foreigner status and pay the 430 euro for not even a word of sorry.

I am not a person liking quarrelling and I teach my students to be polite and considerate. But this experience and its explanation really make me upset and angry: Even as a monopoly business, should you deliver the goods in time after you taking the advanced payment? As a legal person, should you pay consideration for the benefit you got? It seems to me they just delay the whole process and wait for my departure without any action.

Since I do not have 6 weeks to waste in the course of bureaucracy, I send this letter to you directly for your kind attention. I demand either of the following solutions:

1) Send me the ID card that I paid for, no matter how long it would take to produce. I would put it on Internet for auction at 0.01 euro.

2) If you think it's too late and unnecessary to produce the card any more, return my money back.

I suggest that the Netherlands government should reconsider and re-valuate its regulation on foreigner ID requirements—check its necessity, cost and efficiency. It might increase the government revenue, but cost the reputation of Holland in the international community. The reputation is more valuable and you are losing your wealth day after day.

Government efficiency is an important component of a nation's competitiveness, which we talked on an EU conference in Brussels last Monday. One hour/day saving by the government agencies could save thousands of hours/days for the business sectors. I sincerely hope the Holland government could raise its efficiency so to lever Holland business and economy into better performance.

Some friends told me it's totally waste of time to write this letter of complaint and it's hopeless to have any change or reaction from the government. I feel sorry to see the danger that your government might be losing the trust of the public. But I will have a try anyway.

I am looking forward to your response. If possible, we could have a discussion over it.

Sincerely yours,

Yisheng LAN

Laurens Jan Brinkhorst 先生的第一封回信

Dear professor Lan,

Thank you for taking your time to inform me about your experiences with the Dutch labour migration policy. I really do appreciate this.

Your remarks and observations will help us to improve our policies in this field. Because, as you said appropriately, these problems will seriously threaten our position as a knowledge economy in a globalizing world. And I can assure you that the Dutch government, and I speak on behalf of the Prime Minister and the Minister of the Foreigners related Affairs and Integrations who is responsible for the migration policies, is fully aware of this threat.

This year this government started a new regulation for the knowledge workers, the high educated specialist from abroad. Within this regulation it is possible for a foreign knowledge worker to enter the Netherlands within some weeks, without the obligation to have a working permit and without the problem to prolong the residence permit each year. It's a residence permit for 5 years at once.

However, this regulation is directed only to foreign *employees* of Dutch companies and knowledge institutions (like universities).

Complaints and observations like the one you made in your letter, and I can assure you a lot of these problems are known to me, make clear that the recent regulations for knowledge workers must also apply for the *non-employees*, for instance students and visiting scholars like you who don't have a labour— contract or job—offer from a Dutch employer. It's therefore that I think we should consider a next step in our new migration policy for the skilled labour from abroad. A step which will make it possible for the high skilled workers like you to enter the Netherlands in a more adequate way. The challenge the government is confronted with in considering these steps to find the right balance between the requirements of economy, the labour market in the Netherlands (with a great part of the potential workforce standing beside the labour market) and security policies.

Contributions like yours will help us to develop such a system which is more convenient to the demand of a globalizing economy.

Thank your remarks on the fee students from abroad have to pay for

the residence permit. I do admit we do have a serious problem here.

Arguments you give in your letter can start the discussion if the principle of the cost—based pricing for public services has to be carried out in all cases.

Allow me, at the end of my answer to your in gratitude accepted remarks about the practice to the labour migration policy, to express my appreciation for your sharp sense of humour which was, despite your indignation about the treatment you went through, part of your reaction.

Sincerely yours,

Laurens Jan Brinkhorst

Minister of Economic Affairs

兰宜生的第二封信

5 November, 2005

Dear Mr Brinkhorst:

Thank you very much for your letter of 5 October. I appreciate your prompt response which set an excellent example for your fellow government officials. I feel sorry to reply you late because I had a 17-day visit to France, Spain and Italy from 8 October and then packed up for backing home China. I sincerely hope, as you stated, my "remarks and observations" could help bring some improvements on your government policy towards foreign students and scholars. And I believe the "next step" would not take long because your high efficiency gives me the faith.

Even though I feel pleased to learn your appreciation on my "sharp sense of humour", I know you are flattering. Frankly speaking, I am a person with little sense of humour because the hard labour life in the countryside of China during the Culture Revolution killed almost all my genes of humour. Even now, humour is still the luxury goods in our developing motherland because to study hard and to work hard from morning till night leave little time or energy for us to develop a habit of humour. If you saw how heavy a satchel of a little Chinese pupil is, you would agree with me.

Fortunately I was able to visit The Netherlands, a country full of humours, where I could learn some basics of humour as a 1st year student. I admire that the Holland government leaders are Masters of humour. For example, your government, along with some Northern European nations, declared your nations as the Group of 0. 7 and demanded the Group of 7 raise their financial assistance to LDCs to 0. 7% of their GDP. The declaration not only showed the world the deep humour culture of your country, but also brought respects from all the developing countries. May I try to copy this humour of yours (I believe it's not an IPR item) and declared our Chinese scholars and students as the Group of 0. 07? If I underestimate or overestimate the contribution of over 7 000 Chinese students and scholars to the GDP of Holland, please correct me with your right figures at hands. If your government could make some special arrangements to let the 0. 07% go directly into the aid of 0. 7% to the developing countries and not become the medical aids to the drug abused "patients", the Chinese parents would be more willing to work harder in order to pay the various rising-up fees for their children's study in the Holland. For example, according to my very limited knowledge, the yearly tuition for the bachelor programme of International Economics & Business in RSM has rocketed up from 1 500 euro to 7 000 euro in past 3—4 years while the Chinese students have taken a big share of the enrolment.

Maybe because the last letter of mine was too long, so you missed one paragraph of it or you just forgot to mention my resident card. But I find it very difficult to convince my students the whole story with an empty hand. So, could you please kindly spend 3 minutes to check through your efficient government agencies to help me find my tiny card? Not only my students, but myself also become more and more curious on this high tech, high value product. I would deeply appreciate your help to satisfy the curiosity of us. I quite understand that producing high tech product is not as easy as making T-shirts or shoes in China, so I would be patient and not demand any compensation for the late delivery. Besides, if you think necessary, I would be willing to pay the postage to your consulate general in Shanghai so to reduce your government financial burdens.

I hope my request would not bring much trouble to your busy schedule. I am looking forward to hearing from you soon.

Sincerely yours,

Yisheng LAN

Laurens Jan Brinkhorst 先生的第二封回信

Dear professor Lan,

Thank you for giving me a glimpse of some of your personal experiences in life so frankly. Personal historical notes enhance the insight in ones thoughts and motives and help to understand each other better. Moreover, it deepens my own experiences and insights which I gained during my long stay in Japan and my visits to your and other countries in Asia.

Concerning your remarks on the resident card I can inform you that I've given your request in the hands of the Minister of Migration & Integration, who is responsible for the acquirement of the resident cards.

During my recent visit to some Asian countries I am convinced again by my various contracts over there that my country has to modernize its migration policies.

Backed up by a resolution in parliament we have the possibility to make some important steps the coming year. These steps will not give an answer to all your, I have to admit original, suggestions and proposals, but I think that it will make my country more attractive for foreign talent in this globalizing world.

So I hope that the next time you will visit my country a lot of the problems you went through will be solved.

Sincerely yours,

Laurens Jan Brinkhost

Minister of Economic Affairs

Deputy Prime Minister

初访巴黎

在鹿特丹大学的工作和生活安顿好之后，我就抓紧时间开始深入欧洲的行程，首先造访的是欧洲文化的主要象征——巴黎。

我乘坐一种便宜的夜间长途汽车，只要 29 欧元，从鹿特丹直抵巴黎，用时 7 个小时。沿途汽车每两个小时要休息一次，这也是防止司机疲劳驾驶的交通法规的要求，路上路况和车况都很好，

行驶非常平稳。

长途汽车的终点是巴黎市郊的一个体育场，抵达时天刚蒙蒙亮。我立即就近下到塞纳河边，凝视片刻，沿着河岸向附近的地铁站走去。周围一片寂静，晨光熹微中河水无声无息地流淌着，首先看到的两个事物让我颇感惊讶：其一是睡在桥洞下的头发蓬乱的流浪汉，他在几块破纸板围成的小窝里睡得正香；其二是一只使用过的安全套，不知它的主人是谁？如何来到河边？

首先看到的两个事物使我对巴黎感到几分失望和沮丧：难道这就是名誉全球的文化时尚之都吗？直到走近一个精巧、古朴的铁桥，拍下我在巴黎的第一张照片，我的心情才开始好转。

巴黎地铁四通八达的便利和庞大规模举世闻名，我首先乘地铁来到巴黎的标志性建筑——埃菲尔铁塔，从塔上俯瞰塞纳河和米黄色的巴黎，城市显得美丽、典雅而有条理，处处是景，每个角度都可以拍照，心情大好。

埃菲尔铁塔的容纳能力惊人，每年接待全球几百万、上千万名游客，作为巴黎旅游业的王牌，为巴黎带来巨额的旅游收入。塔上同时可以容纳成千名游客，我遇到的中国游客足有上百人。升塔排队等候时与旁边游客交谈，有乌克兰、玻利维亚、冰岛等各方来客。此后我写信给时任上海市市长韩正，建议上海借鉴巴黎世博会建成埃菲尔铁塔的成功经验，借上海世博会的良机建设一座大型纪念建筑，增加上海的旅游景点，以弥补上海缺少文物古迹旅游景观的缺憾。我不知那封信的去向和结果，后来收到上海城市规划部门的一封感谢信。

凯旋门正对着的香榭丽舍大街，名店云集，游人如织。我点了一份快餐，坐下来一边看景，一边看人，看着各种肤色、各种服饰的游人，不由得想起旅游就是“人看人”的精辟语言。

大名鼎鼎的爱丽舍宫显得比较简陋，并不高大的铁栅门前站着两个警卫，如果不靠近，他们也不阻止你拍照。其实，这里无文字、无景致，也没什么可拍的。

卢浮宫前的广场上，可以看到许多随意即兴表演，有带领观众跳健身操的，有跳街舞的，有吹萨克斯的，有拉小提琴的，表演水平的高低决定着周围观众的多少。

我在卢浮宫前留下几张纪念照，至于里面的那些宝物，只能等四个月后时间充裕再来探访，其时卢浮宫的三大镇馆之宝维纳斯、胜利之神、蒙娜丽莎和那些巨幅油画使我对中西文化的不同有了更深一层的认识。

我又乘长途大巴经巴黎迪士尼乐园短暂停留后，连夜返回鹿特丹，结束了两夜一天的巴黎一日游。

布拉格印象

2005年6月，我接受学生曲广春的邀请，到捷克布拉格访朋旅游。此时，曲广春工作的华为公司正在布拉格投标捷克的宽带工程，虽然华为公司此次投标未能中标，但近年来华为公司在欧洲(包括荷兰)的市场业务拓展还是给人留下了深刻的印象。

捷克原来是社会主义国家，以往持中国护照去捷克可以免签证。自从20世纪90年代东欧政权更迭之后，中国人去捷克不但要签证，而且手续比其他国家更为烦琐。比如，荷兰人去捷克当天就可以拿到签证，而我们中国护照持有者必须在提交申请一周后才可拿到签证，而且在边境上会受到更严格的检查。我坐飞机从阿姆斯特丹直飞布拉格，又乘国际列车经德国返回荷兰，夜里1点火车通过边境时，两名捷克边防警察上车查验证件，拿着我的护照反复看了足有三分钟，还相互嘀咕着，我问他们:“有什么问题吗?”边防警察才支支吾吾地把护照还给我。

布拉格是一座美丽的城市。有人说它是欧洲最漂亮的城市，对此，我基本赞同。那绿色掩映的红顶房屋、浅黄或纯白色高耸的城堡教堂、造型精巧的石头拱桥、清澈见底的小河、满山遍野的绿树绿草，形成美丽舒畅的色彩搭配，让人心旷神怡，自然与人工和谐共造，处处美景如画，拍照是件乐事。查理大桥500多米长，已经有650年的历史，是东欧最古老的桥梁，桥上有不少街头艺人和画家，成为一道特殊的风景线。在城中广场，那方石嵌成的地面和一个个古老雕像，让人体会这座城市历史悠久的魅力。

布拉格城市建筑能保持如此完好，没有任何战火损毁的痕迹，据说这与该国对待外部侵略的态度有关:每当强敌压境，兵临城下，抵抗无效，当局就会开城投降，所以，城市建筑也没有受过战火的洗礼，不知这是幸事还是憾事。布拉格确实是我访问过的几十个欧洲城市中最为精致、典雅、美丽而宁静的城市。

德国旅行

2005年夏天，我与同事郭羽诞教授及其夫人一行三人到德国旅游9天。我们乘火车先后访问了波恩、哥德堡、柏林等地。

波恩是个只有三四十万人口的小城，却因是联邦德国的首都及音乐大师贝多芬的故乡而闻名于世，市区有贝多芬音乐厅、贝多芬广场、贝多芬故居等纪念建筑，那座两面凹凸皆成像的贝多芬雕塑让我感到新奇，也很钦佩德国艺术家的创造力。

正在波恩大学访问研究的周继忠博士驾车带我们游览了附近一个巨大的火山湖，湖边有大批的野鸟和野鸭，反映这里良好的自然生态。我们各处拍照留念。新结识的周继忠教授言语不多，为人朴实。2 个月后，他到鹿特丹来开会，我陪他乘快艇到鹿特丹海港等处游览，对他的善良品行又多了一层了解。令人意料不到的是，5 年之后，他年仅 42 岁就罹患胃癌病逝，让人扼腕叹息。

我们又来到马克思的故乡特里尔，参观了这位思想家成长的地方，院子里草丛中的黑色大理石伟人半身像显得格外深沉、厚重，让人对这片诞生黑格尔、马克思等哲学巨匠的土地充满敬重。

莱茵河畔的哥德堡有宏伟、壮观的土红色古城堡和各式人物雕塑，河边半圆形广场上的威廉大帝骑马雕像颇有气势，城镇中也有现代商业街和各种旅游设施，吸引着欧亚各国的游人。

我们乘火车沿途看到莱茵河两岸绿树如荫，满满溢溢的河水让我想到黄河、汾河的流量锐减和山西干涸的农田。

在柏林，我们游览了国会大厦、勃兰登堡门等景点，看到留作纪念的柏林墙残体和边防哨卡。没有想到的是，在柏林这座现代化大都市中间还保留着一片足有几万公顷的森林，巴士绕着这片森林要走好几站，我们步行其中也感觉远离城市的喧嚣，似乎是在郊外远足。

在德国各地旅游，从乘车到住宿，处处可以体会到德国人的守时和计划性。使我略感吃惊的是，在柏林这样的大都市和一些中小城市仍能看到不少第二次世界大战期间被炸毁的建筑物，那些半截的高塔和残墙似乎提醒人们战争的残酷性。

鹿特丹狂欢节

荷兰的冬季是寒冷而漫长的，而夏季则是热闹、欢乐的，4—5 月份的郁金香花节结束后，从 6 月初开始，鹿特丹与阿姆斯特丹周末轮流举办大型演艺活动，爱好者可以在两个城市轮流观赏，以免有顾此失彼的遗憾。作为一个喜爱热闹的人，我在鹿特丹先后观赏了飞行特技表演、公园演唱会、音乐节游行、狂欢节游行等。

流经鹿特丹的玛斯（MARS）河——莱茵河的下游——上有一红一白两座大桥，曾是成龙拍摄电影《警察故事》的场景，来自世界各地的十几名特技飞行员在这里表演飞行特技，随着飞机俯仰垂直变换角度，快速钻过一个个旗门，穿越桥洞，人群中不断爆发出尖声喝彩和掌声。

大型公园演唱会为外地演出团体和本地的业余音乐团体提供了几十个演出场地，成千上万的市民携家带口涌入几个大公园，到处人头攒动，孩子们更是欢呼雀跃，来回奔跑。有男高音、女高音，也有铜管乐队和摇滚乐队，各个演出团体在比试着歌手嗓门和乐器质量，吸引着观众忽东忽西。快餐、啤酒、冷饮也生意火爆，一箱箱的啤酒、可乐很快就售罄了。按照演出活动组委会的环保规定，拿五个空杯子或瓶子可以换回一瓶啤酒或饮料，所以孩子们随时留意着附近的空杯子和空瓶子，乐颠颠地捡去换饮料。平时安静、冷清的公园此时成为欢乐、喧闹的海洋。

音乐节游行要通过城市各主要街道，由不同乐队和商家赞助支持的四十辆卡车，装点得五光十色，演员衣着亮丽、表情生动，伴随着乐手的即兴演唱和震撼的音响效果，引来道路两边观众的阵阵喝彩，一些特别出彩的音乐车更能吸引不少粉丝追随游行。

最吸引人的还是狂欢节游行。荷兰有几十万来自拉美加勒比地区的移民，她（他）们的肤色是深棕色，与欧洲白人明显不同，这些人平时比较低调，舞蹈才艺无法展示，狂欢节为她（他）们提供了展示才艺、宣泄能量的绝好时机。五六十支游行演出队伍多以拉美移民为主体，虽然有少数白人女子加入，服装并不逊色，但舞步快捷或动作幅度还是不如拉美女子。

踩着乐点的游行演出方阵各出奇招，争奇斗艳。他们有的服装艳丽，有的衣着清凉，有的舞步娴熟，有的造型夸张。没有统一标准，也没有模仿效颦，要的就是不同凡响、出奇制胜。一辆辆彩车上衣饰华美、甜美可人的女王、公主，成为市区一道流动的美丽风景线。

作为一个华尔兹和平四爱好者，我对伦巴、恰恰、桑巴等表演也有几分痴迷，对巴西里约狂欢节更是向往，只是可望而不可即，这次鹿特丹狂欢节我从头到尾看了三个小时，也算是过了一把瘾。

走访欧盟总部

我在出国之前，刚刚申请到一项国家社科基金研究项目“中国进入贸易大国行列后的贸易政策和战略修正研究”，兼听则明，我也希望借此次欧洲访问的机会，了解一下欧洲贸易官员和贸易商对中国贸易政策的看法，可以使我对这个问题有更全面的考虑。因此，我到荷兰不久，就给荷兰外贸部写信，然后去海牙拜会了荷兰外贸部外经局局长 BRUINSMA 先生。他是一位长期从事外贸政策和投资事务管理的专业官员，对欧洲和亚洲的贸易状况非常熟悉，也是贸易自由化的坚定支持者，对中国近些年的外贸发展颇多好评，对欧盟采取的少数贸易保护措施不以为然。我们的交谈非常融洽，从他那里我也得到了一些关于保护知识产权、增加贸易透明度的重要性的忠告，我觉得很有道理。

我又给欧盟贸易委员曼德尔松先生写信，希望有机会去拜访，后来得到他秘书的一封复信，称短期内日程尚难以安排，不过不久我得到了一封邀请信，邀请我去布鲁塞尔参加一个关于欧盟贸易竞争力的研讨会。

这个有六七百个人参加的大型研讨会，主要参加者是来自欧盟国家各种商业协会和行业协会的负责人，也有一些政府贸易官员、专家和学者。我是唯一来自中国内地的教授，在会上也结识了一位新朋友——我国驻欧盟使团商务参赞处官员张晓通先生。

研讨会由曼德尔松先生主持。第一个主题发言人是欧盟委员会主席巴罗佐先生，他首先列举中国外贸快速发展的两个事例：1999 年，中国贸易额只相当于荷兰的贸易额，2001 年赶上英国，2004 年已超过日本，成为世界第三。中国作为一个人口众多的欠发达国家，没有太多的资源和先进技术，只是靠国民的勤奋努力，大大提升了本国产品的出口优势。欧洲企业应当向中国人学习，没有必要总是抱怨，应该用自己的努力重建欧洲产品的市场竞争力。

第二个主题发言人是欧盟行业联合会的会长。他的观点完全相反，发言矛头直指欧盟当局，对欧盟企业和行业保护不够，造成许多企业经营困

难，失业工人增加，要求政府必须在保护行业和就业方面有更强有力的措施。言语之间对欧盟领导人特别是贸易委员颇多指责。

第三个主题发言人是曼德尔松本人。他直言不讳地讲，他正面对许多欧洲行业协会的批评和压力，但他无法帮助和保护那些缺乏竞争力的企业，这样的企业应当更多地反思自己为什么生存困难？为什么产品销不出去？而不是成天发牢骚、抱怨别人。曼德尔松也谈到他为维护欧盟企业利益所做的努力，他上任才半年多，已四次访问中国（比他回英国的次数还多），与中方贸易官员商讨如何调整双边贸易关系，化解贸易纠纷，帮助欧盟企业拓展巨大的中国市场。

这次研讨会上我感受到许多代表对中国产品大量涌入欧洲的担忧。坐在身旁的米兰制鞋企业协会的一位女会长问我："现在我们制鞋企业的销售越来越困难，许多原有市场都被中国鞋挤占了。我们的企业和员工今后怎么办？"我说："意大利制鞋企业有很好的技术和工艺，在一些高档鞋领域更有独特优势，高档产品的创新升级可能是一个选择；另外，也可以用一些技术和商标与中方企业合作，生产出成本更低的高档鞋，打进世界各国市场。"

下午，我又参加了分组讨论会。有的会场上争论的火药味儿也比较浓，发言十分踊跃，争辩激烈。但人们对我这个中国教授还是比较礼让，会议主席总是把发言或提问的机会优先给我。

通过这次会议，我也在反思：中国产品出口不能再走廉价海量取胜的老路，要考虑其他国家的市场承受能力，要与其他国家形成一定的错位发展，探索创新、优质、高值的产品出口新路。俗话说：千夫所指，不病而死。我们要避免成为各国的众矢之的，尽量维护一个和谐、宽松的贸易环境，由此也坚定了我关于大力发展创新型劳动密集型产品的贸易发展观点。

第二天上午，我去欧盟总部拜访了曼德尔松内阁中负责欧盟与中国、印度、巴基斯坦贸易的官员 Per HAUGAARD 先生，我们就中欧贸易关系坦诚地交谈了两个小时。HAUGAARD 先生是丹麦人，长期从事贸易管理工作，对中欧贸易十分熟悉，我们谈到反倾销和纺织品配额等问题。

20 世纪末期，我国出口焦炭价格很低，被欧盟裁定为倾销，征收高额反倾销税；后来，我国对焦炭出口实行配额限制，并征收出口税，由于我国出口焦炭占世界市场的 60%以上，此举使国际市场价格直线上升，单价由每吨 50 美元上涨到 100 多美元、200 多美元甚至 500 多美元，欧盟一些钢铁企业已濒临倒闭，欧盟又向 WTO 投诉中国政府限制焦炭出口，违反自由贸易原则。

我问 Per："你们不是说中国出口焦炭价格太低，扰乱了欧盟市场。中国政府控制焦炭出口数量，帮助你们维护市场秩序，你们怎么又向欧盟投诉呢？"

Per 笑着解释说:“欧盟有二十几个成员国,各个国家对利益的关切不一样,我们在制定贸易政策方面必须保持一定的平衡和妥协。”

这恐怕也是实情。欧盟国多嘴杂,要形成统一的贸易政策颇为不易,一般而言,西欧和北欧国家倾向自由贸易,南欧和东欧国家希望更多地保护国内产业,比较倾向贸易保护主义。当然,受到反倾销限制措施的中国出口产品仅是极小一部分,并非如一些媒体渲染得那么严重。Per 给我看了他们刚完成的、写给欧盟议会的贸易政策分析报告,其中谈到欧盟对华反倾销措施所涉及产品仅占中国对欧出口产品的 0.65%,我想这个数据基本可靠,根据我们自己计算这个比例不到 1.5%。即使按照 1.5%来看,我国对欧出口额的 98.5%没有受到反倾销措施的影响。欧盟的整体贸易政策还是比较自由、宽松的,我对中欧贸易长期稳定发展也更有信心。

当然,我们现在要思考的另一个问题不是欧美对我们产品的反倾销问题,而是我们如何有效地制止不合理的低价出口,以维护我们的国家利益。对那些不靠提高技术和质量、只会用低价出口挤占同行市场、破坏正常市场秩序的企业,我们政府不但不应保护,反而应对其进行惩治,比如取消其进出口经营权。

海牙商会演讲

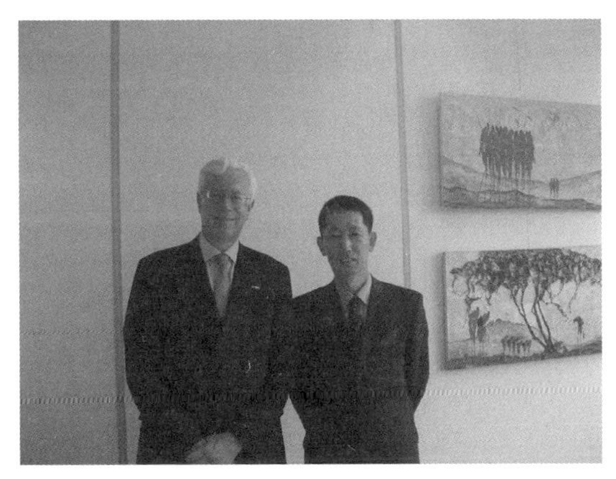

2005 年 10 月,我应邀到海牙商会就中国与荷兰经贸关系和经济政策做一次演讲,与会者是对中国贸易投资感兴趣的荷兰商业人士,会后回答了荷兰商人的一些问题。

由于近年来中国对外贸易和经济增长迅速,贸易额已大大超过荷兰。鹿特丹作为荷兰和欧洲最大的港口,曾经是世界第一大港,但如今已被中国的上海取而代之。因此,荷兰商人对中国与荷兰经贸地位的相对升降变化十分敏感,话语之间也透露出几分不甘与酸楚。有一位商人提问道:“现在什么东西都是‘Made in China’,以后我们生产什么呢?我们企业的出路在哪里?”

我半开玩笑地安慰他:“中国不但制造产品,也有巨大的人口消费需求。荷兰有科技优势和一些很好的文化服务产品,完全可以向中国扩大出口。比

如说，就我在欧美的访问体会，荷兰人的见面问候方式，我觉得是欧美中最好的。美国人见面贴一下脸；法国人见面贴两下脸，但是男女之间、女士之间及男士之间都要贴脸，外国男性往往对同性接触比较反感，特别是碰上个络腮胡子的男士更抵触；而荷兰人见面问候是贴三下脸，且只限于男女之间和女士之间，男士之间没有贴面的习俗（当然父子、兄弟除外），这个风俗习惯很好，热情、友好又不令亚洲男士尴尬，会非常受中国民众——特别是男士——的欢迎，你们可以派大批荷兰人到中国传授，如果中国有 13 亿人口，一万个人需要一个老师的话，就需要 13 万名老师，你们还愁没生意可做吗？”

在场的听众都会心地笑了，爆发出一阵掌声。演讲结束后，举行了一个鸡尾酒会，我与新结识的荷兰朋友交流轻松、开心。到了宴会结束的时候，荷兰男士纷纷与我握手道别，而女士则与我拥抱告别。

一分钱的机票

2005 年 10 月，我按计划完成了一次法国、西班牙、意大利、比利时跨国旅游，历时 17 天。为了节省时间和费用，我提前一两个月在网上查询并预订了英国瑞安航空公司“巴塞罗那—罗马”、“威尼斯—布鲁塞尔”两程低价航班的机票，票价都是 0.01 欧元，其他行程用铁路和公路大巴衔接。

瑞安（RYAN）航空公司是当时欧洲一家有名的廉价航空公司，如果提前两个月预订机票并付款，其票价最低为 0.01 欧元，当然这是理论上的“净价”，如果加上机场费、信用卡刷卡费、市区到机场的巴士费（廉价航班往往使用远离中心城市的小机场），总费用达到二三十欧元。即使如此，这仍然是最便宜的旅行方式，比火车、汽车都便宜。廉价航班上没有免费餐饮供应，即便是矿泉水，也要花钱买。

我从鹿特丹乘长途大巴到达巴黎，游览了凡尔赛宫，又乘 GAV 高速火车到达法国中部的里昂，从山顶俯瞰这个既熟悉又陌生的近代工业名城，让人心生感慨，面对月光、水色吟得小诗一首：“里昂明月中华男，九分惆怅一分欢。……”

我从里昂继续乘火车到马赛。来之前就有法国朋友提醒我，马赛车站、港口的“扒手”不少，因此，我把现金等放在衬衣口袋里，外穿的风衣“坚壁清野”，口袋里只装了一包面巾纸，把风衣扣子扣紧，快步走下车站广场的台阶。这时，一个黑人小伙子走过来跟我套近乎，讲着中文、日文的“你好”，紧跟在我身侧，并时时做出盘带足球的动作，吸引我的注意力。我不断地说：“NO”，并不时推开他，不让他靠近我。走了一段路后，他终于决定放弃了，停住脚步高喊“BYEBYE”。我回头一看，他手里挥举着那包面巾纸，不知何时已从我的衣袋拿到了他的手里。我返身过去一把夺回:“你小子手真够快的!”

这是我与马赛“扒手”的第一次近距离接触,因为当天马赛市公交系统工人罢工,我也没有机会乘坐地铁和巴士,不知那里情况如何。有了早晨的“下马威”,这一天我保持高度戒备,尽量避开人多的地方,在各个景点拍照都不敢把包随便放在地上,到港口、车站附近更加警惕。

在游览了 CASSIS、戛纳、土伦、尼斯和摩纳哥之后,我乘火车到了西班牙巴塞罗那,游览了久负盛名的博物馆、修建了两百年的圣家堂及港口的哥伦布雕像。然后,使用那张 A4 纸自己打印的 0.01 欧元机票,我从巴塞罗那飞往罗马,住在古竞技场附近的旅馆,罗马街上比比皆是的千年建筑和文物,让人更加尊敬这座历史文化名城。

我乘火车从罗马到佛罗伦萨,这里同样是文物王国。从知名的大卫雕像到众多不知其名的古代雕像,处处是古迹。从高塔上拍摄这座以红黄色为基调的城市,无论哪个角度都透着古典和厚重。

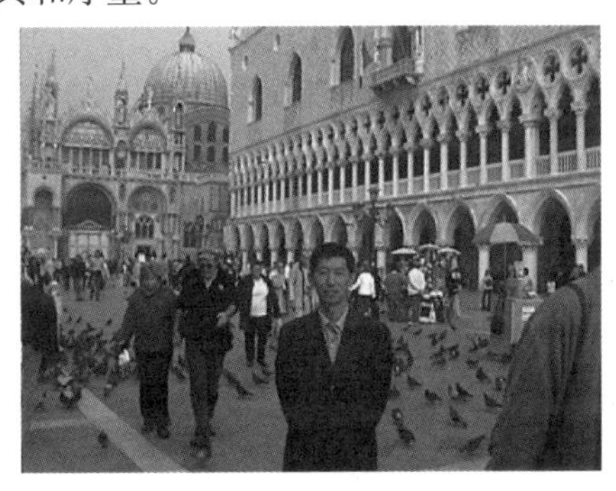

傍晚,我乘火车到达威尼斯,刚走出车站,顺便到市政信息服务窗口查看一些旅游信息,想找几本城市景点和游览线路介绍,恰碰到一位焦急的中国游客。原来这位姓李的老哥因为错过会合地点和时间,与旅行团失散了,旅行团已前往下一座城市,他的行李全在车上,身边没带手机和导游联系方式,加上语言不通,不知如何获得帮助和联系,见到我如遇“救星”。我帮他买到长途电话卡,拨通国内家中电话,再由他女儿通知国内旅行社转告带队导游,他在威尼斯火车站等候接应。我由火车站到市区价比三家找到一家旅馆,安顿好行李,已是晚上 9 点多,我想到李老哥还在火车站,按照意大利铁路部门的规定,晚上 11 点要关闭候车室,他一个人怎么办呢? 于是,我又到车站候车室找到老李,劝说他和我去旅馆休息一晚,明早再来等导游,以免夜里不安全。他则担心导游来了找不到他,准备在车站守候一晚。正当我们商量如何留条告知导游联系方式时,导游和老李的一个同事神色匆忙地赶到候车室,原来他们也十分焦急——游客脱团是个严重事故。老李对我的帮助十分感谢,告别后我也安心地回去睡觉了。回国之后,安徽黄山书社的老李寄来一套精装的《红楼梦》,成为我一面之交的老朋友。

威尼斯四通八达的河道贯穿全城,乘游船可以游览城中大多数景观。有名的贡多拉小船看起来十分精致、独特,但船夫索要的船价十分昂贵,要

100美元一次，想想不值，就放弃了，改乘大船游览，拍照更为平稳、从容，也拍到一些绝佳的风景。事后听说贡多拉小船在古时的用途是载运尸体的，现在因其造型别致而开发成了旅游工具，所以没有乘坐也就不再遗憾了。

圣马可广场游人众多，成群的鸽子与游人一起散步、嬉戏，一点儿也不怕人。大人和小孩儿纷纷用手中的玉米粒儿吸引鸽子，鸽子纷纷落在他们的头上和肩上，密集的鸽群成为广场的一大景观。

威尼斯街上有许多纪念品商店。一些造型独特的意大利工艺品往往售价不菲。人们也是看得多，买得少。我也只买了个小木船作为旅游纪念物，其他以拍照留作纪念。

我从威尼斯乘飞机到比利时布鲁塞尔，又从布鲁塞尔乘火车返回鹿特丹，结束了17天的旅游行程。

CASSIS

欧洲人注意享受生活，工作成为次要考虑，把上班时间和下班时间分得很清楚。一到下班时间，他们立即结束工作回家，此时你要与他们再谈工作上的事，他往往会坦言拒绝，如果不得不谈，也不太高兴，认为你占用了他们的业余时间。

每年夏季，大多数欧洲人都有2个月的休假期，许多企业、政府部门的工作陷于半停顿状态，但大家也习以为常，不会为了工作正常运转而牺牲到西班牙、意大利去享受沙滩阳光的美好日子。西欧人把夏天休假看得很重，出国休假是每个家庭都要提前考虑和计划的，而休假旅行的距离和时间则要受家庭经济条件的制约，那些因为收入较低、只能在居住城市附近休假的人会有一些失落感，孩子们也十分羡慕那些远行归来的同伴有更多新奇的旅行见闻。

2005年10月，我在法国南部地中海岸边一个8 000多居民的小镇CASSIS旅游三天，住在一个法国朋友Jordy家里。他开着一家雇有七八个员工的小园艺公司，太太不工作，有一双读中小学的儿女，生活非常悠闲自在，没有什么时间观念。有天午餐Jordy讲下午两点要去上班，但我三点半午睡起床，发现他还没出门，他笑眯眯地说“不着急”。我乘火车去土伦、戛纳游玩，返回时错过一班列车，Jordy在火车站多等了一个小时，他也是笑眯眯地说“没关系”。

法国人见面亲吻问候十分频繁，上午、下午每次见面都要行贴面礼，男女之间、男士之间、女士之间都同样贴两次面，我对男人之间贴面感觉很尴尬和不适应，而且 Jordy 还是络腮胡子，所以，我向 Jordy 建议改为中国的握手礼，他妻子 Lucci 看到我们握手挺新奇，也学样改为握手，想不到一握手羞得她满脸通红，大概也是不适应吧。

Lucci 驾车带我一圈圈攀上地中海边 900 多米高的悬崖——据说这是地中海沿岸最高的悬崖，从巍巍高崖上俯瞰碧蓝的地中海和海边红顶白墙的 CASSIS 小镇，映入眼帘的是一幅鲜艳美丽的海滨画卷。强劲的海风呼呼吹来，让人感觉脚下的高崖似乎在微微晃动，使人有几分紧张，挪步小心翼翼，更有几分兴奋和梦幻。

Jordy 家院子里有游泳池、乒乓球桌、野餐桌、烧烤架，每天晚上往往与邻居、朋友一起喝酒、聊天，生活显得十分轻松、惬意，周末还要到海边去游泳或者开车到远处游玩。我感觉学习、工作和赚钱在他们心目中不是很重要，反而开开心心地享受每一天的阳光和亲情、友情更为重要。

当然，法国北方与南方的生活节奏差别不小，以巴黎为代表的北方地区工作节奏较快，人们工作比较勤奋、认真；而靠近地中海的南部地区，人们工作节奏较慢，生活更为轻松、随意，待人也更为热情、友善。整体而言，法国人少有“工作狂”，倒是酒馆、咖啡馆常常顾客盈门，他们的生活态度和生活方式与我们北京、上海“白骨精”日日加班的辛苦工作生活形成巨大的反差，也让人不得不反思：在温饱阶段后，我们应该过一种什么样的生活？

第十三章　思考感恩年代

重返苏村

2006年春节后，外甥鲁翊驾车，我带儿子兰文浩回到20世纪70年代插队的山西阳曲县苏村。通往苏村的道路比以前好走多了，道路硬化了，不再是黄胶泥路。记得当初我有一次雨夜返回村里，因为误了一班车，只能坐山下石料场接送夜班工人的班车，下车后离村子还有20里路，夜里10点多钟，顶着大雨，在伸手不见五指的山沟泥路上，不知滑了多少跟头。

我们见到村里的老支书——张书记，70多岁的老书记显得个子更矮小了，但嗓音依然洪亮，谈起知青往事仍记忆清晰，笑声爽朗。房东王大娘已经过世，王队长恰巧外出不在，王大嫂把家里和村里的变化一一道来。院里的住房重新翻建了，房子更高、更宽敞，我们几个知青住过的东屋已经拆掉，院子拓宽了，可以进出拖拉机。

20多年过去了，苏村的面貌有了一些变化，原来的大队麦场和场边的两排知青宿舍已不见了，取而代之的是一户一户的小宅院；但整体而言，村子面貌变化不大，唯一明显的变化是村子中央的小学校已停办并迁走，现在变成了一座庙，有两个和尚坐在门口聊天。据村人说，这里原来就是庙院，现在是屋归原主。与这些年在广东、浙江、江苏沿海村镇看到的鳞次栉比的漂亮小楼相比，苏村仍没有一座楼房，整体建筑风貌显得寒酸、落后，这反映北方农村的经济社会发展还比较慢。

母子长江游

2006年5月下旬到6月上旬，我陪母亲坐了14天的长江游轮旅游，由南京溯江而上，在长江沿岸游览了岳阳楼、黄鹤楼、张家界、三峡大坝、神农溪、张飞庙、万州青龙瀑布、小三峡和小小三峡等，到达重庆朝天门码头。与

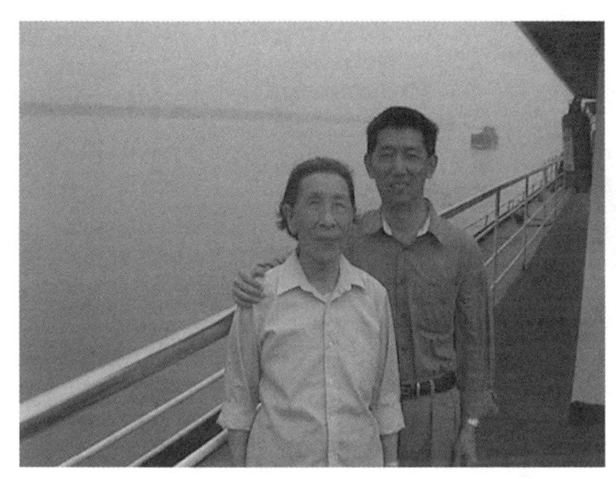

母亲朝夕相伴的这两个星期，成为我人生中十分宝贵的一段时间。我既能游览祖国的大好山河(处处美景古迹让人流连忘返)，在欣赏美丽、自然的景色之余，又能与母亲朝夕相伴，叙旧谈心。这是我陪同母亲外出游览时间最长的一次，老人十分开心，看到母亲舒心的笑容，自己也感觉到尽孝的一点宽慰。

曾参强调及时行孝的重要:“往而不可还者，亲也;至而不可加者，年也。是故孝子欲养而亲不待也，木欲直而时不待也。是故椎牛而祭墓，不如鸡豚逮存亲也。”多年以来，我一直感觉母亲在家庭里面奉献太多，得到的回报太少，儿女们虽然是孝顺、听话，但能够替她分担劳累还是比较少。加上母亲为人十分自立、自强，不愿给别人添一点点麻烦，对儿女们没有一点索取要求，能够日夜陪伴老人家游览半个月，现在想起来，仍然是我这一生最重要和最开心的一件事。

我们船舱房间里有三个人，除了我们娘俩之外，还有一个姓黄的上海老太太，比我母亲小 7 岁。热情、开朗的母亲很快就与黄老太太熟悉了，她们开始了山西话与上海话的交流，母亲也笑着学说一些简单的上海话，舱房里笑声不断。

我们参加的是一个“夕阳红”游船旅行团，近 200 位团员多是六七十岁的老年人，年龄最大的是位 83 岁的老大爷，身体非常结实，瞒着子女自己出来旅游，总是穿着球鞋稳步走在游客队伍前列;我母亲 82 岁的年龄在旅行团排第二位。旅游行程安排得比较轻松、悠缓，每天清晨，轮船甲板上老人们纷纷施展自己的健身技艺，互相赞赏鼓励，看着一些 60 多岁老人可以轻松地劈腿下腰，双手把脚举过头顶，我深愧不如。我压腿的高度甚至还不如我母亲，母亲身体的柔韧轻捷引得许多人称赞，老年人在健康锻炼方面总能找到话题和知音。

母亲兴致很高地登上黄鹤楼的最高处，俯瞰江城景色和大江奔流。母亲对张家界的峻奇山势赞叹不已，对超级电梯“天梯”的雄伟和快捷印象深刻，久久仰望，啧啧称羡。在神农溪换乘木船溯流而上，母亲对喊着号子、腰绷如弓的纤夫们深表同情——“人啊，怎么着都是一辈子!”经过三峡船闸时，我们母子看着巨大的闸门和高耸雄伟的钢筋水泥建筑，感叹施工的规模

和难度。进入三峡航段，两岸秀峰凸起，争奇斗艳，引得甲板上的人声声惊叹、欢呼。

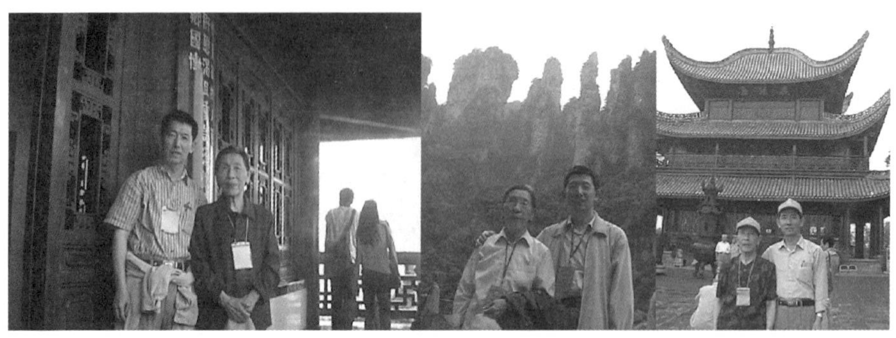

在重庆朝天门码头，母亲对广场上成百上千人的排舞方阵感到新奇，久久驻足观看。重庆大学孟卫东教授宴请我和母亲，孟教授豪爽、热情，宾主频频举杯，相谈甚欢。重庆交通学院的李友根教授是我在汕头大学的老同事，邀请我为该校商学院的学生做一场学术报告——《大学生成功之道》。我让友根在我母亲午休之后悄悄领她到会场后排来听听，演讲临结束时我告诉同学们，这是我几十次学术讲座最为特别的一场——因为有我母亲在场旁听。会场爆发出热烈的掌声，母亲被同学们热情的掌声和聚焦的目光搞得有些不好意思。

我和母亲沿途从从容容赏山观水。从长江上、下游的水质来看，下游江苏、安徽一带水色浑黄，中游湖南、湖北一带水质较好，上游重庆一带因为山洪带来泥沙，水色又发黄。由此使我联想到人生可以分为三个不同阶段：幼年时蒙昧无知，需要不断学习知识才能明白事理；到青中年时期，对事物的理解分析能力提高，对社会可有更透彻的认识；而到了老年阶段，随着接受知识能力的下降和社会接触面变窄，思想可能也会变得迟钝甚至糊涂。人应当在中年时期挤时间把自己的人生体验及时写下来，因为这时的思维最为敏感和活跃。

德胜才谓之君子

作为大学教师，我主要讲授国际贸易、电子商务等经济课程，但在长期的教学过程中，通过与大学生和研究生的近距离接触，对如何帮助青年人成长、成才也在不断反思。

2002年底的一次出差，因为飞机误点，我在机场书摊翻阅一些书籍，偶然看到一本书——《一生的智慧——八位成功学大师的毕生心得》，我带着调侃心态想批判性地阅读这本书，结果被它的内容吸引，买来上飞机看，出差回来，书也读完了。

我向上海财经大学研究生部有关负责人提议为我们国际贸易专业硕士生开设一门“成功学研究”的选修课：“如果我在年轻时，看到一本这样的书，多了解一些做人做事的道理，现在可能会有更大的成就。”研究生部的同志讲：可以开设这门课，但应当为全校学生开公共选修课，不应局限于国际贸易专业的学生。从2003年起，我为上海财经大学的硕士生、本科生、博士生先后开设了成功学研究方面的选修课，希望能够对年轻人成才并成功有一些帮助。后来，在上课时我发现一些同学急功近利的想法和态度，选修这门课是想多赚钱、找好工作，我觉得有必要进一步加强个人品德修养方面的内容，所以把课程内容作了大幅度调整，增加了中国传统文化中修身养德的大量内容，课程的名称也更改为“修德成功学”，以示与损人利己获得所谓“成功”的根本区别。

在中国，大学生是十里挑一、百里挑一层层挑选出来的，智力水平应当很高。聪明的人更有机会成功，前提是这种聪明才智必须与善良、仁爱、诚实、孝敬、感恩的道德品行、合作双赢的为人处世态度等结合起来，才能把成功的潜能变成成功的现实。遗憾的是，孝敬、仁爱在多数中国家庭教育中被忽略，在我们的大、中、小学教育中也是缺失的，因而影响中国青年成才成功。

司马光在《资治通鉴》中评论智瑶覆亡的一段话，对于人才识别可谓有深刻认识：“智伯之亡也，才胜德也。夫才与德异，而世俗莫之能辨，通谓之贤，此其所以失人也。夫聪察强毅之谓才，正直中和之谓德。才者，德之资也；德者，才之帅也。云梦之竹，天下之劲也；然而不矫揉，不羽括，则不能以入坚。棠溪之金，天下之利也；然而不熔范，不砥砺，则不能以击强。是故才德全尽谓之‘圣人’，才德兼亡谓之‘愚人’；德胜才谓之‘君子’，才胜德谓之‘小人’。凡取人之术，苟不得圣人、君子而与之，与其得小人，不若得愚人。何则？君子挟才以为善，小人挟才以为恶。挟才以为善者，善无不至矣；挟才以为恶者，恶亦无不至矣。愚者虽欲为不善，智不能周，力不能胜，譬如乳狗搏人，人得而制之。小人智足以遂其奸，勇足以决其暴，是虎而翼者也，其为害岂不多哉！夫德者人之所严，而才者人之所爱；爱者易亲，严者易疏，是以察者多蔽于才而遗于德。”

以德行与成功来做联想思考，回想自己前半生遇到的各色各样的人和事，我觉得德行对一个人的成功最为重要，有的品德比较差的人或者道德根基浅的人，虽然可能风光一时，似乎获得成功了，但最终难以成就大的事业，或者仓促而成的所谓事业会由于道德根基不牢固而轰然倒塌，这样的事情屡见不鲜，让人十分感慨。俗话讲：“谋事在人，成事在天”，但这个“谋事”的

出发点还是很重要的，如果所谋之事不善无益，老天爷也不会帮助你。

我讲“修德成功学”这门课程，强调诚实、善良的道德品行，把做人放在第一位，首先做好人，才能做好事；提倡人才必是德才兼备、以德为先；开诚布公与学生讨论个人品德与人生得失成败的关系，探讨修德练才的方法和途径。一些同学感慨地说这门课将使其一生受益，这是对我辛劳探索的最好回报。

以司马光“德胜才谓之君子，才胜德谓之小人”的标准来衡量，我自己应该也属于小人之列——并非没有德行，而可能才能更多一些。如果以十分为满分，我想自己的德应该有五六分，而才有七八分。除了擅长读书、学习、教学、研究之外，自己也有广泛的业余爱好。各种棋类都是一学即会，又喜欢游泳、打球、跳舞，做事情有毅力和韧性，做事效率比较高，而这些都属于才能的方面。智果在分析智瑶的人品素质时，列举说明其“五贤一不逮”：智瑶的高大有力、善骑射、聪明善辩、毅力顽强、多才多艺，均是他人所不及的才能；而“甚不仁”这一道德缺陷导致其最终覆亡，脑袋被作为“饮器”，这个才胜德的人物悲剧值得深刻反思。

以司马光的人才评判标准来看，世界上大多数人都要划入小人行列。但我认为还可以对小人做进一步划分：一部分是祸害他人的小人；另一部分是不害他人的小人。如果一个人有一些基本的品德操守，比方说有四五分德行，为人比较诚实，处事能够为他人考虑几分，不会想方设法算计、坑害他人，即使其才能达到六七分、八九分，属于“才胜德”的小人，但不会危害社会；而另外一部分“才胜德”的小人，如果德行只有一二分，甚至毫无道德观念约束，而才能却达到七八分甚至更高，则非常可能成为危害社会的祸害。

孔子说过：“古之学者为己，今之学者为人”。古人学习的主要目的是为了提升个人修养，修身养德，而现在有些人学习一些知识，是为了炫耀。我本身不是个喜欢讲话、交流的人，以往总是喜欢自己静静地读书体味，而现在常想把一些读书心得讲给学生，先后到几十所高校做过“大学生修德成功之道”的讲座，可能也有炫耀学识之嫌。但当今社会日趋功利，关于做人修养方面的言论十分稀少，我希望自己能对学生有所启示，也是好为人师的一种表现吧。

《选择成功》

2006 年 9 月，我在上海人民出版社出版了一本著作《选择成功—— 一位博导与青年学生聊成功之道》。我想写一本与青年学生讨论人生的书已有几年时间，因工作繁重一直未能动笔，此书的问世是由一件自杀悲剧促成的。

事情要从 2004 年秋天说起:2004 年 9 月,在我们学院研究生、本科生新生开学典礼上,当各系系主任对本专业学生提出学习建议和要求时,我对国际贸易系的学生只讲了两点:第一,要求学生考试不能作弊;第二,希望学生看几本成功学的书和名人传记,提高自己的心理素质:“作为学生能考入上海财经大学,我对你们的智力水平很有信心,但对你们的心理素质却无法判断,在我以往学习和工作过的高校,都有学生自杀事件,最极端的情况有新生报到当晚就跳楼自杀了,给父母和家人造成巨大的心灵伤痛,令人十分惋惜,也说明现在中国大学生的心理素质不容乐观,希望大家注意提高自己的心理承受能力,以应对今后人生道路上可能遭遇的挫折和挑战”。

非常遗憾的是,这番话后不到一年,2005 年 4 月,我们系一名一年级本科生跳楼自杀了。这是一名品学兼优的学生,以新疆高考文科第七名的成绩考入我校,为何自杀仍是个谜。此事让我大受震动,我不知道这位学生是否曾在场听到我的那番话,是否看过成功学的书,但我猜想他可能没看过(事后我也问过班里的一些同学,都讲没顾上去找这类书看)。此事促使我下决心写一本适合中国年轻人的分析人生成功道理的书,能在大学生入学时交到年轻学子的手中,帮助他(她)们确立正确的人生态度和思考方法,增强应对人生挑战的心理承受能力,寻找正确的人生前进方向,避免一些“钻牛角尖”的想法和行为。

以当前中国的情况看,从中考到高考,青年学生长期面临巨大的学习压力和心理压力,即使幸运地考入大学,到毕业找工作阶段,无论大学生或研究生都感觉就业难度很大,许多学生有失落感和悲观情绪。如何提高自己的心理承受能力,在更广阔的领域寻找就业机会和发展道路,而不是局限于少数大城市和少数小白领职业,或者改择业为创业,用更积极的态度去应对激烈的人才市场竞争,把自己变为社会稀缺的“创业型”人才资源而不是过剩的“就业型”人才资源,我希望给青年大学生一些激励和启发。

除了作为一名大学教师的观察和体会之外,我写此书还是基于一名学生家长的关切和爱子之心。2004 年高考,我儿子发挥不够理想,只能到太原一所普通高校去读书,他的成长一直是我内心的牵挂。由于两个男子汉的

自尊心作怪，也由于中国青少年普遍对家长的“说教”有种逆反心理，我们父子俩的深入沟通较少，儿子大概想走一条自己的路，不愿听人指手画脚。我想对他说的心里话是：孩子，无论你选择哪一行，我相信你都会是最棒的！人生的路难免有坎坷和挫折，希望你能坦然地面对各种挑战，永远不要失去前进的勇气和信心。你爷爷一生与煤巷打交道，没有机会接触成功学的书，不能给我太多的人生指点，但教会我做一个正直、诚实的人。我靠半生的摸索、跌撞，才体会出一些成败的道理，现在我把它写出来，希望能帮助你少走一些弯路。

有了写作的想法和决心，还必须有一定的写作条件。2005 年 5 月，我有机会到荷兰 Erasmus University Rotterdam 做半年访问学者，从繁重的教学工作中暂时解脱出来，有了较多的自由写作时间，十分感谢 EUR 经济学院为我提供的工作便利和帮助，我在鹿特丹写完大部分书稿，2006 年，在上海《理财周刊》和上海人民出版社的帮助下，顺利出版这本著作。书的扉页写着：“谨以此书献给我善良乐观的母亲、我的儿子和与他同龄的中国大学生”。

《选择成功》出版后，我用全部稿费购买了 1 000 本，赠送给我学习和工作过的山西财经大学、汕头大学、上海财经大学等高校，希望能对中国大学生特别是贫困生有一定的帮助和精神鼓励。2007 年，此书入选《中国青年报》评选的“首届百本优秀青春读物”。

上海教育电视台《世纪讲坛》节目邀请我以“人人可以选择成功”为题，做了两期演讲。其后，我先后应邀为几十所高校的学生做了“大学生修德成功之道”的讲座。

台南行

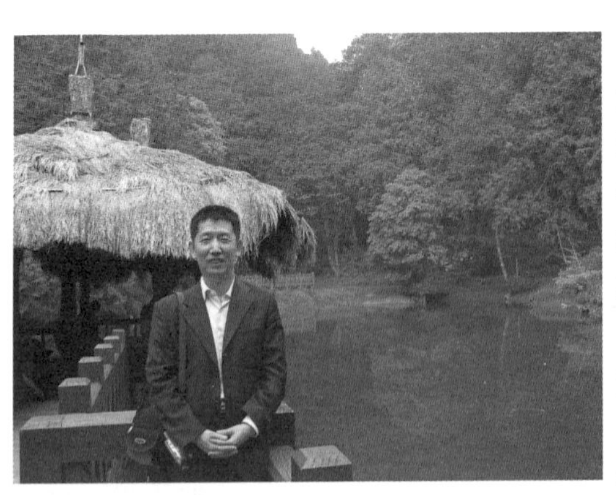

2007 年 4 月，应台湾实践大学国际贸易系主任蔡博文教授等的邀请，我与上海财经大学人文学院张雄教授、鲁品越教授一起访问了实践大学、成功大学等台湾南部高校，并与台湾地区的学者和学生进行了友好交流。

4 月 24 日，我们与实践大学高雄校区 200 多名大学生就两岸经贸合作、人才培养、就业机会等进行了互动交流，会场提问踊跃，气氛热烈、友好。接着我们与8位台湾教授进行了专业座谈。次日，我们到台南与成功大学的10余位教授和博士生进行了座谈，会议室中间的木刻条幅“养身先养德，求学在求仁”给我留下深刻的印象，使我深信中华传统文化是两岸血脉相连的基础，也是两岸和平统一的民心民意基础。

4月25日，我们参加了两岸教授学者的高层经贸教育论坛和晚宴，就两岸经济互补性、教育科研合作机会及博士生培养等广泛话题进行了讨论与交流。4月26日，我们参加了台湾实践大学等主办的东南亚区域研究学术研讨会，与来自马来西亚、越南、新加坡等国的学者及中国台湾当地的学者进行了学术交流。

4月27日，我们参观游览了高雄市容，乘快艇游船游览了高雄港。高雄港是个天然深水良港，码头泊位很多。

4月28日，我们在实践大学两位教授的陪同下，乘小火车攀上了著名的阿里山，游览了阿里山的美丽山林景色，次日由高雄经香港返回上海。

跨地域的生活体会

我先后在北京、山西、广东、上海生活和工作过，也曾在美国、澳大利亚、荷兰访问居住过，对不同地域人们的性格特点和文化习俗的观察了解，形成了我自己的一些判断和思考。管中窥豹，略见一斑。

山西

山西是我的祖居之地，也是我生活、学习、工作过20多年的地方，自然是我的第一故乡，始终对其抱有一种深深的关切和怀恋。余秋雨曾写过一篇《抱愧山西》的散文，描述清末民初山西票号称雄中外及山西商人足迹遍布长城内外、大江南北的历史。近几年，国内不少影视戏剧作品，如《立秋》、《白银谷》、《龙票》、《大红灯笼高高挂》等，也以清末民初的山西为背景题材。确实，不必远溯尧、舜、禹时代，山西在近代中国历史上曾有过怎样的风光，只要看一看现在晋中市的旅游热点乔家大院、王家大院、常家庄园，从其宏大的建筑规模和精美的雕梁画栋，就可略知一二。然而，现在山西的观念保守和发展滞后也是不争的事实，为外界熟知的就是煤老板的暴富和频频发生的矿难事故。

什么原因导致了山西人观念保守和缺少市场作为，我想大概有这样几方面的原因：第一，阎锡山统治时期，由于军阀割据的需要，山西形成了相对自给自足的经济体系，削弱了与外界的经济联系和往来，如当时山西境内的

窄轨铁路与其他省份无法直接通车；第二，抗日战争时期，太行山抗日根据地实行战时征集制和供给制，也使商品货币关系难以发展，较早形成并适应了计划经济体制；第三，全国解放后，山西承担了全国煤炭能源基地的职能，形成了以重矿工业为主的产业结构，主要产品煤炭被置于严格的计划管理体制下，一直到 20 世纪 80 年代末煤炭价格才逐步放开，其时煤炭已由供不应求转为供过于求。长时期低价向外卖煤（计划价格）和高价买回生活用品（市场价格），造成山西的利益流失和人民生活水平较低，正如有的山西老乡所言：山西倒霉就在“倒煤”上。

与走南闯北的河南人、安徽人、浙江人不同，山西人一般不愿离家外出，做事情追求保险稳妥，小富即安，这种性格与澳大利亚人很像，我把这种性格叫作淳朴小农性格。

广东

广东人性格比较爽快，胆量比较大，有商业头脑，也有很强的挫折承受能力，往往可以做大事。改革开放之初，以广东、福建两省为试点，既有邻近港澳的地理优势，又有胆大敢为的人性特点，如果放在其他省、市，未必有如此快捷的试验成果。

我与广东人第一次打交道是在 1993 年，当时正准备联系调到沿海省份的高校或外贸企业工作，我给广东、福建的一些高校和市人事局写信，说明自己的专业能力和就职要求：第一，2 000 元月薪；第二，三室一厅住房；第三，妻子同时安排工作。不久，我收到广州番禺石楼镇经济发展总公司的信，他们从市人事局看到我的信息，希望我能尽快去面谈。我电话询问路费谁出，对方很爽快地答应报销往返机票。与此同时，我也收到汕头大学和厦门大学的接受意向信，汕头大学经济系鄞少强主任又拍来一封加急电报，说校长约我面谈。于是，我借参加春季广交会的机会，向学校请假，与山西经贸厅的同志飞到广州。

石楼镇距离番禺市政府所在地市桥还有 20 公里，石楼镇经济发展总公司是由镇政府出资经营、负责引进外资及全镇经济建设项目的综合型企业，下属有 40 余个合资工厂，主要以土地入股，全部是与香港商人合资，生产服装、家具、建材等多种产品；公司也有进出口经营权，但没有外贸专业人员，所有单证都由香港商人负责制作处理。公司负责外资业务的陈副总是个精明、能干的 30 多岁的中青年男子，热情、诚恳地介绍公司情况：近年业务发展很快，达到一年 3 亿元的销售额，急需各方面的专业人才，我如果能下定决心来，愿意负责公司的进出口业务也行，愿意负责公司下属任何一家工厂也行，至于工资待遇，除了每月 2 000 元，年底还可以按业绩提成。陈总爽快地把我的飞机票报销了，当时太原到广州的单程机票 370 元，公司给我 1 000 元（说包括广州住旅店的费用，事后把发票寄回来即可）。我对石楼镇公司领导的热诚十分感动，对工厂火热而忙碌的场面印象深刻，答应回去与家人认真商量工作之事。

我又按约来到汕头，汕头大学的美丽校园给我清新、舒畅的感觉。虽然林校长出差，我未能见到，但鄞主任来我住处两次长谈，对经济系方方面面的介绍也让我感受到学校的诚意。

回到太原家中，要做出最后抉择，徐薇丽对去乡镇企业工作持否定意见："你如果去汕头大学，我们娘儿俩和你一起去；如果去石楼镇，就你一人去吧，我们娘儿俩不去。"我对进入企业工作心里也没有底，当时尚未读到成功学方面的书，思维仍有很大的局限性，比较倾向于选择高校，只是觉得有点儿对不起石楼镇公司领导的诚意和厚待。后来，我与陈总在北京饭店贵宾楼再次会面，对公司发展提出了一些建议和意见。

当时我在山西财经学院月薪 500 多元，厦门大学能给的月薪是 1 100 元，而汕头大学除了 1 100 元的副教授国家工资外，还有李嘉诚先生给的 1 500 港元"敬业金"，等于是双薪。权衡之后，我最后选择了汕头大学。

第一次打交道，广东人的大气、爽朗给我留下了很好的第一印象。如果拿外国人作比，我觉得广东人比较像美国人，待人做事显得开朗、大方。

上海

上海人的精明能干是国内、外有名的，但"精明而不聪明"也是许多人对上海人的评价。作为一个"新上海人"，我希望学习上海人工作认真、负责的优点，而不希望变得越来越精明、小气，越来越小心谨慎。

在上海，人与人通常保持较大的距离，各自以小家庭为中心，彼此不深交，也不愿给外人添麻烦。与我在汕头大学一个月去储小平老师（安徽人）家里蹭了三顿饭形成对比，到上海工作至今已经 10 年了，我没有去过任何一个上海同事家里。邀请别人也往往得不到响应，我曾去医院探望生病的老教授，到了医院门口，仍被客气而坚决地谢绝。相对而言，一些有长期北方插队经历的上海知青，待人显得比较随意和开朗。

上海是中国第一大都市，也以海纳百川作为城市口号，但津津乐道的上海话往往让人感觉这是个地方性城市而非国际化城市。我曾思索"上海"这个地名，就一般生活常识来说只有下海，海怎么能"上"呢？所以，"上海"的含义应当理解为"尚海"——崇尚大海——更合理，那要有海量，有海的品格和胸怀。孔子从大水可以看到 11 种美德，用以启迪修身，这是当代上海人和所有中国人都需要培养的精神。

一个城市在保持本地文化特色的同时，要有接纳其他优秀文化的胸怀，要形成多元文化氛围，对于一个重要商埠、中心城市或国际大都市，这一条件十分重要。所谓大城市、大国，不只是地域大，更要有宽广的胸怀，才能容纳不同文化的精华和吸引五湖四海的人才。

如果拿外国人作比，我觉得上海人比较像荷兰人，为人精明，与人不深交，但有商业和生意头脑，做事有条理，效率比较高。

欧美印象

我先后在美国、澳大利亚、荷兰生活两年半，对西方人也看出一些共同点，有几点印象比较深刻：

第一个深刻印象是西方人对孩子培育的“粗心”。有时会看到，母亲在与别人闲谈，任由两三岁的男孩自己在砂石路上慢跑玩耍，不小心扑倒，痛得大哭，但母亲只是示意他自己起来，并不去搀扶，小孩哭一会儿后，也只得自己起来。两岁以上的孩子，绝少看到大人抱，往往是大人领着或自己独立走，只有过马路时，大人才牵着孩子的手，这或许能培养子女的自立意识吧。

第二个印象是多数西方人的等级观念比较淡，相互讲话直率，平等和自我意识比较强，个人英雄主义受到社会推崇，尤其是美国人。而我们国内很讲究维护上级的权威，注意自己的身份，这种传统文化会使一些归国学子感到不适应。

第三个印象是西方人的生活节俭和环保意识。虽然西方国家的人均收入是我国的十几倍，真正称得上富裕，许多人在捐助世界各地灾民时也出手大方，但在该节俭的时候，是从来不怕被人视为小气的，有一种节约光荣、浪费可耻的社会风气。比如，在餐馆看不到大吃大喝浪费食物的现象，偶尔有一些剩下的食物也会打包带走。再如，在许多大学校园有经营回收旧教科书业务的书店，学生可将用过的旧课本按完好程度打折回售给学校书店，书店又把这些旧教科书廉价卖给新生。

第四个印象是欧美青年人做事比较真诚、勤快，很少人存在偷懒或只为取悦领导的心理，而是领导在与领导不在一个样，8 小时内勤恳工作，8 小时外则是自己的自由时间。美国青年人做事更认真一些，而西班牙、意大利、法国的一些青年人可能差一些。我在法国旅游时，马赛公交系统工人大罢工，地铁、巴士等全部陷于瘫痪。一些欧洲人也半开玩笑地讲：在德国很少听到罢工的消息，在法国很少不听到罢工的消息，罢工休息比节假日休息还多。

第五个印象是多数西方人崇尚公平竞争，也敬佩成功者和英雄，嫉妒、拆台和私下“使绊子”的人较少，团队合作意识比较强。

第六个普遍印象是许多西方人对中国人（或黄种人）仍有一种根深蒂固、或隐或现的种族歧视观念，这种观念从上到下都有，而在文化知识水平较低的社会下层中，这种情绪可能更加强烈。实际上，一些西方媒体关于中国的负面新闻报道比较多，也是为了迎合这种不良社会心理。在这样一种社会心理氛围中，华人（包括留学生）难以进入社会主流群体，他们的成就被有意或无意地贬抑。

随着经济全球化和中国经济实力的增强，中国的经济影响也延伸到世界各地。在 20 世纪 80 年代，我们在美国的新闻媒体上可能 2 个月也看不到一条中国新闻，而现在几乎每周都会在欧美主要媒体上看到中国新闻（往往以负面新闻为主）。中国的迅速崛起并未扭转一些西方人对中国人的歧视心理，而是由原来的轻蔑心理转化为某种疑惧心理——将来什么都在中国制造，我们还能生产什么？

看来，中国与西方要真正建立起双赢的心理共识和战略合作关系，还需要漫长的时间。我很想等着看，再过 20 年，中国的经济规模超过了美国，欧美人对中国的心理又会发生什么样的变化？

半生愿

古人讲：“预则立，不预则废”。对自己的未来发展道路和人生目标有一些思考和设计是很重要的，当然要把人生目标设想得实在和确定是不容易的，要最终实现则更有难度，但有目标比没有目标要好得多。

在我 50 岁的时候，反思自己的人生，由于缺乏明确的目标，走一程看一程，人生走了许多弯路，浪费了不少时间和精力。为了明确后半生的目标，我做了一个后半生人生目标的规划，并把它写入自己的博客，作为对自己的提醒。

多年以前，美国洛杉矶郊区有个 15 岁的男孩约翰·戈达德在学校“一生的志愿”表格中认真填上许多项目：到尼罗河、亚马孙河、刚果河探险；登上珠穆朗玛峰、乞力马扎罗山；骑驾大象、骆驼、鸵鸟和野马；探访马可波罗和亚历山大一世走过的道路；主演一部《人猿泰山》那样的电影；驾驶飞行器起飞、降落；读完莎士比亚、柏拉图和亚里士多德的著作；谱一首乐曲；写一本书；走遍全世界所有国家；登上月球……戈达德一共填写了 127 个人生理想，并将每一项都编号：“这是我的生命志愿，我要用我的生命去完成！”不仅他的同学和朋友认为这是痴人说梦，就连他的祖父和父亲都笑了：“孩子，你知道一个人的一生能做多少事吗？别说这么多愿望，你一生只要能完成其中

四五项就十分了不起啦。”在18岁那年秋天，戈达德离开自己的家乡，去追逐和实践自己的人生梦想。在亚马孙河探险时，他几次船毁落水，差一点葬身水底；在刚果河探险时，他遭遇鳄鱼袭击，几乎葬身鱼腹；在乞力马扎罗山上，他遭遇惊心动魄的雪崩，被凶猛的雪豹追逐……但戈达德从未停止追逐自己人生志愿的脚步，经过二十多次死里逃生后，到50多岁时，戈达德已经完成了106个人生愿望。

对照戈达德完成的100多项人生志愿，令我十分惭愧，自己至今只完成了其中一项——写过一本书而已。看来有没有明确的目标对于完成事业影响巨大。我今年将进入50岁，与一个15岁的少年相比，选择人生道路的余地大为减少，实现人生目标的潜力也十分有限，但仍然应当以少年英雄为榜样，树立自己后半生的人生目标。如果人生有百年可期，我想在后半生完成以下50项愿望：

1. 每年抽一周时间陪伴母亲，旅游、聊天。
2. 指导并帮助我儿子和100位有志青年选择和走上自己的成功之路。
3. 读完四书五经和《史记》。
4. 写一部长篇小说。
5. 拍一部电影。
6. 拍一部电视剧。
7. 写100篇能反映自己深刻人生思考的文章。
8. 写一本个人传记。
9. 出一本杂文集。
10. 走遍国内34个省、自治区(包括港、澳、台)、直辖市。
11. 攀登全国五岳(泰山、华山、恒山、衡山和嵩山)和黄山。
12. 游访四大佛教名山(五台山、峨眉山、普陀山、九华山)。
13. 拜访黄帝、炎帝陵寝。
14. 做一次国际邮轮旅行。
15. 游览全球七大洲(还剩南美洲和南极洲)。
16. 游览全球100个国家。
17. 游访全球七大文明古迹。
18. 与世界冠军下一盘围棋。
19. 学会蛙泳、仰泳、蝶泳、自由泳四种泳姿。
20. 到海南岛三亚海滨畅游一次。
21. 做一次海底潜水。
22. 50岁后至少游泳2 000公里，也就是说，如果游泳2 000次，每次要游1 000米；如果游1 000次，每次要游2 000米。

23. 到澳大利亚黄金海岸打一次沙滩排球。
24. 学会华尔兹、恰恰、伦巴、探戈等现代舞和拉丁舞。
25. 到国内最有名的舞厅跳一次交谊舞。
26. 骑乘大象、骆驼和牦牛。
27. 学会驾驶飞机。
28. 做一次热气球飞行。
29. 做一次航天飞行。
30. 创造和申请两项技术专利。
31. 创建一所希望小学。
32. 指导并培养50名博士和硕士。
33. 种1 000棵树。
34. 游访革命圣地和名地：井冈山、延安、大庆、大寨、天安门、中南海。
35. 寻访了解30个少数民族，结交30个少数民族的朋友。
36. 为大学生做100场经济学、管理学、社会学等方面的学术讲座。
37. 为大学生、研究生开设3—5门开启心智的公共选修课。
38. 撰写十本学术专著和专业教科书。
39. 为中、小学生做100场《三字经》、《弟子规》、《孝经》等方面的讲座。
40. 到博鳌亚洲论坛做一次演讲。
41. 到达沃斯世界经济论坛做一次演讲。
42. 现场观看2008年北京奥运会比赛。
43. 到美国看一场NBA篮球赛。
44. 看一场有中国队参加的世界杯足球赛。
45. 参观上海世博会。

……

50. 创建一个企业，创造亿元资产，并将其90%回馈社会。

我要以此鞭策和提醒自己，不要虚度时光，蹉跎岁月。

开卷有益

我是非常喜欢读书的人，也相信“开卷有益”的理念。近几年，因为研究并讲授“修德成功学”，我有意识地多读一些国内外经典著作和中外人物传记。曾国藩、孙中山、林肯、华盛顿、罗斯福、丘吉尔、富兰克林、洛克菲勒、杜邦、卡内基、福特、爱迪生、曼德拉、普京、克林顿、奥巴马、原一平、孙正义等古今中外人物，给我许多教益。

除了购买一些新书之外，每到寒、暑假，我都从学校图书馆借十几本闲

书看。春、秋天的公园绿地，冬日的茶馆，都是我读书的好地方。沉浸在书的意境里是一种特别的享受，欣赏、背诵唐诗也是放松大脑、恢复精神的一种有效方法。

我最赞赏的一本成功性格塑造著作是奥格·曼迪诺的《世界上最伟大的推销员》，曾网上订购20本送给我所带的博士生和硕士生，短短9篇羊皮卷，如果反复诵读、思考、记忆，可以把人的思维方式和生活态度做一个根本转变和提升。这本书并不是教人们如何做一个好的商品推销员，而是告诉大家如何推介自己的思想、如何培养自己的优秀品德，作者从他的人生体验、从自己经历的挫折和痛苦中，发掘出人生的智慧，可以成为照亮千千万万青年人前进道路的火炬。

其他我比较喜欢的书还有：拿破仑·希尔的《成功法则》；史蒂芬·柯维的《高效能人士的七个习惯》；戴尔·卡耐基的《人性的弱点》、《人性的优点》；本杰明·富兰克林的《富兰克林自传》；曼德拉的自传《漫漫自由路》；姜戎的《狼图腾》等。

随着年龄的增长和阅历的增加，我对古书越来越感兴趣，对《道德经》、《论语》中的一些内容反复思考、体会，也深深感到老子和孔子真不简单，2500年前就有如此深刻明察的思想。我对稻盛和夫的《活法》、奥勒留的《沉思录》里面讲的朴实人生道理也非常认同，由此也注意培养自己的一份沉稳。

当代国人越来越多的时间用在电视上，我这样的知识分子也不例外。相比之下，欧美知识阶层更爱读书。就连媒体讥讽为“文句不通”的小布什，如果在中国也可以算超级书迷了。据总统顾问卡尔·罗夫说，小布什在2006年读了95本书，2007年读了51本书，繁忙的任期最后一年——2008年——读了40本书。走下政坛的布什还写了一本书——白宫工作回忆录《决策时刻》。小布什调侃说：“对那些认为我不能读完一本书、更不可能写一本书的人们而言，这将是一个令人震惊的消息。”

父逝三周年

2007年8月1日(农历六月十九)是我父亲逝世三周年纪念日，我们姐弟五人陪同母亲把父亲的骨灰送回原平贾庄祖坟安葬，大姐夫、二姐夫、三姐夫、妹夫及外甥们共20余人一同回去。

按照祖坟的辈分和支系排序，我父母亲的墓穴位于右下角，在我爷爷奶奶的墓穴下方，用我母亲的话来讲：“你奶奶一辈子辛苦拉扯你爸这棵独苗长大成人，还是应该让他回到父母身边。”碹葬及刻碑均委托贾庄本家兰增旺大哥代为操办，安葬入土时龙旺弟弟等都来帮忙。老人的碑文是我拟定的，碑的正面写着父母大人名讳，碑的背面刻着八个大字：“严勤朴直，慈俭贤良”，前四个字概括父亲的性格特点，后四个字则是母亲的性格写照。

我和三姐把父亲的骨灰安放在墓穴里，大家祭奠完毕，夏日晴空万里，突然在太阳周围出现一圈彩虹，我二姐夫提示大伙儿仰望，均感觉这是一个难得的吉兆，也是父亲一生诚实、正直的好报。

重返汕头大学

2007 年 11 月，我应邀参加汕头市政协主办的“构建和谐汕头”论坛，我与母亲一同前往。论坛上我作了“汕头地名的道德解读”的演讲，又应邀到金园区政协作了一场学术报告，就中国教育和人才培养与中小学校长及教师作了一次交流。

论坛期间有一段小插曲，按照会议主办方的安排，欢迎宴会在二楼设有主桌，有五位来自北京、上海、广州的特邀专家，还有汕头市政协主席、副主席以及友邻城市的政协领导。我母亲被安排在底楼另一桌，由一位女主任陪同。我对这种分桌安排感到突然，生怕 80 多岁的老母亲感觉失落和陌生，希望和母亲一起在楼下用餐。后来，于云臣主席急忙让人调整座席，让我们母子一起到楼上主桌就座。母亲对给主办方增添麻烦感到非常抱歉和不安。我想，如果在尊老敬老的传统社会，恐怕此事也不会发生。中央党校的刘余莉教授对我偕同母亲参会表示非常钦佩和感动，专门来给老太太敬酒、问候，并把两本介绍中华传统文化的书送给我，我想这会引起每个注重孝道的学者的同感。

我们住在汕头市迎宾馆，论坛活动结束后，市政协派车，我陪母亲游览了汕头市容，探访潮阳文天祥遗迹、澄海陈慈黉故居等，又到汕头大学商学院给学生做讲座。

母亲细心地观看我以前住过的汕头大学 A1 宿舍楼（现在已改成研究生公寓），并能指出与寄回家照片中的景物的相似之处，对美丽的校园景色、游泳池及体育馆等也赞不绝口。中午，我们与罗念潮、林丹明、徐宗玲、王建华、欧阳峰教授等老朋友聚餐，回忆六七年前的往事就如同昨日。

兰花适宜生长的地方

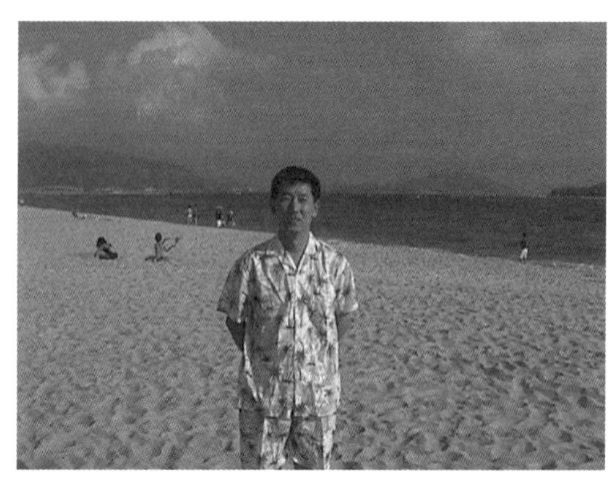

2007 年 12 月 20—22 日，我到海南大学三亚学院为大学生做了两场报告："当前中国外贸面临的问题"和"大学生成功之道"，与学生们的交流友好而热烈。讲座报告之余，我顺便游览了天涯海角和亚龙湾，在海滨畅游两个多小时，温凉、清澈的海水和柔软的沙滩，让人留恋不舍。此行我也算实现了自己的一个人生愿望。

其后，我又乘大巴到博鳌，游览了博鳌亚洲论坛会址和金沙滩等，虽然再没有机会下海，但在博鳌玉带湾大酒店的泳池两次畅游，享受着冬日里难得的阳光和温泉，仰望着蓝天、白云，体会着心静如水的感觉，给我留下了美好的印象。

最后一站我来到海口，游览了野生动物园、热带植物园等，看了狮虎等珍奇动物，观赏了海口城市风光。

海南岛，特别是三亚作为中国唯一的热带城市，一年四季如夏，确实是避寒休假的理想之地。热带水果品种繁多，植物茂盛，也是植物的乐土。我有时借用李琪教授的解释介绍自己的名字是"兰花适宜生长的地方"，三亚倒真是热带兰花适宜生长的地方。该市正在筹办国际兰花博览会，大道上有不少兰花节的欢迎横幅："以兰为媒，发展三亚"；"办好兰博会，展示新三亚"。

台湾省有个宜兰县，我到台湾访问时，有的台湾教授开玩笑地说，我的名字如果按当地从右读的习惯，可以读为"生宜兰"，应当与台湾宜兰有缘。我在阿里山、台南等地游览也看到许多美丽的兰花，感觉那里应当也是个兰花适宜生长的地方。

海南省政府提出要把海南建设成全国人民度假休闲的"后花园"，我希望这一方向和目标能够坚持下去并实现，辛劳的中国人确实太需要一个休息、放松的大花园了。

海南岛还有一项重要的"制度优势"令人羡慕——没有公路收费站，汽车也不需要交纳养路费，统一纳入汽油、柴油价格，仅此一举，可以节省多少人力、物力和时间啊！衷心希望那成千上万阻碍交通的“关卡”和排队长龙能早日消失，千里变通途！

西双版纳之行

2008 年 1 月 29 日，参加电子商务教指委会议，我来到慕名已久的西双版纳。会后，我们游览了西双版纳的热带风光，给来自严寒冰雪中的我留下了十分美好的印象。

在西双版纳首府景洪市去往橄榄坝的中巴车上，看着路边的香蕉、椰子、菠萝、橡胶树林，听着美丽、温柔的哈尼族导游姑娘讲解民族风情和历史故事，这里是电视剧《孽债》的源头，有许多令人感慨的历史事件，由此也勾起我们对插队生活的回想。

西双版纳地处北回归线，是我国少有的原始森林宝库。我们首先游览了热带雨林保护区，身材高大、历史悠久的树木随处可见，还有克木部落的原始生活展示；接着我们来到目前我国规模最大、保存物种最多的热带植物园。园中有引自国内外近万种的热带植物，分布在棕榈园、榕树园、龙血树园、苏铁园等多个专类园区。

次日，我们游览了国内唯一的有亚洲象出没的野象谷。野象谷距景洪市 40 多公里，景区内沟河纵横，森林茂密，茫茫无边，景区内的动物除亚洲野象外，还有野牛、巨蜥、蟒蛇、猴子等。景区内有 2 500 米长的高空索道，还修建了 4 500 米长的木石游道，游客可以选择一程乘缆车观赏，一程步行细细游览。林中有许多不知名的热带花卉植物，林间小道旁溪流潺潺，绿木蔽天，清新的空气沁人心脾。

傣族是一个信奉小乘佛教的民族，在西双版纳到处可见一座座像金字塔一样的金色寺庙。据说，傣族人对两种人十分尊敬，一是僧人，二是戴眼镜的人。他们认为戴眼镜的人有学问，是教授。可见，傣族是一个尊重知识的民族。“傣”有“自由”之意，傣族也是一个崇尚自由的民族。傣族、哈尼族等少数民族对人礼貌、热情，殷勤敬酒，大家举杯之后，一同喊“瑟”表示干杯。爱尼族的以歌敬酒更给人深刻的印象。

16℃—24℃的气温下，室外游泳有些冷，但对喜爱游泳的人来说，这点困难自然不算什么，我和李琪教授在傣园酒店三次下水畅游，乐在其中。

中央党校

2008 年 3 月，我被学校推荐去参加中央党校第 20 期社科骨干班学习。

2月底，我携母亲一同到北京，专门买了软卧车厢，想让母亲体验一下软卧的舒适。姨兄永安把我们接到通县姨姨家，老姐俩见面分外高兴和激动，有说不完的心里话。把母亲安顿下来，我就去学校报到了。我的设想是，母亲可以在姨姨家住着聊天叙旧，我周末有空就去探望，一个月学习结束时我们再一起回上海。想不到学习报告日程安排挺紧，周末也不休息，半个月后，我二姐和二姐夫开车把母亲接回了太原。

在中央党校的学习，是每天两场部长专题报告，或者一场报告加一场讨论会。每场报告要两个半小时甚至三个小时，中间不休息，听完人也比较累。如果讲的内容有用又有趣，也是值得的。我印象比较深的是教育部长周济讲的两句话："什么是机遇？抓住的就是机遇，抓不住就是空气！""每天锻炼一小时，健康工作五十年，幸福生活一辈子。"其他深受大家欢迎的还有外交学院院长吴建民、中联部部长王家瑞等的报告。

白天学习时间安排很满，晚上时间倒比较空闲。我很快就找到了锻炼身体的好去处——游泳馆。这个温水游泳池是50米长的标准比赛游泳池(已被西班牙队选定为奥运会时的训练场地)，水质清澈，水温适宜，安静清洁，泳客不多。我几乎天天晚上去游泳，起初每天1 000米，后来提高到1 500米和2 000米，我的目标是游个20 000米的总成绩，最后胜利完成。

学习期间，我们坐火车到井冈山干部学院参加体验式教学活动，往返11天，穿红军装，走红军路，沿着朱毛红军挑粮小道攀到黄洋界山顶。我们穿上红军装，戴上红军帽，有人显得英俊潇洒，也有人显得滑稽可笑，引来一阵阵笑声。

由于长期生活在大城市，当我们来到井冈山时，感觉空气格外清新，天格外蓝，晚上还有满天繁星。每天清晨，多数人都会自觉起来晨练，沿着步道攀山，尽情呼吸着那高负氧离子的空气。美中不足的是，2008年初那场低温冰冻灾害造成许多竹子被冰雪压断，看上去十分可惜。听取江西省委党校两位教授的专题报告后，大大加深了我对井冈山根据地历史的了解。

在中央党校学习期间，结识了一些不同高校不同专业的教授，除了搞经济学、管理学的之外，也有研究音乐、法律、哲学的，大家相处得也十分融洽，日常玩笑不断，返老还童。

母亲辞世

2008年6月21日晨5时许，母亲在山西太原我三姐家突发脑溢血，陷入重度昏迷状态，急送医院抢救。我乘中午航班从上海赶回太原，在抢救室守候母亲八个夜晚，希望她能清醒过来。然而，经过多方设法抢救，终因两处出血，出血量太大，后又伴发脑水肿和心肌梗死，母亲在6月30日凌晨永远离开了我们，结束了辛勤操劳、无私奉献的一生。

回想3个多月前，母子还谈笑风生，如今却阴阳两隔，这让人难以置信、精神恍惚。遗憾的是，虽尽力抢救，母亲最终未能苏醒，也不曾留下只言片语，就默默地、放心地走了。仔细回想母亲被抢救到去世过程的点点滴滴，我确实有两次看到母亲流泪，第一次是我刚赶回太原，在病床前呼唤母亲，看到她眼角流出一滴眼泪；第二次是我晚上看护母亲，在夜里给她翻身并擦身时，也看到她眼里涌出一滴眼泪。母亲多半还是有一些感觉的，只是已无法表达。

母亲实际上在6月28日晚上七点就离开人世了，其时第二次手术刚结束不久，我大姐和三姐回西山去取母亲的装老衣服以备不测，我陪着手术医生在附近饭店吃饭，此时忽然电闪雷鸣，暴雨倾盆，这应当是母亲离去的征兆。我们接到病房电话——母亲突然病情恶化，呼吸和心跳皆无，回到病房紧急抢救，电击已看不到心跳和自主呼吸，全靠呼吸机维持象征性的生命。我姐姐们讲，她们在绕城高速公路上也经历了短时的滂沱暴雨，天空瞬间漆黑一片，雷电滚滚，所有车辆打开双闪灯，靠边停驶。中国古人讲“天人感应”，对此我是相信的，善良母亲的离世引得天人同悲。

中国老人通常很忌讳七十三、八十四这两个年龄，认为是人生的“坎儿”。这年春节过后，我曾半玩笑地对母亲讲，今年有人问您年纪，就说83岁。母亲笑笑说：“好吧。”老人当时的身体非常健康，没有一点儿毛病，血压也不高，想不到还是未能跨过这道“坎儿”。由此我也想到老话讲的“四大靠不住”——春寒、秋暖、老健、君宠。

妹妹小川无法接受母亲去世的现实，希望还有奇迹出现，坚持用呼吸机维持象征性生命，亲人们体谅她的心情，在6月30日凌晨1时才取下了没有意义的呼吸机，宣告母亲正式病故。

我们姐弟为母亲准备了一个简朴而隆重的追悼会，北京、大同、原平的亲戚纷纷赶来，太原的许多亲友和邻居都来向母亲告别，缅怀善良老人的一生。追悼会上有个意外插曲，告别仪式开始后，母亲的遗照两次落下来，只好摆放在灵床上，大家感觉有些蹊跷。告别仪式结束、遗体火化前，年已79

岁的月婵姨姐才从原平老家赶来,原来母亲是要等这位老外甥女。

瞻望母亲的照片,回想母亲一生时时刻刻展现的善良品行,心潮起伏,悲痛难抑。只能通过这篇悼词略微抒发对母亲的思念和哀悼之情,祈望母亲在天之灵安息!

朴素如秋 温润似玉——悼母亲

家母贺素秋,闺名玉环,1925 年 9 月 30 日出生于山西崞县城一个忠厚、朴实的大家庭,乃家中唯一爱女,自幼为父母兄长所疼爱,家教善良为本,家风淳朴节俭。十九岁结缘家父培珍,嫁入兰家。上孝婆婆,侍疾送终;中辅夫君,衣食冷暖;下育子女,做事为人;内和亲友,外睦邻居;晚年对偏瘫的丈夫照顾得无微不至,二十一年侍病如一日,耐心周到,无怨无悔,亲友称赞,有口皆碑。

家母一生育有一儿四女,精心抚育,个个珍爱;孙辈七人,加倍疼爱;外甥侄儿,心常牵挂。培育子女,言传身教:德才兼修,以德为重;与人为善,诸事容让;做事争前,享受退后;见人知恩,滴水泉报;常思人善,勿道人非。

家母勤俭持家,简朴一生,日日辛勤操劳,难得一刻安逸。亲友邻居称颂贤德,无一人有口角是非。家母生逢乱世,多遇艰难,60 年代格外困难。家父山西工作,家母在京独自教子持家,勉力支撑。一分钱掰成两半,一碗粥分做三碗,生活极度窘困之中,宁肯自己忍饥受饿,从不改变善良助人的品行。家母一生以助人为乐,事事为他人着想。常想帮人做这做那,却不肯给人添半点麻烦。

家母生性善良、乐观,坚韧、刚强。右眼失明,家父重病,一次次磨难都不能动摇其柔中有刚的意志和品格,总以积极心态应对人生挫折和坎坷。她常对我们讲:“高高兴兴也是一天,愁眉苦脸也是一天,为什么不高高兴兴?”“快乐就是健康,健康就是快乐。”子女亲友受其乐观精神感染和鼓励,获益良多。

呜呼!天有不测风云,人有旦夕祸福。时交戊子,家国多舛。脑血突溢,家慈见危。九日抢救,无力回天。雷雨滂沱,天人同悲。八十有四,天年不继。树欲静而风不止,子欲养而亲不待。瞻慈容言笑在耳,思母爱历历在心。天地茫茫,孝心难遂,母亲深恩,无以回报,岂不痛哉!

慈母恩情永记,慈母嘱咐铭心。唯愿母亲与父亲天国团聚,互为依伴,子女思憾,聊解半分。我们子女孙辈,当以您为人生典范,养身先养德,做事先做人,诚恳做事,善良待人,时时反思,秉承家风。

千行泪难尽哀思,万句话未尽衷肠。儿女们只有将无边哀思转化为积极生活的持久动力，像母亲那样坚强、乐观并继续前行。祈愿母亲大人早达天界，与父亲大人一起笑看我们团结续写父母未完成的精彩人生。

愿母亲大人在天之灵安息！

儿女：兰明川　兰丽川　兰山川　兰宜生　兰小川

2008 年 7 月 2 日

与四年前父亲去世相比，母亲突然去世对我打击更大。因为我的父亲已中风患病 21 年，家人对他去世有一定的心理准备。而一向健康、硬朗的母亲突然撒手而去，如噩梦猛然降临，我们毫无心理准备，很难接受这个残酷的现实。

母亲辞世后，我陷入一种巨大的创痛、悲伤之中，感觉一种灾难突兀带来的心神恍惚，很难专心做事。直到看了美国心理学医生布莱恩·魏斯写的《前世今生》(*Many Lives*, *Many Masters*) 这本书后，相信人是有轮回转世的，一辈子不过是漫漫生命历程的一段，我与母亲今后还有会面的机会，心情才逐步放松、释然了。后来，我又读了穆迪写的《死亡回忆：濒死体验访谈录》这本书，谈到危重病人的濒死体验和灵魂出窍的现象，更增加了我对未知世界的希望。我要感谢这两本开启心智的书及其作者，帮我走出这段痛苦、迷茫的人生，对扩展人生思考也很有帮助。

第四部分

独行岁月(2008—2011年)

——兰宜生

第十四章　山水养心

西北四省行

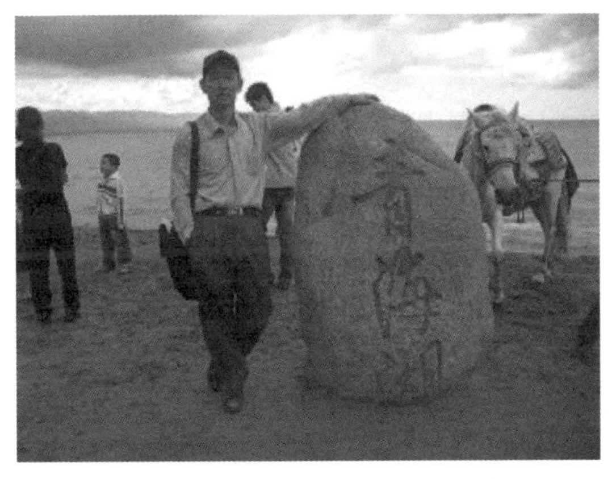

母亲突然病故，使我对健康第一重要以及人生无常有了深刻认识，由此我更加重视身体锻炼，调整工作节奏，也加快了国内外游历的步伐，希望用山水美景消除悲伤和哀愁。

2008 年 7 月下旬到 8 月上旬，我到西北地区的陕西、甘肃、宁夏、青海旅游两周半。我以往没有到过西北地区，这里是自己人生旅途的盲点。在 2007 年自己设定的后半生 50 个目标中，“每年抽一周时间陪伴母亲旅游、聊天”和“走遍国内 34 个省、自治区、直辖市”正是其中两项。想不到，母亲突然离世，使自己的一个理想成为空想。回想起来，我曾陪同母亲到过华东、华南、西南地区，却不曾到过祖国地域最辽阔的西北地区，真是遗憾。

为了不再产生更多的遗憾，我要加快实现自己人生目标的步伐，西北游的动力之一也在于此。从此，我旅游背包里总带着母亲的一份骨灰，走到哪儿，带到哪儿，就仿佛与母亲一起走遍国内外名山大川、海角天涯。

母亲一直教导儿女要快乐生活每一天，令人欣慰的是，宁夏、甘肃、青海等地的蓝天、白云、沙漠和草原确实有疗治心伤的功效。

陕西

旅游界有“到北京看砖头，到西安看坟头”的说法，西安附近的秦始皇兵

马俑、乾陵、茂陵，处处气势不凡，历史地位显赫。加上北部有“中华第一陵”称号的黄帝陵，这些陵寝有着巨大的人文历史价值，既是陕西的重要旅游资源，也是中华民族的宝贵财富。

2008 年 7 月 24 日上午，我到了黄帝陵，瞻仰了中华民族人文始祖的庄严威仪；下午到了著名的壶口瀑布，看着湍急咆哮的滚滚黄河水和对面山峰上“山西”两个大字，不禁触动了对母亲和故乡的思念情潮。

7 月 25 日，我游览了革命圣地延安，在枣园、杨家岭等地寻访了毛泽东、朱德、周恩来等老一辈革命家的故居和遗迹。下午，返回西安。

7 月 26 日，我游览了骊山、华清池、兵谏亭和秦皇兵马俑，看到了气势恢宏的兵马俑阵。

西安东面的华山有五岳最险之称。7 月 27 日，我参加华山一日游，先乘缆车到达北峰，又向西峰、南峰攀爬，在陡峭山岩上凿刻出的一道道石阶，考验着人的腿力、胆量和耐力，也让人钦佩和感叹石工的辛劳和坚韧。奇峰巨石是华山的特色，不时扑面而来弥漫山峦的浓雾也使照相机会可遇难求。地图上标明山峰上的各个景点的距离是几百米或上千米，而实际距离感觉加倍还不止，时间很紧张，但还想多登一个峰。俗话说：上山容易下山难。到下山时，感觉两个膝盖酸痛难支，一步一痛，脚步放慢，才想起母亲讲的话“人老是先老腿呢”——莫非这是见老的表现吗？排队等缆车又花了 50 分钟，误了原来的旅游车，我只好搭乘另一趟旅游车返回西安。攀登五岳是我的人生理想之一，迄今我已登上泰山、恒山和华山，下一步还要攀登衡山和嵩山。

宁夏

2008 年 7 月 28 日晚，我乘火车（硬座）从西安前往宁夏银川，途中与几个高中生聊天，了解到这些青少年每天十几个小时学习重压的疲惫和无奈。29 日清晨，我在中卫下车，包车到通湖草原和沙坡头等处游览，在空旷、辽阔的沙漠公路上还自驾一段，下车仔细查看固沙草格的简单和实用。在通湖草原体验蒙古族生活，骑骆驼，到腾格尔沙漠体验沙海吉普车冲浪和滑沙的刺激。

黄河边可体验羊皮筏子漂流的乐趣。每个筏子由几条木棍捆绑在14个吹鼓的羊皮上构成，式样独特，可以坐四五个人。黄河在此已是名副其实的黄颜色，但水流很缓慢，还要艄公用桨划，不够惊险、刺激。

最后我来到著名的沙坡头，观看沙雕和高耸的沙山。黄河与沙漠在这里形成了一种壮观的会面。

在沙坡头，西瓜是4角钱一斤，在西安是8角钱一斤，而在上海是1.6元一斤，此后到银川还有两三角钱一斤，由此也可以感受到东、西部的物价差别。当然，房价的差别就更明显了。

7月30日，我参加一日游到沙湖、西部影城、西夏王陵等处。沙湖给我的印象最好、最深刻，想不到西北干旱之地能有这么大的淡水湖——面积约有三四个西湖大，湖中一丛丛芦苇景象独特，清丽宜人。我在湖中木制平台上体验了快艇空中飞伞，当飞到四五十米高空时，真有种飘然欲仙和一览众山小的感觉。再去骑沙地摩托和滑草，刺激就比较小了。西部影城是拍摄《红高粱》、《黄河谣》等几十部影视作品的场地，规模比我想象的大许多，内容也很丰富，可惜正碰上一场大雨，脚下泥泞，不好参观和拍照。西夏王陵的历史地位和独特性自然不容置疑，但景观可以借用一句游客的话：远看是个小土堆，近看是个大土堆。

7月31日，银川下了一整天雨——十分难得的甘霖。我在宾馆与宁夏大学李斌教授下了一天围棋，战果是三负一胜，我取得了最后的胜利——这也是十分难得的，正好过过棋瘾，还能休息一下疲惫的腿脚。李教授请我品尝了有名的宁夏手扒羊肉，果然是肉嫩味鲜。

8月1日，我独自到贺兰山游览。因为母亲姓贺，父亲姓兰，我小时候看到贺兰山这个地名就有个联想——与我们家有什么关系吗？此次到宁夏的目的之一就是要看看贺兰山。因为头一天下大雨，担心山体滑坡和落石，旅行社当天没有组团，我只能自己包出租车前往。出银川向北几十公里，由远而近的贺兰山以岩石、沙砾为主体，植被很少，显得高峻、庄严、荒凉，但苏峪口森林公园有几千公顷郁郁葱葱的松树林，沟里有潺潺溪水，空气清新湿润，令人神清气爽。山中游客很少，与华山的熙熙攘攘形成鲜明对照，我转山路上下一趟八九公里只遇到寥寥十来个人——真像在私家花园散步，感觉放松、惬意。

随后，我又前往观赏著名的贺兰山岩画，但实话是失望大于收获——如果没有讲解员特别提示，一些简单的刻画道道根本无法识别和发现。

甘肃

2008年8月3日中午，我乘车到达甘肃敦煌。一下火车就体会到"骄阳

似火”这个成语并非夸张，炎炎烈日下感觉吸入的空气都干热烫人，我用湿毛巾遮住口鼻才感觉好受点儿。出租车的空调完全不起作用，司机为了省油就不开空调，我也很能理解——四周都是滚烫的沙子，从哪里制冷啊？

我先乘出租车到敦煌石窟，石窟里的彩色壁画确实精彩绝伦，生动逼真，石窟的阴凉也让人感觉舒适、神清气爽。两尊排名世界第三、第四的巨型佛像使人叹为观止，敦煌作为享誉国内外的世界文化遗产是当之无愧的，外国游客也特别多。敦煌的历史与外国骗子窃财盗宝的记载密不可分，听着王道士无知无奈的故事，真让人难以评说。

傍晚，我来到了著名的鸣沙山、月牙泉。夕阳映照下的沙山、长长的驼队和那一泓泉水，都似一幅幅精致的风景画。我再次体验了滑沙，还乘坐了前后两人的小飞机，但因为自己不能操作和控制，感觉不如空中飞伞刺激。

8 月 4 日早晨，我搭乘长途车，中午到达嘉峪关，游览了嘉峪关和悬臂长城。下午我又赶到张掖，凭吊了丝绸之路和西路军的遗迹，夜宿张掖县城。

青海

2008 年 8 月 5 日早晨，我乘长途汽车由张掖前往西宁，这是一次八小时的“长差”，但青海高原的蓝天、白云、青山、牦牛让我毫无寂寞和疲惫之感，更为自己选择这条入青的盘旋山路而得意。

从甘肃进入青海以后，山坡是变绿了。但那是一层薄薄的绿——只有一寸或半寸厚的一点草皮，如果被牛羊啃掉，恐怕几年甚至几十年也难以恢复。一些开石或挖掘形成的裸露得像一个个伤疤，十分刺眼。由此我也感受到西部环境的脆弱，生态植被恢复不易，要格外精心保护——一些地方退牧还草确实十分必要。青海的蓝天和白云没有一分瑕疵，看得人心醉。

到西宁的当晚，我应邀与卓玛等两位藏族、土族教授朋友共进晚餐，品尝当地的特色美食。与陕西和甘肃相似，青海饮食同样尚辣，对一些菜我只能浅尝辄止。

8 月 6 日，我参加一日游，先瞻仰了文成公主的塑像和庙宇，接着来到久慕盛名的青海湖。青海湖显得非常辽阔、壮观，一望无际，远望乌云翻滚、天水相接的深墨色，听着阵阵雷声，颇有几分苍凉的感觉。即使是夏季中午，湖边的气温也很低——只有 10℃，猛然从夏天进入冬天，冻得衣衫单薄的游人瑟瑟发抖，不待导游催促，人们纷纷提前返回上车了。

下午，途经原子城、金银滩等拍照留念。

8 月 7 日中午，我乘火车前往甘肃兰州。下午，与老同学兰国庆一起登上兰山向北眺望兰州城，也就知晓兰州地名的来历了。游览了黄河铁桥、品尝了正宗的兰州拉面，当晚我离开兰州，乘火车前往陕西咸阳。

8月8日，我游览了久负盛名的茂陵、乾陵、法门寺。傍晚回到宾馆，打开电视等待北京奥运会开幕式的梦幻表演。将近20天的西北游也就此画上了一个圆满的句号。

北京看奥运

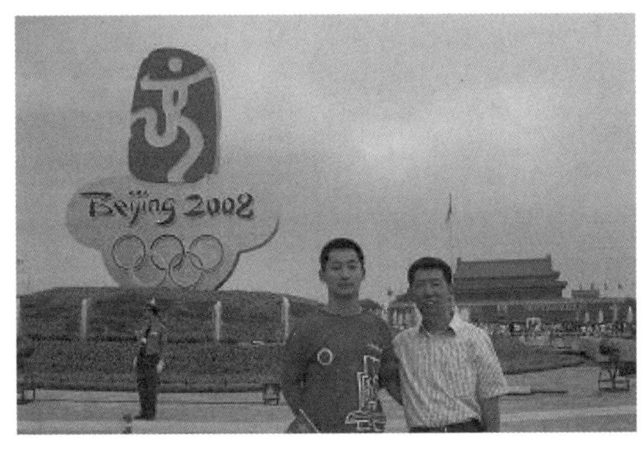

2008年8月9日，我从西安飞到北京，与儿子会合，一起观看期盼已久的北京奥运会。

1年前我就在网上订票，可惜开幕式的门票没买到，幸好网上抽签买到8月10日下午体操和12日下午男篮比赛的门票，儿子也从上海赶到北京与我一起观看比赛。体操比赛在国家体育馆进行，就在“鸟巢”和“水立方”旁边，场馆建筑和四周环境与这年春天看到的建筑工地已有天壤之别，显得宏大、宽敞、整洁，有气魄。我和儿子拍了不少照片，也有福娃吉祥物和文艺表演队伍行进的欢乐镜头。

因为没有中国队参赛，8月10日下午的女子体操比赛的气氛不是太高涨，但观众对美国、英国、日本、意大利运动员的精彩表演也不时报以热烈的掌声。

12日下午，中国男篮对西班牙队的比赛，则可以用群情激昂、气氛火热来形容。在场上一万多个中国球迷震耳欲聋的呐喊和助威声中，一波波人浪为中国队助威，这场男篮比赛打得激动人心，中国男篮打了三节好球，可以说是超水平发挥，最多时领先14分。眼看一场带给全国人民意外惊喜的胜利就要到手了，可惜第4节在对手的压力下，中国队员出现太多的失误，防守频现漏洞，进攻也大失水准，有时一分钟就稀里糊涂连丢八九分，连观众看着都有种发蒙的无奈感觉，结果四节结束，双方战成72平，加时赛中国队惜败，输给西班牙队10分。

比赛的最终结果让人失望，少数观众的一些不文明举止也让人倒胃口。在西班牙队打出精妙的进攻配合时，有的人大声喝倒彩、吹口哨，显得没有风度。比赛前半场，我看到对面看台有奥委会名誉主席萨马兰奇先生在场观看，这是一位深受中国人民尊敬的德高望重的老人，大约是一些观众的不良表现影响了老人看球的兴致，下半场他的座位是空的，再未出现。

从整场比赛来看，教练的布置、调遣有值得检讨的地方；易建联、陈江华等队员的发挥欠佳。中国男篮虽然与欧美强队在技术方面有一些差距，但我们的队员更需要的是打球的智慧、毅力和团队精神。在关键时刻，要能咬紧牙关顶住压力，要有人挺身而出制止战车快速下滑。据说，一些 NBA 球队用成功学原理给球员做心理潜能激发训练，对增强球员意志力和应对复杂困难局面的能力有显著效果。我想，中国队员也需要这样的心理训练和潜能激发。中国男篮需要一个技术型的主教练。

一场痛快过瘾的篮球赛也推迟了我与同学们的聚餐，老同学赵超做东请我和北京的同学们一聚，在附近餐厅等我，但我们在现场看加时赛，他们也在看电视转播，这场比赛也成了我们晚餐热议的话题。

赵超是一个性格开朗、乐于助人、很有幽默感的同学，虽然年龄比我小一岁，但为人处事显得很成熟，有许多优点值得我学习。他的工作能力和社交能力都很强，做司局级干部也没有任何架子，与同学们相处得很好。我们俩还有一个共同的爱好——下围棋。因此，我到北京出差往往先与赵超联络，抽空切磋两盘。

观看比赛之余，我带儿子还游览了新修缮开放的前门大街、天安门广场、北海公园和首都博物馆。奥运会期间，北京的市容环境和交通状况大为改观，蓝天白云，车流顺畅，让人耳目一新。

我还带儿子探访了我出生和幼年的成长之地——王皮胡同 44 号院。胡同和院子都显得破旧、狭窄，小时候嬉戏玩耍的青砖铺地的四合院，现在被一间间小厨房挤压成弯弯曲曲的窄过道，已经没有院子的形状，也找不到当年奔跑嬉闹的感觉。房子、院子年久失修，大门下面都烂掉一截，似乎还是 50 年前的大门。很难想象，在距离天安门不到 2 公里的地方，人们会居住在这样破旧的房屋里，北京旧城区的改造看来还任重道远。

游访佛教名山

中国的四座佛教名山是我人生要游访的目标。我游访的第一座佛教名山是山西五台山，虽然生活在山西多年，但直到我要离开山西到广东工作前，1993 年 7 月份才第一次登上五台山。五台山是文殊菩萨的道场，是有名的清凉山，乘车到半山腰就已经感受到阵阵凉意，上到山顶，再进到台怀镇，身上的暑气已一扫而光。当时我们夫妻俩带着九岁的儿子，小家伙跑上跑下，有使不完的劲儿，攀登多少台阶都不觉得累，往往是上到山顶，又回到山腰来迎接我们，让人感叹小男孩的体力真是格外充沛。五台山的佛教建筑很多，菩萨顶给我留下了很深的印象。

我游访的第二座佛教名山是峨眉山，这是普贤菩萨的道场，2007 年 7 月我开会之余游览了这座名山。峨眉金顶大佛像在雾海中时隐时现，景色十分奇特。

我游览的第三座佛教名山是普陀山。2008 年 5 月，我乘船由上海来到普陀山，这是观音菩萨的道场。因为我父亲去世恰逢观音成道日，使我联想父亲似乎与观音之间可能有某种联系，所以，我到此格外虔诚，也听从导游的建议，请了全套的香烛，给各处菩萨都上了香，特别是祈祷菩萨保佑 84 岁的老母亲身体健康，长寿百岁。但次月我母亲就突发脑溢血去世了，按我北京姨姨的说法是“你爸又叫去伺候他了”。此后，我对烧香拜佛就不感兴趣了。

我拜访的最后一座佛教名山是安徽九华山，这是地藏王菩萨的道场，保留了几位得道高僧的肉身。我于 2009 年 8 月游览了这座名山，也给自己的佛教名山之旅画上了句号。九华山上香火很盛，大约地处长江中游，南北香客、东西信众就近都到这里来许愿拜佛。

湖南行

2008 年 12 月初，由何春耕教授介绍，我应邀到湖南大学为学生做一场修德成功之道的演讲。有千年历史底蕴的湖南大学比较注重学生人文素质教育，设有专门的素质教育办公室，校领导也给学生开设人才学、创业学之类的讲座和选修课。我在逸夫大讲堂的讲座座无虚席，过道里还站着不少同学，陪同的两位教授只好站到讲堂后排去，说明湖南大学学生对修德成功的理念比较认同。

岳麓书院里，一个个耳熟能详的历史名人照片和遗物，让人更加敬重这座千年学府和中华文化的源远流长。湖南是名人辈出的灵秀之地，从曾国藩、左宗棠到毛泽东、刘少奇，都是影响以至改变历史进程的人物。我对曾国藩立德、立功、立言的成就十分赞赏，对他忠孝传家、教育后代的风范更是钦佩，对他的介绍资料也看得更加仔细。

毛泽东说过：“予于近人，独服曾文正”。梁启超也说过：“曾文正者，岂

惟近代，盖有史以来不一二睹之大人也已；岂唯我国，抑全世界不一二睹之大人也已。”

俗话说“富不过三代”，但曾国藩及其四兄弟家族，绵延至今近200年，共出有名望的人才240余人，没有出一个汉奸败类、纨绔子弟。如此长盛兴旺之家，在古今中外皆属罕见，原因当归于曾国藩的教子有方。他将“勤、孝、俭、仁、恒、谦”六项内容，通过训教、言教、身教、事教等方法，深入灌输到子女后代心中，使子孙后代秉承优良家风。

【历史回声】曾国藩论孝友传家

“凡天下官宦之家，多只一代享用便尽。其子孙始尔骄佚，继而流荡，终而沟壑，能庆延一二代者鲜矣；商贾之家，勤俭者能延三四代；耕读之家，谨朴者能延五六代；孝友之家，则可绵延十代八代。”

长沙讲座之后，我去韶山参观了毛泽东故居，看起来确实是一个山清水秀的宝地。我又来到南岳衡山游览，为了节省体力，乘车到半山腰，再爬到山顶上。衡山的海拔不太高，算是五岳中最容易攀登的山，山顶上烟雾缭绕，香火极盛，据说少年毛泽东也曾奉母命长途跋涉到此烧香还愿。

迟到的广西行

2009年6月，我来到广西，先后游览了桂林、北海和南宁。

记得在2007年11月，我与母亲到汕头游览，母亲对汕头的青山碧水、蓝天白云十分赞赏。我介绍的20世纪90年代汕头的综合环境质量曾在全国46个骨干城市中评为第二名，仅次于桂林，并与母亲笑约：以后我和您再去看第一名的城市是不是更漂亮。万万想不到，一直身体硬朗、无病无患的母亲竟然在半年后突发脑溢血去世，让母子同游桂林的约定也变成一句梦话，真是遗憾和伤感。

2009年6月19日（农历五月二十七）是母亲过世周年的忌日。为排遣心中的悲伤和郁闷，6月14—22日我到广西桂林、北海、南宁周游一趟，随身带着母亲的遗像和部分骨灰，就算是迟到的母子同游吧。

6月14日下午，晚点三个小时的上航班机把我们带到了桂林。第二天早上乘船游漓江，奔阳朔。桂林山水确实名不虚传，由桂林市到阳朔的游船是观赏山水妙景的最佳线路。漓江两岸峰峦清秀，山水景色美不胜收，无愧于“中国四大自然景观之一”的封号。三个小时的游船行程中人们惊

呼连连，不断按下快门。沿河两岸奇特突兀的山势都像一幅幅的山水画，河水清澈见底，可以看到鱼儿。俗话说，桂林山水甲天下，阳朔山水甲桂林。阳朔的山峰都是一个一个孤立的，突兀而起，与桂林周围连绵的山峰景致又不一样，让人啧啧感叹大自然的鬼斧神工。晚上我在青山秀水之间观赏了《印象刘三姐》，演出果然不失自然、宏大和秀美。

再日返回桂林，坐竹筏观赏象鼻山，游览城中四湖，登独秀峰，访穿岩洞，桂林得天独厚的、丰富的自然旅游资源给人留下深刻的印象。当然，景点门票价格都不低。

6月18日早晨，我乘大巴来到慕名已久的北海银滩，四次劈波斩浪向拦鲨网进击，体会着波峰谷底搏击风浪的快意，也感受了网绳牡蛎划破手掌的痛楚。望着银色沙滩上“妈妈安乐”四个大字随着波浪渐渐逝去，我希望天堂的母亲能感受到儿子的思念和祝福。

国内有好几个海滨城市以银滩命名，但北海银滩确实平缓宽广，海水清澈，能见度最高，沙子也最细，我在海边淋浴洗过的泳裤回到旅馆晒干后，又能抖出许多细沙。我在北海住了三天，每天清晨和傍晚两次下海，而上午9点以后太阳逐步发威，是没法在海边停留的。

我乘船到距离北海50公里的涠洲岛——一个基本保持原始自然风貌的世外桃源。岛上有上千居民，有大片大片的香蕉林。我住在一家渔家乐旅店，有8间建在海崖上的真正的海景房，凭窗俯望港湾里的点点渔船，远眺无边的蓝海白云，令人心旷神怡。晚上我躺在床上，透过高大的落地窗，还可以听着涛声数星星，真是惬意。

“渔家乐”店主姓黄，是一名复员军人，原来在广西百色山区工作，做过乡武装部长，但对平庸又平淡的山区机关工作感到厌倦，毅然离职，随他北海妻子来到这个海岛居住，一步步变成了一个熟练的渔民。

阿黄开着农用三轮车带我去体验潜水、捕鱼、钓鱼。穿上沉甸甸的潜水服，戴上潜水镜和呼吸器，我随潜水员潜入海水，观看近海的珊瑚、游鱼和其他水生动植物，虽然是一次新奇体验，但感觉不如想象的那样刺激、有趣。

傍晚与阿黄到海边撒网捕鱼倒是蛮惊险的。我们拿着长约百米的尼龙渔网来到海边，此时刚开始退潮，阿黄要把渔网沿岸撒在水中，待鱼儿随退

潮进入网里再来收网。他把渔网的一头固定在海里礁石上让我照看，自己拖着渔网向海中游去，为了安全起见，他给我一个汽车轮胎做救生圈。但我觉得没有必要，碍手碍脚，就扔在岸上，想不到海浪越来越大，而脚下都是尖利的礁石，我穿的拖鞋被一个海浪打飞了，只能够在海中浮游，一脚踩在石头上疼痛难忍，而游泳蹬踏时也难免会碰到石头，脚趾有两处碰伤，十分疼痛。阿黄看到我这里情况危险，急忙回来救驾，把救生圈扔给我，拖我游到三块大礁石组成的一个安全水域，这里面风浪较小，他再去布网。我看到阿黄在滚滚波涛中矫健、灵巧的身姿，而且不需要救生圈保护，对渔民的水性深感佩服。将近一个小时，我在水里缓缓地游来游去，等着阿黄收网上来，捕到五六条鱼，他说够一顿晚餐了。

我们回到家里，天已经完全黑了，阿黄把鱼交给妻子去烹调，自己则躺到吊床上休息。我发现岛上渔民几乎家家都有这种尼龙绳做的吊床，系在两棵树中间，可以荡悠着乘凉休息，显得十分悠闲。第二天清晨，我与阿黄又去海边钓鱼，先从海边岩缝中扫出一些水鳖做鱼饵。我们站在岩石上，向白沫激荡的海谷抛出长长的鱼钩，当我钓起一条通体蓝绿的彩色鱼时，我心中有一种非常快乐和甜美的感觉。

涠洲岛离越南边界不算太远，在中越边境战争期间，涠洲岛上曾派驻高射炮团，岛上有一条环岛战备公路，是目前岛上主要的交通基础设施。岛上的主要农作物是香蕉，价格只要五角钱一斤，据说最贵不超过一元钱，最便宜时只有一角钱。由于香蕉太便宜，还不够收割的人工费，因而有时蕉农就把它扔在地里不要了。我在岛上一元钱就能买一串香蕉，这是一种虽然不长不粗却非常甜的香蕉，与涠洲岛土壤含钾量高有关，香蕉含糖量也较高。

我从涠洲岛回到北海，又早晚两次下海畅游。北海的热带水果很便宜，新结识的小张骑摩托车带我去水果市场买了一些品种来品尝，又买了海鲜请餐馆朋友加工成丰盛的晚餐。

6 月 21 日，我最后一站来到广西首府南宁。南宁市区街道宽阔、整洁，一幢幢的现代化摩登建筑是我未曾想到的。我乘车到五象广场，四处浏览市容和夜景，民族大道两旁鳞次栉比的现代化建筑、南湖公园的夜景都给我留下深刻的印象。印象更好的是，街心公园里那些快乐地跳着集体迪斯科和交谊舞的普通市民，当地人显得热情、开朗，还可以学习切磋不同地域的舞艺，感觉南宁是一个轻松宜居的城市。

南宁给我的另一个好印象是品种丰富、质优价廉的热带水果，早晨刚刚采摘的鲜荔枝仅 2 元钱一斤，我买了一提兜带回上海解馋。

一周游三山

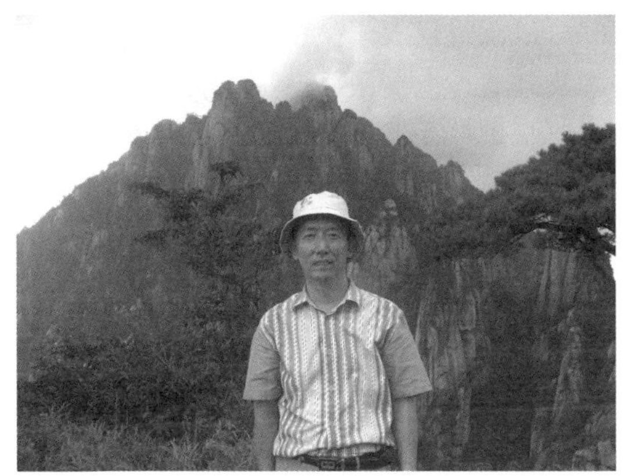

2009 年 8 月 21—27 日，我在一周之内游览了九华山、黄山、三清山三座名山，对自己年过五十的腿力和体能是一次考验。虽然腿酸脚软，但奇峰胜景美不胜收，眼睛实在受用。在回沪的大巴上吟得一首小诗，留作纪念：

七律·周游三山

五十一周游三山，目爽神怡腿如铅。
九华氤氲黄山美，移步换景三清山。
奇石百仞惊造化，栈道千米叹工艰。
万里神州千山秀，黄山归来继续攀。

三座山中，黄山、九华山名气很大，不需多介绍。三清山名声相对小些，却是中国现有的七个世界自然遗产之一，有必要多留几笔。三清山南部索道乘时长达 38 分钟，为国内最长；绕山而建的 4 000 米水泥石板栈道，山势陡峭无立足之地，工程艰险一望可知，令人赞叹，据说用时仅 5 个月，而且无一起事故。栈道使人能从多个角度、近距离地观赏美景，真是移步换景，处处如画！我觉得三清山毫不逊色于黄山。古人讲：山外有山，天外有天，确实要多走走、多看看。

中州行

为了登上五岳最后一峰——中岳嵩山，2009 年 10 月我专程来到河南。第一站到洛阳市，我首先游览了小浪底水库，乘船来到坝下，大坝显得高大雄伟。我又游览了龙门石窟，瞻仰保存千年的精美佛像，大大小小的众多石佛栩栩如生，虽不乏残破之躯，但古代工匠技艺精湛，仍让人叹为观止。

在龙门石窟河对岸，我意外发现了白居易的陵寝——白园，原来这座山就是香山居士得名的香山。白园占地上百亩，山上有许多日本游客和团体留下的碑刻，字里行间流露出日本民众对白居易的喜爱和敬仰。白居易一

生潇洒、豁达，穷则独善其身，达则兼济天下，真乃难得的风流雅士。我对白居易的诗词很喜欢，至今能背诵《长恨歌》和《琵琶行》这两首长诗，觉得词语朗朗上口，意境生动、逼真。上“修德成功学”选修课时，我对能够背诵这两首长诗的同学给予考试十分的加分，以此督促大学生多读一些中国古代诗词与经典。

我乘长途车从洛阳到嵩山少林寺，少林寺的大雄宝殿和塔林是在电影和电视剧里多次看到的场景。一个新奇发现是在少林寺后高高的山峰上，找到达摩祖师面壁的石洞。这是一个外表不起眼的小山洞，大小不过五六平方米，竟然成就了一代宗师千年的伟业，令人敬仰和追思。据说达摩祖师在洞中面壁多日，以至他的影像都印在石壁上了。洞口只有一块小小的石碑说明了这个洞的历史价值，其下又有初祖庵，证明达摩与少林寺的渊源。

嵩山山势极为独特，由“嵩阳运动”引发的地壳活动，把水平的岩层挤压成垂直壁立，看来雄伟壮观，真是天然造物。

晚上在嵩山山水之间观赏了“禅宗少林·音乐大典”，那气势辉煌的鼓声，悠远唱和的歌曲古筝，整齐的武僧棍法，把观众带回古老嵩山的朴实意境。与《印象刘三姐》相比，另有新奇独特之处。

乘大巴由登封到开封，我游览了著名的清明上河园。虽是后人修造，却也大致体现出清明上河图的意境。接着，我又观赏了龙亭皇家宫苑的菊花盛展，看了赵匡胤杯酒释兵权的场景；游览了大相国寺和杨家将故宅——天波杨府，瞻仰了杨家一门忠烈。开封作为六朝古都，确实有许多古迹可供游人凭吊。

2009 年 12 月初，我又到河南郑州出差，顺便到新郑寻访中华姓氏树，瞻仰了黄帝出生地——轩辕坡。

名山观瀑

利用出差开会的机会，顺便游览祖国的名山大川，是我的一个乐趣和爱好，这样既可以观赏名胜，陶冶情操，也能放松身心，提高工作效率。2010 年“六一”儿童节，我恰好来到贵州黄果树瀑布。

这年春天，云南和贵州旱情严重，黄果树瀑布水量大减，靠水库放水维持。好在 5 月份开始下雨，水量渐增，我游山的前一晚这里下了一场倾盆大雨，从旅馆窗户望去，广场上雨如瓢泼，越下越大，经久不停，真是天助人兴。当日山上游人不多，山清水秀，可以静心欣赏，十分快意。远看宽宽的水幕如绸似缎，真想摸一摸；转进瀑布里面的山洞，看着飞流急下，听着涛声震耳，感受着从头到脚的凉意，自是一番舒心的体验。

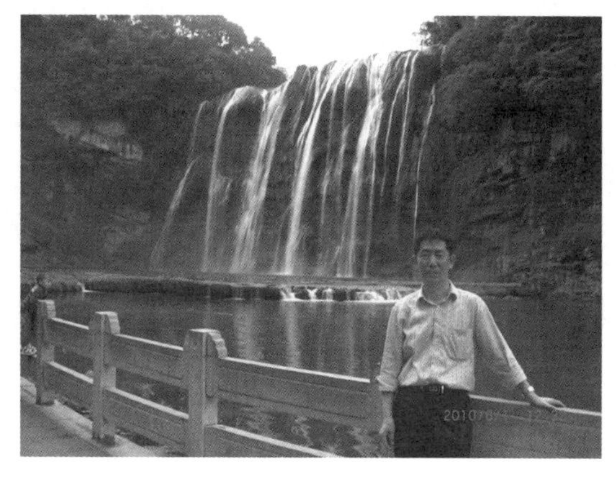

六月下旬我又来到庐山，游览了五老峰、仙人洞、如琴湖、美庐别墅等，更来到向往已久的三叠泉瀑布。三叠泉山势险要，要爬三千级台阶，腿脚颇为辛苦，但满眼葱绿秀色，目旷神怡，泉水甘甜凛冽。回来吟得一首小诗，就叫《六月观瀑》：

六一观瀑黄果树，前夜豪雨得天助。
月末庐山三叠泉，百丈崖下水真甜。
仁者乐山智者水，山高水险人无悔。
山有仁义水有德，忘情归来思物格。

西藏观山

2010 年 7 月 28 日，我乘东航上海—西安—拉萨航班飞往西藏。下午，飞机来到青藏高原。俯瞰西藏的大山，给人辽阔、壮美的感受和联想。西藏的山显得非常干净，近处的山峦是绿色的，一层浅浅的绿色，有点像一位慈爱的母亲扯着一床薄薄的绿毯子，要给一群顽皮的男孩儿盖住身体，男孩儿十分好动，身体发育又快，绿毯子显得捉襟见肘，盖住脚盖不住头，盖住头盖不住脚，所以，这些山峰往往山顶都裸露出沙石山岩，但大半身仍被大地母亲用绿毯遮盖起来。绿山远处是石山，裸露的山石像男子汉突起的肌肉和骨骼，显得特别阳刚、特别有个性，西藏的石山是有脊梁的，轮廓线条显得格外清晰。再往远处看就是雪山了，西藏的雪山倒像蒙着轻纱的少女，在朦胧中显出一种秀美和宁静。西藏高原的绿山、石山、雪山，形态迥异，却又那么和谐。偶尔也会看到几座红色的山脉，可以想象那里一定有铁矿。

贡嘎机场离拉萨市 70 公里，驱车 1 个多小时来到市里西藏大厦。西藏大厦大概是西藏最大的饭店，有客房 400 多间。我稍微有些高原反应，头有些疼，睡眠质量较差，但不像有的人输液、吸氧那么严重。

我和一些教授首先游览了布达拉宫和大昭寺。布达拉宫要进三道门，查阅、比对身份证件，安全戒备森严，每天限制游客数 2 300 人。宫内有过世达赖喇嘛的灵塔，尤其以五世达赖喇嘛的灵塔最为高大，塔身使用 4 000 多公斤黄金，镶嵌了数不尽的宝石，有天眼、红宝石、祖母绿、蜜蜡等。宫内有精美的佛像、壁画、唐卡，还存放了大量的藏经书。

大昭寺内供奉有文成公主带进西藏的佛祖释迦牟尼十二岁等身金像，是全世界仅存的一尊，也是藏民千里来寻、顶礼膜拜的主要佛宝。大昭寺内也保留了许多精美壁画、唐卡、佛塔等。大昭寺外就是有名的八廓街(也叫八角街)，街上满是藏族特色的装饰品、礼品、服装、刀具等。

我们乘车到拉萨北面两百多公里藏北草原上的纳木错湖，开车 5 个小时才到达，途中经过海拔 5 190 米的那根山口。纳木错湖泊面积 1 900 平方公里，是中国第二大咸水湖，湖水碧蓝碧蓝的，与雪山、白云、蓝天相映，是一处美丽壮观的风景。湖边神山上挂着数不清的经幡，随风猎猎飘动，为圣湖增添了几分庄严。返回拉萨途中，我们来到羊八井地热喷泉，这里有远近驰名的地热发电站；温泉里可以煮鸡蛋，品尝着刚煮熟鲜嫩的鸡蛋，游览了两个 50 米标准温泉游泳池和许多小汤池，可惜时间仓促，不能下水。

接下来，我们游览了达赖喇嘛的夏宫——罗布林卡，它类似于北京的颐和园，是达赖喇嘛夏天居住和处理宗教政务的地方。罗布林卡分新宫和旧宫，旧宫是六世达赖喇嘛所建，新宫是新中国中央人民政府拨款为十四世达赖喇嘛建造的，在 20 世纪 50 年代完成。可惜达赖只住了两年就出亡印度了。

由拉萨乘火车返回上海，沿途欣赏青藏高原的山峰、河流、草甸、湖泊。人们都围在车窗旁，纷纷用相机留住这美丽的景色，还看到两只藏羚羊和十几头野驴。旅途还可以结识新朋友，两天两夜的行程并不感到寂寞和无聊，同一车厢遇到两位英国教授夫妇，学识渊博，态度友善，路上交谈获益良多。有位 MBA 同学刚送给我一本《德兰修女传》，沿途阅读颇为感动，对人性也有了更深一层的理解，整个西藏游养心养脑，可以说是顺利圆满。

绿色神农架

神农架给人的最深印象是浓浓的绿、满满的绿，绿得让人心醉，即使是陡峭的高崖上，也铺满一层厚厚的绿被。如果能把这个大绿被铺到西北戈壁沙漠，铺到黄土高原，又何忧沙尘沙暴！

2010年8月11日，在宜昌游览了三峡大坝之后，我和一些教授朋友乘车进入神农架景区，很快就被道路两旁越来越浓的绿色所吸引。在山中三日旅游，生活在翠绿之中，感受着阵阵清凉，山上最低、最高气温是20℃—24℃，与上海的32℃—40℃是冰火两重天。香溪源的清澈溪水，既是山里数千人的饮用水源，也有绝佳的飞瀑景色。在漆黑不见五指的燕子洞里，听着飞来飞去的金丝燕发出一串串如竹板敲打的响声，让人有一种奇妙梦幻的感觉。在受伤金丝猴收养地，看到几只伤愈的金丝猴，果然是仪态不俗、神韵十足。高高耸立在山崖之间的彩虹桥，让一些人望而却步——危乎高哉。离开神农架下山时，下起一场淋漓的山雨，雨越下越大，似乎有劝人留步的意思。望着车窗外山雨中的墨绿山峦，我感慨吟得小诗一首：

七律《夏咏神农架》

绿满山崖翠满谷，仰望神农叹云乳。
香溪源头品甘泉，彩虹桥边腿打鼓。
金丝灵猴贵族像，金丝云燕竹板数。
山雨留人人恋山，青山碧水传千古。

我在神农架还遇到16年来坚守山中寻找野人的张金星，并得到一本他著的《野人魅惑》。交谈中才得知他是山西老乡，山西榆次人，比我大几岁，满面胡须，面容显得苍老，透露出这些年野外探险生活的艰辛。

回来把《野人魅惑》细细读完，对老张的执着无畏深感敬佩——又是一个有国无家的探索者。可以想象在大雪封山的岩洞野外生活数月，不时面对熊豹猛兽和冰雪陡崖的威胁，忍受远离家人和社会的孤寂，一个人需要有多强的毅力和勇气？

人是需要有自己的理想或梦想，这在浮躁的现实社会越来越罕见。张金星带着满身伤病继续追寻自己的梦想，2009年还做了心脏搭桥手术，让人感佩。愿老张多多保重身体，量力而行，快乐追梦，早日能和自己的“野人”朋友相遇。至于那些嘲讽、怀疑的风凉话和风凉人，“道不同不与为谋”，就不必理他们了。

八入世博园

作为一个好奇心比较重的人，爱看热闹、喜欢四处游览是我的个性特点。奥运会在北京尚且要去看，世博会就在上海举行，坐地铁半小时就到，自然不会放过。有人讲，世博会“不看是遗憾，看了是后悔”。对我而言，不看会是150年的遗憾，要后悔也是150年以后的事啦！从“五一”节第一次参

观，到 10 月 30 日最后一次入园，我先后 8 次游览世博园。

“五一”劳动节，上海世博会开幕，我有幸陪同澳大利亚回来的朋友李健民一起去游览。健民是个性格开朗乐观、乐于助人的好朋友，此次回国参加清华大学 30 年同学会，顺道游访上海、浙江、福建、广东。我与健民已经 12 年没有见了，正好一边游园一边畅谈。

世博园外门 8 点半开放，外面聚集的人流蜂拥而入，很快把各个安检道口挤得满满当当。到 9 点钟正式开始安检入园，人流慢慢消退。园区里面秩序还是比较好的，只是热门场馆外，大排长龙。中国馆预约券早已发完了。欧洲片区 C 区，据说德国、法国、意大利、英国等场馆都十分紧俏。我们只来到亚洲片区 A 区和 B 区。但日本馆、沙特馆、韩国馆门外，都有上千人的长龙，非有两三个小时的思想准备不可。因为健民的时间十分宝贵，要尽量多地看场馆，所以，我们只能挑不排队或排队少的场馆，重点保证澳大利亚馆的参观时间。在澳大利亚馆排队 40 分钟，里面约 8 分钟的展示表演对澳大利亚的科技成果和日常生活有比较生动的介绍，几个为世博专门制作的卡通人物让人对澳大利亚多元文化的发展有一个基本印象。我们在以色列馆也花了 40 分钟的排队时间，以色列展示的科技实力令人印象深刻。排队等候浪费时间是游园的最大问题，参观时间往往不到等候时间的 1/5。亚洲国家中不需要排长队的有哈萨克斯坦、吉尔吉斯斯坦、塔吉克斯坦、约旦、也门、伊朗等场馆，我们都进去走马观花看了一下。

生命阳光馆给人印象不错，盲人钢琴家的演奏、测试听力等装置、工作人员细心讲解、介绍罗斯福、海伦·凯勒等残障人士的短片，整个展馆给人的感觉是温馨和感动。中国各省市展馆，也是世博会的一个亮点。排队的人较少，而里面的内容丰富多彩，一些省市的展馆胜过一些中小国家的展示内容。我们看了北京、山西、福建、广西、山东、河北、西藏、内蒙古等展馆，又来到宝钢大舞台，看了乐器演奏。

下午，我们坐轮渡过黄浦江到浦西片区，看韩国企业联合馆，韩国接待人员很热情并且介绍仔细，馆外飘下的漫天雪花也给人以好感。我们又看了一些中国企业场馆，如船舶馆、保险馆、电信馆。虽然船舶馆的硬件设施不错，但接待人员还缺少友善服务的意识。与韩国企业联合馆相比，差距十分明显。

我们又回到浦东，看了一些文艺演出和喷泉表演，夜幕中的世博轴流光溢彩，让人留恋。将近 10 点，我们才离开世博园。

此后，或参加领馆活动，或个人游览，我又 7 次入园，大多数场馆都看过了，包括比较热门的沙特馆、日本馆、德国、法国、英国、瑞士、意大利、西班牙、加拿大、美国、俄罗斯、土耳其等场馆，还有诸多城市案例馆、主题馆和企业馆。

世博会有助于提高国民素质，培养国人的排队习惯和耐心，从初期的两三个小时到后期的七八个小时甚至更长，民众的观博热情持续高涨，组织者的压力和工作难度可想而知。在此也要向世博安保人员和志愿者等表示敬意和感谢，没有他们的辛勤付出，也不会有世博会的顺利举行。

第十五章　失慈三年

连跌三跤

2008年，母亲去世似乎把我的好运气也带走了，2009年，一年中我接连遭受三次大的挫折，人生暂时罩上一片阴影。

新版“农夫和蛇”

高月仓是我在复旦读博期间认识的室友，他不是世界经济专业，而是经济思想史专业的学生，但由于与我同住一间宿舍大半年，因而比较熟悉。他是鲁南人，脸黑黑的，眼睛细眯眯的，看人带着些许狡黠，有时爱玩一些小聪明、占一些小便宜，我和他住得时间长了，对此也不太计较。他的未婚妻小唐后来到复旦复习考博，连考3年，就住在我们宿舍里，我以后回复旦大学宿舍就“有家难回”了，只能打游击战。

毕业后，高月仓与我仍时有联系，每次他打电话给我，都是有事要我帮忙：他到上海财经大学读博士后，找我写推荐信；他妻子小唐考博，找我写推荐信；小唐毕业再读博士后，找我写推荐信；他的一些朋友要考博，也找我写推荐信。所以，我只要一听到他的山东口音：“老兰……”心里知道他又有什么事要找我帮忙了。但我一直信奉的是“害人之心不可有，帮人之心不可无”，只要在力所能及的范围内，我愿意尽力帮助亲人、同学和朋友。

2009年3月底，高月仓给我打电话，说买了新江湾城的房子，现在装修资金周转困难，希望我借给他5万元应急，两个月内他就有一笔钱可以归还我。我想他们夫妻当时挤在复旦南区的一间宿舍里多年，居住条件很差，现在买新房也是件好事，就答应卖掉一些股票借给他5万元。第二天，即3月30日，我到银行给高月仓转了5万元，他留了一张借条给我。当时，我想起一个英文谚语不禁发笑：“Never lend money to your friend, you would lose both of them.”高月仓问我笑什么，我说想英文呢。

两个多月后，6月初，我给高月仓打电话，电话打不通，只有短信通知，再后来电话也停机了。我又给小唐打电话，小唐说她与高月仓一年前就已经离婚了，双方没有任何关系——“他所说的买房，全是瞎话骗你的。”高月仓似乎就此从地球上消失了。

2009年12月26日，复旦世界经济系举办建系三十周年庆祝活动，在聚餐的餐厅，我又见到了高月仓，原来他因为信用卡恶意透支被公安机关拘留了4个月，刚刚释放出来不久，听到世界经济系有活动，又到这里来蹭饭。

我问高月仓：“你借我的钱什么时候还，我现在也没房子住，急需钱来买房。”

他承诺两个月后还钱，我又一次相信了他。从此以后，高月仓就不断地重复着说了不算、言而无信的故事，一次次说下月甚至下周还钱，但都是谎言，而且他连电话也不接，只是用一个个撒谎短信来忽悠我。一直到2011年5月底，我看他是故意要把两年民事诉讼有效期拖过去，连重新写一张借据也不肯，觉得此人毫无信用可言，依我耿直的做人原则，也不可能让一个恶意骗人的小人轻松得逞，毅然向杨浦区法院起诉，追讨欠款，此事进入司法解决程序。

社会是一所大学，这个新版“农夫和蛇”故事给了我一个教训，所以，我把原来《选择成功》封底上写的“害人之心不可有，帮人之心不可无”的观点，现在补充修改为“帮应帮之人，防应防之人”，并在讲授“修德成功学”全校选修课时，把我亲身体验的教训告诉同学们，希望大家引以为戒。

我仍然相信“善有善报、恶有恶报”，继续坚持助人为乐的做事风格和习惯，只是我希望用自己的善良和能力去帮助那些值得帮助的好人，而不是一些奸伪小人；就如同一瓢清水，总希望能浇在一棵干渴的幼苗上，而不是浇在沙砾灰渣里。

学生作弊

第二件让我痛心的事情是我带的硕士生出现作弊未遂情况。我非常讨厌学生考试作弊行为，自己从小到大，从小学读书到博士毕业也没有作弊，也无法理解作弊这种行为，因此，我对自己带的硕士生、博士生都会在入学之初强调考试不可作弊的要求。

2009年6月份，我刚刚出差赶回上海，准备参加第二天的学生毕业典礼。中午，两名一年级硕士生来到办公室，向我检讨他们上午考试传递纸条，被监考老师截获，作弊未遂。我听后十分恼火，要他们深刻反思此事，听从学校学院的处理，吸取这个人生教训；并要求他们暑假期间认真研读《三字经》和《弟子规》，开学时交给我读书心得。但那个男生不太在意，开学用

E-mail 发给我一篇十分简短的读书体会敷衍了事，为此我更为生气，要他另投师门，并给他联系到另一个导师。他这时才紧张了，恳求给他改正的机会。最后我让他 10 天之内把《三字经》和《弟子规》手抄 10 遍，再写 1 万字的读书心得，交来供我重新考虑。他马上去买纸张，当天在宿舍抄写了 7 个小时，连日把 2 篇经典抄完 10 遍，并写了读书心得，一起交给我。我看他有一定的诚意，就同意留下他。我想，这个男生当时心中可能会怨恨我，但 20 年后多半会感谢我。

我在许多场合都讲到反对学生作弊的观点，也听到一些不同的声音，我在上海理工大学一次讲座之后，就曾收到一名学生的 E-mail，标题就是“兰教授，学生考试为什么不可以作弊?”信里列举了许多“正当”理由，比如：可以节省时间；考个好成绩，可以继续留在上海开阔眼界；有好成绩可以让父母开心；等等。我觉得都是一些似是而非的歪理，我回问他：如果你父母亲知道你的考试成绩是作弊考来的高分，他们还能开心吗？作弊在我看来，就是骗人骗己的事情，没有什么道理可言。

我在美国进修学习期间，期末考场上，教授发完试卷就轻松离去，学生在考试不作弊的誓词下面签上自己的名字，然后自己做自己的题目，考场无人监考，却秩序井然。我对美国学生的诚信素质和学校及教授对学生的信任感受颇深。现在中国的大学考场往往有两三个老师监考，但仍然会发生考试作弊事件，作弊的招数和花样不断翻新，令监考老师防不胜防。

我对学校考试的一些规定也很不理解，一方面考场要严密监视，另一方面又允许考生中途上厕所，以至于一些学生把厕所当成了作弊的“风水宝地”和“避风港”。监考时我总是提醒学生，提前去卫生间，考试中间不准离开。但开考后半小时还会有学生提出上厕所，被我拒绝后，那个考生可能再坐 1 个多小时也没有任何事情。我觉得大学不是小学幼儿园——如果一个五六岁的孩子憋不住尿是可以理解的，一个成年人考试中要上厕所不应当允许，一些过于宽松的考场规定是对作弊者的纵容。

另外，我觉得对作弊处理的唯一方式应该是除名，现在采取的留校察看，或取消学位证只发毕业证，只有第二次作弊再开除学籍等措施，会让一些人在第一次作弊时心存侥幸，而如果作弊未被发现就可能养成不良习惯，这对青年大学生的成长以至走上社会并非好事。

婚姻黄灯变红灯

2009 年遇到的第三个挫折，是我与徐薇丽的婚姻走到了终点。

平心而论，徐薇丽是个聪明、干练的女人，料理家务井井有条，但我们两人志趣不同，世界观不同，到上海以后观念分歧越来越多，加上性格倔强，夫妻冷战已经有几年了。我母亲对此也有感觉，总希望双方互相理解和谦让，保持家庭和睦。母亲去世后，不必再顾虑老人的感受，可以给这一段已经没有快乐和幸福感的婚姻画上句号。听到我们婚姻关系面临破裂，热心焦急的大姐两次从扬州来调解，都被徐薇丽谢绝了。8 月 15 日，我们去办理了协议离婚手续。

按照离婚协议，我把价值两三百万元的三室两厅住房留给了徐薇丽和儿子，我自己出去租房另住。我想那套房子将来儿子结婚三四个人也够住了，以后如何安排可以母子商量着办。我租了个一室一厅的旧房子，有简单的家具，月租 2 000 多元，从此过上了一人吃饱全家不饿、房门一锁四处周游的单身生活。

离婚对我是一次较大的打击，作为一个受传统文化影响较深的人，不得不走到这一步，确实是一个痛苦的选择。我很敬佩曾国藩、诸葛亮等古代士人，一直信奉“修身齐家治国平天下”的中国知识分子理念，现在自己的家破了，说明自己修身不好，也深感自责和愧疚。但是，性格倔强的我不愿意在一个痛苦冰冷的婚姻中走完人生，我想这种结束可能对双方的心灵都是一种解脱。

姐姐们对我放弃住房的选择很不理解并担心，事实上我本来也想不通，直到看了一副对联才豁然：“夫妻是缘有善缘有恶缘无缘不聚，儿女是债有讨债有还债无债不来”。中国人常把夫妻对方称作“冤家”，骂不听话的孩子是“讨债鬼”，可能不无根由。由此我也对一些难以理解的现象找到一个解释——往世因缘。现在，我越来越相信人生的宿命，每个人要经历一些什么事，可能都是命运的安排，由不得自己。这样想一想，心情也就比较平静了。

我把母亲去世 1 年内所经历的一些人生挫折总结为“妻离子散，家破人亡”。这八个字虽然很沉重，似乎有些夸张，却也是我这一年生活的真实写照。一次次的人生挫折和伤痛也提高了我的心理承受能力，增强了独自应对人生挑战的毅力和信念。

2010——不抱怨年！

经历了 2009 年的几次挫折，在迎接 2010 年的日子里，我思考人生，反省自我，希望找到新的人生支点，让生活翻开崭新的一页！

2009 年 12 月 30 日，出差经过厦门机场，我偶然看到一本好书《不抱怨的智慧》。诚如作者所说：不抱怨生活不累！这让我眼前一亮，找到了 2010 年的人生主题词——不抱怨！

现代社会压力增大及种种现象，使越来越多的人染上了牢骚和抱怨的

“传染病”，我曾与学生们开玩笑：“如果现在开个牢骚公司，招人应当是最容易的。”但是，如果理智地想想就明白，抱怨不会有什么积极作用，太多的抱怨只会把正常人变成祥林嫂，生活也越来越累！

不抱怨的近义词是感恩，回想自己的一生也确实没有什么要抱怨的，更多的是应当感谢和感恩。

0 岁，我感谢上天让我投生在首都北京一个虽不富裕但朴实美好的普通家庭，诚实、善良父母的言传身教使我从小学到做人做事的准则。家中已有三个女孩，但父母的名字都与玉有缘（父名培珍，母字玉环），家里自然要来个小男子汉。作为家中唯一的男孩，我得到父母和姐妹们更多的关心和爱护，也被寄予更多的期望。——要抱怨吗？

10 岁，这一年的生日是在老家山西度过的，此时我生活在太原西山官地矿。其时，“文化大革命”已开始，学校停课闹革命，不但没有作业，连上课也变为放羊。这让我有了大量课余时间，养成看闲书的爱好，看了大量历史小说和各类书籍，对自己后来成长颇有助益。——要抱怨吗？

20 岁，这一年的生日是在插队的山西阳曲县泥屯公社苏村度过的，整天地里割麦锄苗累得腰酸背痛，日日高粱面吃得肠干便秘。但两年的插队生活磨炼成为自己最宝贵的人生财富，身体素质和心理承受能力大为提高。“能受天磨方铁汉。”——需要抱怨吗？

30 岁，这一年的生日是在美国密歇根大学度过的。作为山西财经学院第二个赴美进修以及第一个回校工作的访问学者，我是早期少数出国幸运儿之一。虽然国家给的生活费不多，生活比较艰苦，学习也很紧张，但比起十年前的插队生活已是天壤之别。重要的是，这一年的国外学习生活开阔了我的视野，改变了我对人生的态度和思考方式，生活和工作从此增加了许多乐趣。——还要抱怨吗？

40 岁，我在澳大利亚阿德莱德大学度过了这一年的生日。作为汕头大学这年唯一的国家公派访问学者，自己又是幸运儿。我在这个美丽的海滨城市生活和工作一年，阿德莱德有 11 个海滨浴场，喜爱游泳的我光顾了其中的 8 个，泳技又有提高。这一年我对电子商务这个新兴事物做了较多研究，回国后写了《电子商务与经济变革》的专著，由此开辟了自己第二个重要研究领域——电子商务。——有什么要抱怨吗？

50 岁，这一年的生日我是在上海度过的。虽然生日过得比较清淡，但此前一年 50 虚岁生日时，我母亲和大姐一起来为我做生日面，让我感到亲人的关爱多么厚重。有多少人到五十岁还能享受到母亲的关爱？慈祥善良、乐观开朗的母亲是上天给我的最大恩赐。想想我父亲 4 岁没了爹，20 多岁没了娘，我已是格外幸运。——还有什么要抱怨吗？

现在,50 多岁的我要感谢上天让我拥有积极乐观的人生态度,有健康的身体,有良好的工作生活习惯。喜欢围棋,有棋友;喜欢跳舞,可以找舞伴;喜欢游泳,学校新建成的温水游泳馆,每次可以轻松畅游一千多米!——还有什么要抱怨吗?

一个人有良好的心智心态,有健康的身体,有工作和生活的自由,有志同道合的朋友和运动伙伴,确实没有理由抱怨,我要向母亲学习,让自己变得更加积极乐观,并把快乐传递给身边的每个人。

善良、感恩的稻盛和夫先生每天要说:“南无,南无,谢谢!”我也要感谢上天!在我人生低潮、心生困惑的时候将《不抱怨的智慧》这本书送到我手边,谢谢!!

半道轩

老子讲:一阴一阳之谓道。那么,有阳无阴可谓“半道”。离婚后,我租了一室一厅的一套旧房,看着这个“蜗居”里简陋的家具,真有一种时光倒流的感觉,我把此屋命名为“半道轩”,聊以解嘲和自励。

这间陋室反而激发了我的创作热情,由于有前期的资料素材积累,加上可以独居安心写作,2010 年,我出版了四本书:《中国的大国贸易政策修正研究》、《因特网创业》、《绿色均衡贸易战略与中国产业安全》和《厚德成功学》。

其中,《厚德成功学》是我最为重视的一本书,花了我一年半的时间,收集并整理了 22 个人物案例,包括周恩来、诸葛亮、邓小平、曼德拉、富兰克林等。书中还以“星星点灯”、“举一反三”为题列举了 150 多个中外历史上的事例,希望对年轻人修身养德、培养个人优秀品质有一定的启发作用。我专门请德高望重的洪文达老师题写了书名。

2010 年 8 月下旬,刚刚拿到样书,我到杭州参加全国电子商务专业建设学术大会,见到中国信息化专家咨询委员会常务副主任周宏仁先生,我讲:“周主任,我新写了一本《厚德成功学》。”

周主任好奇地翻阅着:“这书可以送给我吧。”他说自己七十年的人生体验就是八个字:“无德不远,有容乃大”。我觉得周主任的八个字人生总结言简意赅,很有深意,再版时可以写进书里。

《厚德成功学》的出版,使我的“修德成功学”课程有了专门教材,我自己向出版社买了几百本,送给一些亲戚和朋友。

“半道轩”离黄兴公园东门不远,我晚上常去公园门口跳舞健身,在此结识了爽朗热心的退休小学教师黄芬华老师,我们时常一起切磋舞技。

因为空调老旧,冬天寒假“半道轩”气温很低,在电脑前工作成为一件苦

差事，我索性放弃，觅得一个好去处——到附近一家茶馆读书。一碟干果、一碟水果、一杯清茶，再携一本好书，可以静坐终日，一天读完一本，既养心养脑，又能避寒润肺，舒服惬意。

两驾山东

2009 年，我在上海看到房产中介广告，就坐大巴到山东威海乳山，买下一间 30 平方米的公寓房，作为夏天海边游泳度假的住所。2010 年夏天，竣工交房，我决定自己驾车到山东接房并游玩一趟。

第一站我先到江苏淮安，因为我正在写《厚德成功学》这本书，周恩来是我选取的第一个案例人物，我想到周总理的故乡寻访伟人的足迹和事迹。周恩来纪念馆由邓小平亲自题写馆名，是一幢高大、雄伟的花岗岩建筑，造型模仿淮安地区农村的牛车棚造型，四角是四根高高的立柱，中间是平顶，这一建筑寓意是周总理像老黄牛一样为国家和人民奉献服务了一生。纪念馆里有按原样复制的中南海西花厅，保存了许多珍贵历史照片，有周总理乘坐过的红旗牌轿车，室外有一个很大的人工湖，整个纪念馆面积大概相当于北京毛主席纪念堂的四五倍。在淮安，我还参观了吴承恩故居，这算是一个意外收获。淮安人杰地灵，名人辈出。

第二站从淮安驱车到连云港，登上江苏省最高峰——云台山玉女峰，游览了花果山水帘洞。这里山高林密，群猴出没，确是有灵性的山峰。住在连云港东西连岛上，俯瞰海滨，可惜海滨浴场晚上八点就关闭了，只能在观海别墅区的游泳池内游泳，观赏海天相接处的群星，凉风习习，星光闪烁，心驰神往。

第三站驱车赴日照。这座被称为“日出先照”的东方海滨城市，新近被联合国评为“全球宜居城市”，城市干净整洁，空气清新，人们友好、悠闲，“宜居”并非虚名。我下午在海边游泳三个小时，皮肤立时晒得黑红，并在海边玩耍欧式蹦极和海上自行车，真正是过足了海浪、沙滩、日光浴的瘾。美中不足的是海中有一些绿色海藻，不如三亚、北海的沙滩来得干净、清爽。次日上午，我再次下海畅游，然后恋恋不舍地向北进发。

第四站我来到目的地威海乳山，乳山海边没有绿藻，沙滩比较干净，游人也不多，正是游泳度假的好地方。乳山盖的商品房成千上万，但十室九空，住的人很少，人气不足，好在这种清静倒很对我的胃口。在乳山我也遇到一些喜欢大海、乐观友善的朋友。我每天上午在房间写回忆录，中午吃顿海鲜，睡个午觉，下午4点钟到海边游泳两个小时，不论刮风下雨、风浪多大都不肯舍弃海中畅游搏击的乐趣，连续下海六天。

6天畅游加写作，我实在舍不得离开，但家中还有下一步的工作旅程安排，只能驾车返回，到扬州大姐家住了两天后回到上海。

此次驾车山东行，总计旅程2 000余公里，高速公路路况很好，车辆不多，沿途两侧树林和庄稼地相连，满眼翠绿，比之大城市的水泥森林，让人格外心情舒畅。驾车归途中我还吟得小诗一首：

关公千里走单骑，兰公独驾四千里。
总理故里缅伟人，承恩老宅西游奇。
花果山林灵猴多，日出先照夸宜居。
乳山海滨忆半生，六击波涛增胆奇。

2011年7月6日，我第二次驾车北上山东乳山市。这一次已是轻车熟路，第一站我来到山东日照，但去年居住的海滨宾馆已经关闭。我找到一家渔家乐住宿吃饭，房租很便宜，只要50元，基围虾也是价廉物美，味道十分鲜美。下海游了半天，我继续向北进发。

第二站来到青岛，我参加了第二届中国信息界大会，也有机会与许建平、闵正良等老朋友相聚。我下海游了两次，但这两次海泳都赶上大雾，在雾中游泳给人一种心里不踏实的感觉，四周茫茫一片不见景物，搞不清东南西北，只能凭着声音判断哪一侧是海岸，游到深处时，心中会有点儿害怕，特别是当听到两侧都有人声时，就不知道哪一边是深海，哪一边是岸了，这是我第一次在浓雾里游泳，对海滨城市从早到晚的浓浓雾气我有一种特别新奇的感受。

第三站来到乳山银滩，这里晴空万里，景物一览无遗，我当即乘快艇登上大拇指广场对岸的宫家岛，绕着小岛散步漫游一周，走了将近一个半小时。回望银滩，红色和青色的楼宇颜色鲜亮，连后面多福山的山顶景物都十分清晰，让人感到这里空气真是太清新了，能见度很高。从到达当天下海，我在银滩连续畅游十四次，不管刮风下雨还是有雾，我每天上午写作，下午游泳，晚上时常到大拇指广场跳舞，过着一种自然、轻松又有节奏的生活。每天的生活十分有规律，吃饭格外香，睡觉格外甜，真有乐不思蜀的感觉。

与上海等地35℃以上的高温相比，乳山25℃—28℃的气温真是舒服惬意，在凉爽宜人的气候中，《母子人生》书稿的进展加快，我写了好几万字，算

是两次乳山之行的文字收获。乳山的大黄杏和水蜜桃与山西的水果很像，价格也不贵，让我这个水果爱好者大饱口福。这次山东海滨游泳自驾游，共22天，由于出国旅游在即，我恋恋不舍地在7月下旬返回上海。

母逝三周年纪念

2011年6月下旬，我和大姐从南方回到太原，姐弟五人会齐，为母亲去世三周年举行祭奠。我们清晨从太原西山赶回原平贾庄，中途看望了崞阳的大妗和五妗，接上月婵姨姐和安民表哥、爱平表姐。两年没有回来了，坟上的墓碑和铭文依然熟悉和亲切，看着坟上长出少许青草，思念着地下安睡的父母大人，心情格外激动。我们姐弟摆上祭品，把准备好的“库典”和纸钱衣物一一在坟前焚烧，我还把一本《厚德成功学》也烧化给父母，希望他们能够在天上也关注并了解到子女的生活和思想。

头一天，原平山里曾下大雨，据说是多年春季山中所罕见，但我们回去的当日是晴空万里，一路顺利。每次回老家祭奠祖坟总是风和日丽，诸事顺利，我想这都是祖辈先人在冥冥之中护佑着我们。中午，表哥安民的儿子志全在崞阳镇上订好两桌酒饭，众亲友难得聚齐，我们与老家的表姐、表哥、姨姐一起聚餐。我对柜台服务员讲，最后的饭钱只能我来结，任何其他人都不能结。但饭局快结束时，我去柜台结账，女掌柜说一个年轻人把账结了，原来是三姐的儿子陈伟悄悄地把账结了，他觉得自己小时候在姥姥身边长大，总想给姥姥尽些孝心。我说现在还轮不到你们小辈做贡献，但我从心里觉得年轻人孝敬老人的想法是值得肯定和鼓励的。

自2009年离异之后，姐姐们非常牵挂我的个人问题和日常生活，大姐尤其着急操心，多次建议我尽早再觅知音、重建家庭。我说不着急，等母亲忌日三周年之后再考虑吧。古人有为父母“守制三年”的礼法，我虽然不是拘泥礼数的人，但短期内也没有谈情说爱、谈婚论嫁的心情。老人有个说法，父母去世后，总要思念、悲痛三年。此话很有道理，这种思亲之痛确实需要一定的时间来平复。

现在，母亲的三周年纪念已过，我不会再让姐姐们焦虑、操心，会开始寻找后半生的良伴，“半道轩”也可以改称“望道轩”了，相信天道公允，好人必有好报。

第十六章　跨国游踪

国内 34 个省、自治区、直辖市中，我已经走过 31 个，剩下的吉林、新疆、内蒙古，估计一两年内就可以游完了。但是，距离设定的周游 100 个国家的人生目标，路途还很遥远，因此，我这两年加快了出国旅游的节奏，基本上每个寒、暑假都安排了出国行程。我的希望和计划是：挣 100 万元，旅游 100 个国家，平均每个国家花费 1 万元，这个预算应当实际可行。

柬老越履痕

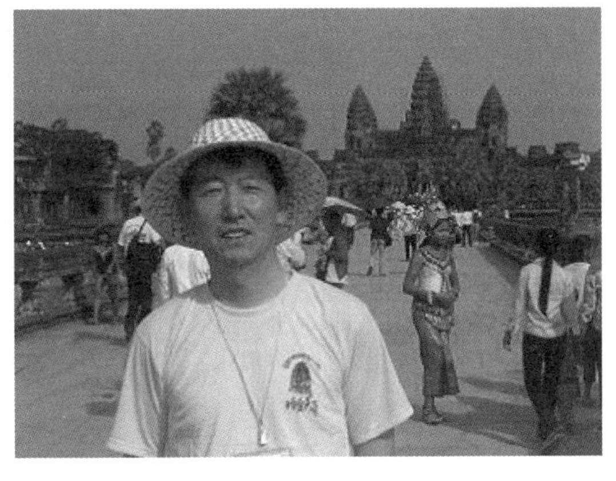

2009 年正月初五，我和一些同事到柬埔寨、老挝、越南旅游 8 天。

第一站从广州乘坐越南航空客机来到著名的吴哥窟，无论是大吴哥城，还是小吴哥窟，都有很高的人文历史价值，名不虚传。让人惊奇的是，这段辉煌的历史包括大量石头建筑，居然被森林植被湮没了数百年，而后被外国探险者偶然发现。热带森林的生长速度确实惊人。

第二站来到柬埔寨首都金边，王宫建筑格局清秀、亮丽，轮廓清晰、独特的金色建筑，绿意盎然的宫院，是照相留影的好地方。王宫内部的装饰则显得比较简陋，与中国的皇宫差别很大。

柬埔寨的经济发展还处于起步阶段，贫富差距很大，沿路看去，有许多低矮、破旧的住房，一些穷人只能住在以空油桶和破木板竹条拼凑起来的浮动贫民窟里，在湖面上随波逐流，而路边也有气势不凡的楼宇建筑，据说是“将军”的豪宅。

第三站来到老挝首都万象，老挝在我的想象中，应当是印度支那三国中经济最落后、生活最贫困的一个国家。事实上，可能受佛教文化的深入影响，老挝的贫富差距不太大，老挝人的生活是充实、简朴而稳定的，老挝人的态度是平和、友好的，老挝的街道环境是整洁的，有一种和谐、宁静的气氛。老挝是印支三国中给人印象最好的国家，虽然可观赏的旅游景点不多。

第四站来到越南最大城市胡志明市，街道上的“摩托车阵”果然规模宏大，名不虚传。相反，自行车倒比较少见。我们参观了旧总统府、红教堂、邮政大楼等。次日又到美拖市，乘船游览了湄公河，四人一船坐独木舟穿行在芦苇荡里，在果园里品尝各种热带水果，晚上是游艇晚餐，夜游西贡河。

越南是印支三国中经济最发达的国家，但与中国相比仍有明显的差距，至今还没有一条高速公路，许多工业品依靠从中国等地进口。而柬埔寨、老挝则没有基本的工业生产体系，绝大多数的日用工业品都靠进口。

这次旅游增加了我对印支三国的了解，也进一步明确所谓“中国如提高出口产品价格会面临越南等国的替代与威胁”是一种想象托词。

这次旅游走的是“中高档路线”，住在四星级酒店，都有游泳池，正是投我所好，我有四个晚上去游泳放松，池水清澈温暖，也算是“畅游三国”了。

印度印象

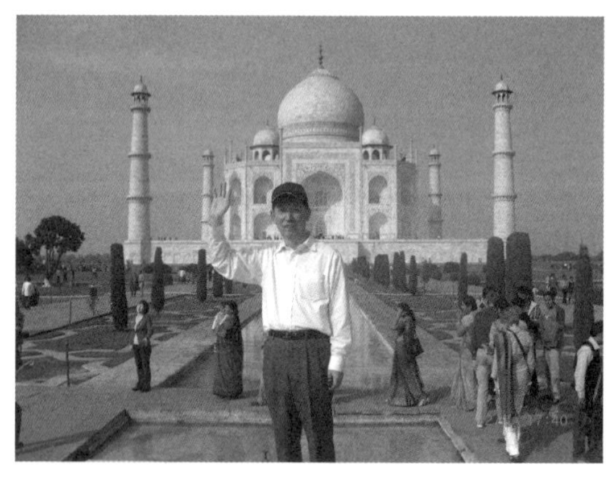

2010 年 2 月初，我和一些同事到印度旅游 9 天。我们先后游览了中北部的旅游金三角和新德里等地。印度古文明确实有它的吸引力，从泰姬陵、古王城到性爱神庙，不少建筑艺术精妙绝伦、独具魅力。首都的甘地墓朴实、庄重，使这位伟人更加受人尊敬、爱戴。

作为佛教发源地，在我的想象中，印度一定到处是佛像、佛寺。但实际上，印度教是印度的主流宗教，信徒众多，而佛教信徒不多，佛寺也很少，著名的泰姬陵则是伊斯兰教建筑。印度教信奉的是保护神、破坏神（摧毁邪恶），保护神的小女孩形象看起来甜美、可爱，我也请了一尊。

旅行中，印度社会的脏、乱、差也给我留下深刻的印象。肮脏和混乱的街道、一群群的乞丐、破旧的基础设施显示印度的整体发展水平至少比中国落后十几年。

以前读余秋雨印度旅游纪实的散文，描写恒河岸边的脏乱情形，以为可能有夸大之词，这次亲访恒河岸边，乘船沿岸观看，看到河边火葬的触目惊心场面，以及往返狭窄街道上人粪、牛粪不时惊现，污水横流的景象，才知确实如此。

印度的贫富差距悬殊，一方面可以看到大量的贫民衣衫破旧，甚至衣不遮体。另外，在高档酒店里也有可以媲美纽约、巴黎的豪华设施。我们观看了一场印度歌舞表演，剧场装修豪华、典雅，表演十分精彩，充满印度传统艺术神韵，灯光布景和演员的精彩演技都是一流水平。

印度现在还没有像我们国内这样标准的高速公路，所谓的“高速公路”在我们看来只相当于中国国内的二级公路而已——道路并未封闭，行人、牛羊可能随时闯入道路，车速也不可能超过 60 公里。在印度旅行中我乘坐了一次卧铺车，里面的条件也是拥挤、脏乱。更不曾想到的是，这趟 12 个小时车程的旅行竟然晚点了 10 个小时，使得半天的旅游泡汤了。基础设施建设及管理水平仍然是印度十分欠缺的方面。

作为与中华文明并驾齐驱的印度文明有着悠久历史和光彩照人的过去，我希望印度政府能把造航空母舰的钱用于改善下层民众的民生问题，早日摆脱这种贫富差距悬殊的境况，走上共同富裕的发展道路。中国政府也应以此为戒，警惕贫富差距扩大，更多地关注和帮助城市、农村的弱势贫困群体。

碧水巴厘岛

2011 年春节，我来到向往已久的巴厘岛，让赤道阳光驱除身上积累的寒气，更要享受沙滩漫步和海中畅游的乐趣；现在我越来越喜欢游泳，也越来越注意水质，巴厘岛的碧水让我十分满意。头一天的平台浮潜已让我体会到水的清澈透明，一群一簇的热带鱼条纹清晰、鲜艳，可惜活动范围受限，只能在平台附近浮潜。以后两天在酒店海滩自由活动，就轻松自在了。我一次次游到海中 100 多米处，可以清楚看到水下礁石大小缝隙中进

进出出的鱼儿，大大小小有几百条，俯追在鱼儿后面游泳，自有一番特别的乐趣。游累了回到沙滩躺一会儿，再游进去观鱼、追鱼，游泳镜这次是派足用场了。也许玩得太过痴迷，未注意有的地方礁石凸起变高，把我右脚趾擦伤一点，算是乐极生悲的告诫吧。

阿勇河漂流 2 小时，很是惊险刺激，跌宕起伏，高潮不断，因为头晚下过一场大雨，水势更为波澜壮阔。在“向前”、“向前”的号令声中，船老大、我和小张小缪夫妻组成一个快艇突击队，一路追击其他皮筏子，在浇湿别人的同时，自己也“痛快淋漓”。漂流中最为刺激的一幕是：船老大把船泊在瀑布旁边，把人拽到瀑布里做“MASSAGE”，粗大的水流砸在头盔上让人脑袋发蒙，砸在肩背上让人东倒西歪，难以立足，真正体会到水的“柔中有刚”。

划船划得手软臂酸，上岸后，来 2 小时精油 SPA，确实是一种放松和享受。

巴厘岛本地人面带微笑，善良、朴实，导游的英语也比较流利。海边的香蕉船、飞鱼等项目都是初次体验，印象不错。

非洲游

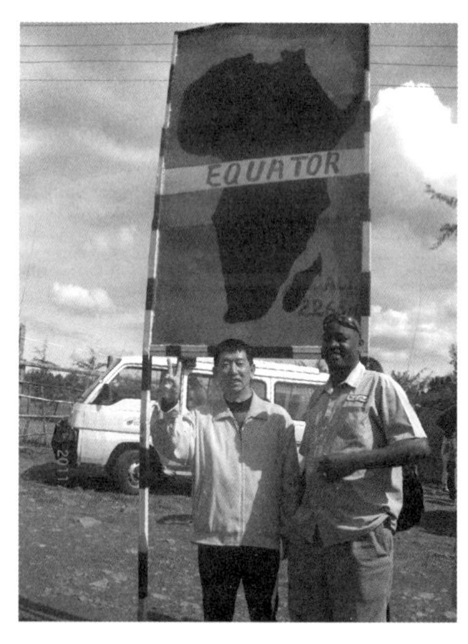

2011 年 8 月 5 日，我与一些同事启程去非洲旅游。

第一站从上海到南非，经迪拜中转，上海到迪拜 9 个小时，迪拜到开普敦 9 个半小时，整个航程要 18 个半小时。南非开普敦城市显得颇为现代化，街道市容状况都很好，酒店生活服务设施也比较周全，服务员热情礼貌。我出门旅行总爱带着音乐播放器，可以随处听音乐、播放舞曲，我早餐时把播放器放在桌子上，几个男女黑人服务员听着音乐不禁扭动起来，新奇地捧着，倾听、欣赏，黑人朋友对音乐舞蹈的喜爱是与生俱来的。

我们登上据说是世界十大名山之一的桌山，远眺曾经囚禁曼德拉的罗本岛。乘船游览了海豹岛，看到岛上、水里成百上千密密麻麻的海豹。接着来到好望角，从大西洋与印度洋交汇处的灯塔山上俯瞰、瞭望，大西洋与印度洋看起来是有区别的——大西洋那边的波涛汹涌，海水颜色是蓝绿色的；

而印度洋海水的颜色显得黄，波浪比较平缓。

我们从开普敦坐飞机来到约翰内斯堡和太阳城。约翰内斯堡是南非的行政首都，市内居民以黑人占绝大多数，市政建设显得比开普敦要差一些，我们参观了先民纪念馆、总统府等地。

太阳城是建设在荒漠地带的一个旅游度假城市，以赌博、娱乐、休闲为主业，与美国的拉斯维加斯颇为相似。

我游览每一个国家都希望留下自己游泳的记录，此时南非正值冬季，气温只有 5℃—17℃，室外的泳池水温极低。但在太阳城的当天下午，阳光灿烂，最高气温达到 17℃，酒店室外泳池的水温大概有 10℃。有几个欧美游客在游泳池边躺在椅上晒太阳，我问他们“水冷不冷?”，老外讲：“very cold”。我咬着牙入池游了两圈，感觉池水冰冷刺骨，四肢渐渐麻木，坚持在池中游完两圈才上岸，老外竖着拇指啧啧称赞。服务生急忙送上干毛巾，我擦干全身，躺在凉椅上与老外聊着天，身体慢慢暖和起来。

我们从南非飞到肯尼亚首都内罗毕。第一个印象是内罗毕的交通拥堵。由机场到市区 40 分钟的行程，最终用了 4 个小时，使一下午的游程泡汤了。肯尼亚的国家公园和野生动物世界闻名。我们从南到北长途跋涉，先后驱车游访了 4 个国家公园，小的也有 200 平方公里，大的有 1 600 平方公里，如果加上坦桑尼亚一侧的 2 000 多平方公里的面积，一共有 4 000 平方公里。

刚看到大象、斑马、狮子、角马等，大家感觉十分新鲜，互相提醒观看，但看多了之后，边际效益递减——新鲜感逐步下降。我们看到最大的一群大象约有 30 头，看着它们悠闲地在旷野中漫步，与我们刚刚离开忙忙碌碌的上海城市生活恍如隔世。

比较难得的是我们这辆越野车(每辆可坐六七个人)的游客还看到了公狮与母狮交配的过程。据导游讲，他多次到马赛马拉国家公园，但从未看到狮子交配。在一个国家公园湖畔看到大片火烈鸟，使得湖面呈现粉红色或肉红色，景象十分壮观。当大片火烈鸟振翅高飞的时候，又像是升腾的粉红火焰。野牛、斑马、犀牛、角马构成了一幅幅和谐、美丽、宁静的自然画卷，给人一种特殊的观感享受。

美中不足的是，肯尼亚的公路设施比较落后，许多道路坑坑洼洼，十分难走。为了躲开路上的坑洞，司机往往沿着路旁的水沟把车倾斜着开，感觉十分危险，我常常提醒车后座的同伴把身体重心压到某一侧。我想当地的司机需要有非常强健的身体，特别是腰杆要十分硬朗，否则这样日日颠簸真让人吃不消。

有时走过一段新修的好路，司机会讲：这条路“Made by Chinese”。有时

路上也会看到中国路桥公司的标志，看来中国政府和企业也确实给非洲人民带来了一些福祉。

我在五天的越野车旅行中坐在副驾驶座上，沿途与司机吉米交谈，了解许多肯尼亚的风俗习惯。吉米是个学旅游管理的大学生，会讲英语、法语和西班牙语，身体非常结实，性格爽朗健谈，有自己的理想，搞了一个自己的旅游网站，叫“非洲探险”。我们经过赤道时，我和吉米在标志牌前合影留念。在赤道两侧，相隔不过五六米，但倒入水桶的水流旋转方向相反，证明南北半球磁极相反，感觉十分奇妙。

途中还偶遇吉米的妻子，她去参加朋友送彩礼的仪式，我们在途中休息站相遇。吉米的妻子长得和他很像，大眼睛，长长弯弯的眉毛，面带羞涩的微笑，显得朴实、友善，大约非洲人也是有夫妻相的。

在肯尼亚行程的一天夜里，我出乎意料地梦见了我父亲(事实上，父亲去世六七年一直不曾入梦)，那是一个奇怪的场景：我在街上用轮椅推着父亲，近距离目睹了一场车祸。我想父亲也许是提醒我注意什么事，第二天上车出发，我对吉米讲：“We should be more careful today. I had a strange dream last night.”我路上十分警觉，不时提醒吉米一些情况，吉米也很警惕，但一路顺利，直到还有十几公里车程到达目的地时，我看到路边有一只慢吞吞的大乌龟，我问吉米常见吗？吉米摇头——从未见过。我忽然有种如释重负的感觉——这是全程平安的征兆。

我们由肯尼亚飞到阿联酋迪拜。迪拜的高温确实出乎意料，室外温度44℃。大部分时间我们只能待在大巴里或室内，下车游览十几分钟就会汗流浃背。沙漠中的迪拜，空气似乎也呈现一种淡黄色，骄阳似火，又是斋月当中，街上不见行人，白晃晃的海滨沙滩上只有一两个不怕晒的老外。

我们参观了迪拜历史博物馆。阿联酋本是沙漠荒芜之地，部落居民在骆驼帐篷中艰难生存。石油的发现改变了这个国家和居民的命运，在这个世界上最富有的国家，每个居民每年可从政府领取3万美元的生活津贴，即使不工作也能衣食无忧。

我们来到迪拜著名的帆船酒店——世界上唯一的七星级酒店，在里面用了一次自助晚餐，据说一个餐位要150美元。迪拜的棕榈岛建设规模空前，可以说是大手笔。这个人工造的岛上建有2 500套别墅和2 500套高级公寓，还要建50座五星级酒店。阿联酋这个产油富国的不差钱在这个建设项目上也得到了充分展示。

半个月的非洲之行很快画上了句号，暑假也要结束了，我又在期待寒假早日来临。

歌诗达邮轮游

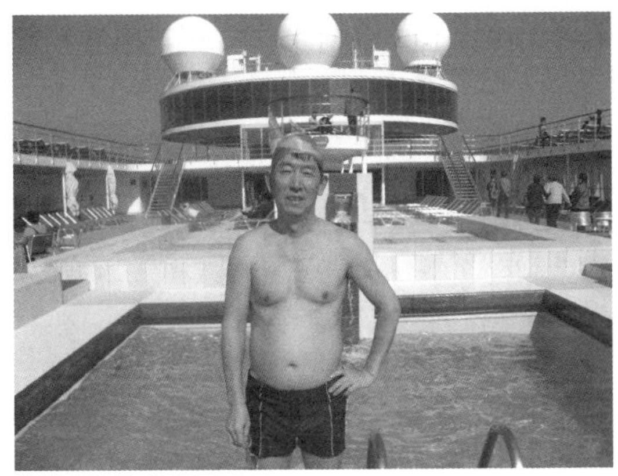

2011年10月初，我首次乘歌诗达邮轮出国旅游，也是第一次到访日本，游览了福冈和长崎两个海滨城市。

母亲知道我喜欢各地旅游，曾专门嘱咐我："不要去日本，日本人凶巴巴的，不好。"我知道母亲记忆里留存的还是抗战时期"日本鬼子"的凶蛮形象，但不愿让她担心，所以，一直没去日本旅游。现在母亲已不在了，也不必再顾虑了，我才第一次来到日本。

日本城市街道的整洁、河水的清澈给我留下很深的印象，市中心河流清澈见底，站在桥上连河里的石头都清晰可数。什么时候上海的黄浦江也能如此清冽就好了。

我们乘坐的是意大利歌诗达"经典号"邮轮，据说这是歌诗达公司最小的一艘邮轮，可搭载1 700名游客和800名船员，220米长，有八九层楼高，但船上的电梯有14层，顶上是迪斯科舞厅和观景平台。

邮轮上的生活娱乐设施方便、齐全，两人一个标间，同屋老叶是温州一位私营老板，为人朴实、稳重。邮轮的餐饮供应很好，早餐很丰盛，中、西、冷、热品种齐全；中餐、晚餐均有中式和西式两份菜谱可选，各有五六道菜，还有汤和甜点，老叶点了一瓶红酒，我们每顿饭喝一杯。有服务员在餐桌旁随时服务，餐厅里还安排了一些助兴演出。

我们是一个五天六晚的游程，每天晚上九层的椭圆形剧场都安排一小时精彩的文艺演出，为了不影响游客，分两批用晚餐，同样的节目也会演出两次，有意大利男高音、女高音独唱、歌伴舞、踢踏舞、杂技等，表演者来自世界各地，演技一流，服装华美。

邮轮上还有赌场、酒吧、音乐厅、图书室、棋牌室、健身房、蒸汽房和桑拿房等各种休闲场所，组织许多互动游戏和舞蹈学习活动，让游客玩得开心，每天晚上发一份"船报"，有第二天各种活动的时间、地点的详细介绍。在11层中部和尾部有两个露天游泳池，可惜池子不大，八米见方，池水有些凉，是咸的海水，泳客很少，我两次午后下水游泳。

邮轮第一站到达日本福冈，我们登上福冈塔，游览了市容，到温泉度假村体验了日式温泉，蹲在或坐在一个圆形的“浴缸”或“浴坛”里，眺望绿野和蓝天，可以体会冷热两重天的感觉。

邮轮第二站到达日本长崎，我们来到第二次世界大战时原子弹爆炸点附近的和平公园，有大型雕塑和碑记。我们在市中心观赏了许多中学生穿着民族服装的舞蹈竞赛演出，游览了大型商场和超市。

邮轮第三站到达韩国济州岛，因为我前两年来过，就不上岸了，独自在船上享用游泳池和桑拿房，体会难得的安静和悠闲——人生又得半日闲。

第十七章　学海无涯

社会是一所大学校，人生百年是一个学习过程，“我生也有涯，我知也无涯”，要活到老，学到老。学习的过程是一个领悟的过程、反思的过程，也是一个快乐进步的过程。

我的学术观点

除了前面提到的“五个现代化”和“第二土地红线”观点之外，作为一名研究国际贸易和电子商务的学者，我还有其他一些学术观点。

1. 发展创新性劳动密集型产品出口

我国庞大的劳动力资源所蕴藏的国际竞争力，引起许多发达国家和发展中国家的不安，招致越来越多的贸易限制措施。我国作为新崛起的贸易大国，要注意协调与其他贸易伙伴特别是发展中国家的关系。

我国不但有大量的简单劳动力，而且有丰富的高智力劳动力资源，如果对劳动密集型产品从低端到高端“通吃”，则会对许多发展中国家和一部分发达国家产生强烈的竞争挤压，招致广泛的批评和抵制。

中国拥有大量廉价劳动力的优势不可不用，不用则成为经济发展的包袱。所以，作为负责任的贸易大国，中国应探索在不加剧与他国利益冲突的同时能持续发挥我国劳动力资源优势的新途径。那就是充分发挥中国人的聪明才智，鼓励国内厂商开发创新性、多样化的劳动密集型产品，引导新式消费。中国大市场使我国易于形成新产品的经济规模和出口成本优势，这是他国无法比拟和复制的特殊有利条件。这一错位发展战略可缓和我国与其他发展中国家的竞争关系，并提高我国出口的经济效益。

2. 大力发展第六产业——绿色产业

2000 年，我发表过一篇关于发展第六产业（绿色产业）的论文。

循着现今产业划分的思路，即农业为第一产业，工业为第二产业，服务产业为第三产业，信息产业为第四产业，咨询产业为第五产业，我认为绿色产业是人类社会经济发展过程中出现的新兴高级产业——第六产业。

虽然绿色产业作为高级产业，也是在以前各次产业的基础上产生的，但不同于以往各次产业直接脱胎于前次产业——如信息产业出自服务产业——绿色产业是同时以以前各次产业为母体，从后者中提升一部分作为自身产业的内容及生长基础，并通过自身成长逐步对各次产业进行改造以构建自己在国民经济中的主导地位，如农业中的生态农业、纯天然农畜产品；工业中的无氟冰箱、太阳能汽车、风力发电站；服务产业中的污水净化和循环利用、集中供暖供气、绿色饭店、无公害旅游；信息产业中的电子邮件、无纸报刊；咨询产业对环保知识、绿色技术的推广等。

绿色产业既有其特殊规定性，又与其他产业有相互交叉、相互包容的关系，它最初是作为其他产业的一个先进绿色部分的集合，后来逐步发展壮大，最终将涵盖各次产业。如同一个围绕圆心的小圆形，不断生长扩大，最终覆盖整个大圆，这就是国民经济的“绿化”过程。由于绿色产业的包容性，其作为新兴产业对国民经济的带动作用会超过以前各次产业。

3. 第四利润源

2003—2005 年，我写过几篇关于信息成本和第四利润源的论文。

从现代工业发端以来，企业界最初把增加利润的着眼点集中在生产领域，把降低物质资源消耗从而增加利润称为“第一利润源”；把通过提高劳动效率、节约活劳动消耗从而增加利润称为“第二利润源”；随着生产工艺标准化和市场竞争深化，人们又把增加利润的目光投向流通领域，把节约物流费用、提高赢利水平称为“第三利润源”。

随着世界进入信息时代，信息占有量及其获取速度已成为决定企业竞争能力强弱以至经营成败的重要因素，信息获取成本也成为企业经营成本的重要组成部分，直接影响到企业的赢利水平。因此，我认为一种新的利润增长源泉已经形成，即企业在生产经营过程中通过降低信息获取成本和充分利用信息而增加利润，我称其为企业的“第四利润源”。第四利润源的产生，是经济信息化的必然结果，也是社会生产力发展到更高水平的一个标志，对企业经营管理模式以至管理思想理念会产生深刻影响。

由于信息传递效率高和成本低的特点，电子商务是第四利润源的最有效工具。第四利润源也有显著区别于其他三种利润源的特点：传统的三种利润源都着眼于节约以增加利润，如降低能耗工时，降低物流费用水平；而第四利润源则既强调节约信息收集和传输成本，又强调充分有效使用信息，通过这两种途径都可以增加企业利润。

4. 降低以至取消弊大于利的出口退税

我以往对出口退税政策基本持肯定态度，并认为应当按照“征多少，退多少”的原则足额退税，但近些年我认为此项政策已是弊大于利，应当逐步降低以至取消。

出口退税政策是在我国产品国际竞争力较弱的情况下制定并推行的，现今中国产品的价格竞争力十分突出，1994—2011 年中国已连续 18 年贸易顺差，顺差过多成为新问题，外汇储备达到 3 万多亿美元，我国应考虑是否要继续承担退税的巨大代价。第一，有退税就难免有骗税，退税稽核监管成本是一种社会资源的浪费。第二，中国产品在国际市场上是以廉价著称的，退税使中国产品价格整体又下一个台阶，造成国家资源流失和国家利益损失。第三，作为我国出口产品主体的劳动密集型产品有明显的成本优势，多数产品并不需要退税获得竞争优势，退税反而使许多企业过分依赖价格竞争，忽视产品创新和附加值创造；少数只能靠退税维持出口的产品，说明其竞争能力很弱，是否应当出口值得考虑。第四，退税利益并非全由我国出口企业获得，国外进口商会以退税率为依据压低报价，部分甚至大部分退税利益被外商攫取。

出口退税的实质是以我国的财政支出补贴国外消费者，使其能享受更为廉价的中国产品。既然是这种政策效果，我们可以考虑把出口退税的财政资金节省下来，把政策优惠转向国内：一方面用于刺激国内消费，特别是农村消费(如补助家电下乡、汽车下乡等)，让农民更多地享受国家财政对其生活水平提高的支持，并可避免国外对中国补贴产品低价出口的指责；另一方面可补助本国企业的研发，鼓励企业的生产创新和营销创新，从根本上提高企业的国际竞争力。

因此，经过几年过渡，国家可考虑中止大多数出口商品的退税政策，仅保留少数对我国有长期发展战略意义而出口成本处于较高阶段的商品的退税政策。

5. 强化“次区域二元经济结构”以启动落后地区经济增长

加快落后地区发展的关键不是“输血”而是建立“造血”机制，形成“内生型”经济增长的良性循环。地区经济落差可以产生经济发展势能，我认为，应探索把“先富带共富”的发展理念和做法结合实际移植于西部和东北地区内部，以倾斜发展思路制定西部大开发和东北地区重振战略，通过强化落后地区内部的“次区域二元经济结构”为当地经济注入活力，集中财力和鼓励

政策手段首先大幅度改善本地区少数中心城市的投资软环境与硬环境，缩小与东部中心城市的差距，吸引外部资金流入，促进区域内农村剩余劳动力就地转移，在本地区形成“集中财力改善中心城市投资环境——吸引内外投资兴办实业——吸纳农村剩余劳动力——抑制劳动力成本上升——资本积累和投资扩大——吸纳更多剩余劳动力”的良性循环。当然，这种二元经济结构只是经济现代化发展过程中的一个阶段，最终要实现当地经济在更高生产力水平基础上的“一元化”。

6. 设置“国土看护员”公益工作岗位

2008 年 8 月初，我从甘肃张掖乘长途车去西宁，沿途几百公里看到山坡只有寸余厚的一点草皮，如果被牛羊啃掉，恐怕几十年也难恢复，一些裸露的地皮像一个个刺眼的伤疤，深刻感受到西部环境的脆弱。我想，现在工业部门产能过剩，绝大多数产品供过于求，农民工求职难，国家可考虑在西部设立“国土看护员”公益工作岗位，其工作职责就是检查并看护山野，防火防盗，不允许乱采乱牧。如果有 300 万平方公里国土需要看护，按照每人巡管 1 平方公里、每年支付 1 万元工资计算，可以解决 300 万农民就业，财政支出 300 亿元。现在我国财政每年增收 1 万多亿元，完全有这个财力——社会主义财政就是取之于民、用之于民。这 300 亿元会转化为国内购买力，改善农民生活，其长期环境效益更值得重视。

7. 发行网络彩票以筹集西部环保发展资金

绝大多数国家由财政部门负责彩票发行，这是一项重要的财政收入，而我国却把彩票发行交给体育、福利部门主办，把一项重要财源闲置。我认为，应由财政部发行网络彩票，主要用于筹集西部环保发展资金。东部网民占全国网民数量的六成，发行网络彩票有利于缩小地区收入差距，也是东部支持西部发展的一个方式和渠道。互联网为社会经济活动提供了新的手段，互联网彩票就是其中之一，网络彩票不受发行网点限制，操作方便，可以灵活地调整销售数量，其最大优点还在于节省纸张，有利于环保。

三点奇想

我发现那些兴趣爱好多、好奇心强的同事，往往显得比实际年龄年轻，充满活力，生活比较快乐，工作效率也高。他们从新事物的探索中获得新知识，结识新朋友，保持思想和身体的年轻。社会上有个说法：好奇心重的人不容易老。我想这符合科学道理，人的心理和生理是互动影响的，如果一个人未老先衰，心先老了，失去了想象力和活力，那他的生命也就失去了光彩。感谢上苍，虽然年过五十，但我仍然保持较强的好奇心和想象力，并有一些奇思怪想。

第一个观点，我认为将来的人可以长生不死。随着医学进步和人类对自己生命细胞结构的认知越来越清楚，将来许多疾病可以通过 DNA 的调整来消除，一些衰老的器官也可以用人工培植的新器官替换、更新，这样人就可以无限地生存下去。现在我们看到的人造心脏、人造骨骼、人造角膜等，就是这方面的进展。唯一不太肯定的是人的大脑如何替换，原有大脑里的记忆知识信息如何转到新的人造大脑中，但我想随着医学和科学的进步，这些问题都会找到解决的办法。

第二个观点，我认为未来的人可以不吃饭，只靠阳光、水分就能生存。这个想法是在南方观察植物生长而获得的启发，我原本以为植物生长结果主要靠吸收土壤中的肥料养分，施肥是最重要的，而植物的叶子只是浪费养分，对结果没有好处。因此，我总是要剪除植物的叶子，希望土壤的养分都进入到果实中，而结果恰恰相反，果实长得很慢、很小。后来我才发现，只有保持大量的枝叶，能够充分吸收阳光和水分，果实才长得快，由此我得出结论：植物结果主要靠阳光和雨露而不是靠土壤中的养分。

作为一种生物，人与植物当然有很大差别，但应当也有共性，阳光对人是不可缺少的生命能量。随着我们对 DNA 奥秘的深入了解及 DNA 调整技术的完善，如果我们能把人的 DNA 改造成类似植物产生光合作用效果的 DNA，就能把无限的阳光转化为自己所需要的能量，那么人就不用吃饭了，每天晒晒太阳、喝点水，就可以长命百岁，甚至万寿无疆。

第三个观点，我认为人从小到老的思想观念变化是个“J”字形曲线：从幼儿到成人通常是一个变得越来越虚伪、越来越会伪装的过程，在大半生中，人的道德观念往往是下滑的，变得越来越自私自利，其自私的内心与伪善的外表是越来越背离的（当然也有像德兰修女这样的少数贤人是例外），因此，古人强调“吾日三省吾身”以防止品德下滑；而到了老年阶段，多数人能看淡私利，放下私心，卸下面具，又会回归童真。

“人之初，性本善”——婴幼儿是天真无邪的天使；随着年龄的增长，儿童会沾染越来越多的不良习惯，让人讨厌，因此，民间有“七岁八岁讨人嫌，十一十二狗也嫌”的谚语；再大一点儿，少年们学会了掩饰自己的不良思想行为，大人可能感觉十三四岁的孩子突然长大了，变乖了，却不知自己看到的已经是假象；此后，进入青年、中年阶段的人会用越来越厚的伪装把自己的真实思想包裹起来，一直到年老体衰，才又回归天真、朴实——可以称为“老小孩”，因为人生来日无多，贪得无用，伪装已经没有必要。

当然，年龄还要与经历结合起来考虑，如果一个农民始终生长在一个小山村，他对社会的认知是非常有限的，对各种社会丑恶现象不了解，他也没有什么使坏的能力，倒不是说他的免疫力特别强，而是他生活的环境没有“病菌”，不会染上种种市井恶习。同样道理，一个从校门到校门的书生，其社会阅历也相对有限，为非作歹的可能性较小，当然，在各种社会不良风气的侵袭下，如今的学校已远非净土，书生的道德品质也存在下滑风险。有风险就要警惕和防微杜渐，这里的关键因素是自身向往和追求：君子上达，小人下达。因此，读书教书之人，亦须把品德和修养放在第一位。

学生们

教师与师傅的角色看起来很相似，都是传授知识，其实差别很大。做教师与当师傅的主要区别就在于：当师傅的生怕教会徒弟饿死师傅，不敢或不愿倾心传授，俗话说，猫教老虎学艺，要留爬树一招；而老师教学生唯恐其学得不精不细，总是精心辅导，循循善诱，不厌其烦，因为老师和学生没有根本的利益冲突，学生出类拔萃，是为老师争光，师生的根本目标是一致的。另外，师傅一般不愿意看到徒弟超过自己，而老师总是以学生有更大出息为荣。

自 2001—2011 年，我在上海财经大学工作十年来，已经指导毕业了 11 个博士生，30 多个硕士生，这 40 多个学生多数聪明上进，人品比较好，具有事业发展潜力。

我的第一个博士生是宁冬莉，她为人聪明伶俐，学习成绩很好，考博分数是全院所有考生中最高的，读书学习也比较轻松，顺利完成博士论文毕业，进入金融行业工作。第二个博士生晏玲菊，勤奋好学，热爱运动，打球、游泳、爬山，样样不落人后，博士毕业进入华东政法学院当老师。其后两个博士生——孔炯炯、宗毅君——都比较低调，言语不多，学习用功，为人踏实，毕业后也留在上海高校工作。孔炯炯的夫婿小张也是上海财经大学的博士，他俩住家离我家较近，常来看望我。第五个博士生江维性格开朗，聪明好学，善于与人沟通，既有研究分析能力，也有很好的人际交往和协调能力，毕业后到中国服务外包研究中心工作，是一个比较适合她个性能力的工作岗位，现已担任研究部负责人。江维在实习期间，就给兼任中心主任的朱晓明主席（上海市政协副主席）留下了很好的印象，朱主席特地约我到政协见面吃饭，希望我有好的学生推荐到他那里工作。

我前面招的五个博士生全是女生，有的教授开玩笑地说我有性别歧视——实际却是女生考试成绩太好，一排队就把男生挤到后面去了。直到

2006年,我招收了王恬、孙辉煌两人,我才有了男博士弟子。孙辉煌是湖南人,具有湖南人耿直坦率、勤奋寡言的优点,现在在深圳工作。以后我又招了宁学敏、李鹏、黄文军、高丽敏、张源媛、刘晴、杜晓英等一些博士生,有的已经毕业,到上海交通大学或复旦大学做博士后,有的还在努力学习中。

另外,我还指导了两位博士后:上海海事大学的俞路和中原工学院的郭利平副教授。

社会上有个看法:女博士不好找对象,但我最早指导毕业的五个女博士都已结婚生子,有趣的是都生了女孩。我一直有个观点:男女结合生子,如果男人更优秀,生男孩的概率大;如果女人更优秀,则生女孩的概率大。这些优秀的女博士应该是验证了我的观点。

因为带过的硕士生比较多,有些已失去联系,我已经很难准确地记住他们来自哪里?是哪一年入学的?陈健是来自浙江宁波大学的一个男生,学习努力,做事认真,毕业论文写得很好,毕业后到国家开发银行昆明分行工作,与我经常保持联系,教师节还把云南的鲜花空运送来,毕业不忘师恩,让我十分感动。无锡的江凌讲话慢悠悠的,计算机上做事却非常麻利。合肥的耿志亮为人低调,默默地帮我整理并更新个人主页,每年教师节总要来看我。钱俊杰也是无锡人,学习成绩好,又爱好体育锻炼,是我欣赏的类型。刘伟兵是江西新余人,上海大学本科毕业后来到上海财经大学学习,做事有条不紊,待人诚恳、正直,对我强调的孝道很有同感,毕业后考了公务员,到进出口商检部门工作,他也喜欢游泳、打乒乓球,毕业后我们仍经常见面,一起锻炼、聊天。

上海财经大学国际贸易硕士生以女生为多,我带的学生也不例外,三分之二为女生。苏锦红是我最早带的硕士生之一,现在又考回来跟我读博士。张羽、连娟、张莉丽、李窈、汪文娟、汪丽霞、陈丹丹、张鲂琳、袁怡婷、束海平、秦培、刘雪、刘婷、章冬梅、张晓丹、沈意如、刘靓文、程姗姗、潘春辰、张静、胡舒婷、林婷婷等,这些聪明、活泼、美丽的女学生给我留下了很好的印象。

我也指导过几个外国留学生。叶德利是来自马来西亚的留学生,跟我读硕士,他善于动脑,学习期间发表了三四篇论文,最后完成的毕业论文质量很高,是全学院130多名硕士毕业生中仅有的两篇优秀硕士学位论文之一,他的另一长处是羽毛球打得很好,我经常叫他一起打球锻炼。杰利是来自非洲多哥的留学生,跟我读博士,学习也比较认真,英语和法语都不错,他为人朴实、腼腆,见面时总是西服笔挺、紧系领带,我请他春节来家里吃饺子,一起聊中非文化习俗,他毕业后在上海一家企业做机械出口工作。

我还指导过一些MBA学生的学位论文,印象比较深的学生有曲广春、杨德勇、李双英、韦海明、董慧敏等。

我对学生的指导是一种自由、宽松、漫谈式的。每学期我要召集全体博士生和硕士生开两次会，谈一下自己最近思考的问题，也介绍一些正在读的、有益的书，大家交流这段时间的思考和见闻，可以互相启发并提高。其他时间，学生如果有什么问题和困惑，可以随时找我谈，我有时也会安排她们尝试做一些事，但我从来不给学生硬性指派撰写论文的任务等，我的科研工作多是自己独立完成。学生们只要能完成学校规定的学分要求和论文发表要求，能按时毕业就好，我不希望他们在学校延期一天，也没有要他们给我打工的想法。迄今为止，我带的所有博士生都是按期毕业。

由于研究修德成功学，我对这些聪明上进的学生更加强调个人品德修炼，尤其强调孝敬父母和尊敬师长。尊师敬老是人的感恩心的重要方面，也是一个人的善良根基。由于中国应试教育的缺陷，少年儿童从家庭到学校都没有得到孝道的教育，这对他们人性的完善是非常不利的。我希望在研究生阶段能启发他们补上在中小学以至大学缺少的这一课，这种做法得到多数学生的认同，我也把自己写的书——《选择成功》和《厚德成功学》——送给学生。

在开设“修德成功学”选修课之后，2011 年我还提出开设《中华孝道》的选修课，撰写了有关教学大纲，希望在研究生中进一步普及、传递中华传统美德，可惜因为选修人数未达到学校规定人数，暂时未能开成。一方面，因两年制学习时间短，硕士生没有多少选修课程的时间余地；另一方面，也是功利性应试教育的后果，许多学生更看重考级考证和一些将来可能带来经济效益的课程。

作为一名从教三十年的老师，我深知学生与老师的关系亲疏远近，不是看在校期间，而是看毕业以后。工作之后仍记着老师的学生，才是关系亲近的学生，也是懂得尊师敬老的学生。仅举秦培的例子，学习期间我表扬过她，也批评过她，毕业后教师节给我送来一个电动按摩脚盆，懂得关心老师的健康，让我十分感动。秦培考研以第一名考取，学习期间申请到巴西公司实习一年，毕业进上海摩根士丹利公司工作，又积极参加云南少数民族地区扶贫志愿者工作，这种善良、聪明的青年人，如能保持谦虚谨慎的人生态度，一定可以取得好的成就。

有的学生离开学校后，觉得自己劳碌辛苦终日，但“混得”很差，表现平平，不愿或不敢与老师和同学联系，希望将来混出点名堂、取得出色业绩后再来见老师。这其实没必要，自己太多虑了，老师或同学更多的是看重一个人的人品，官职和钱财是外在之物而非人的本质。

快乐的秘密

有个说法:“从自己的经验学习是聪明人,从别人的经验学习是幸运的人,从自己和别人的经验都学不到东西是愚蠢的人。”我母亲一辈子是个快乐的人,虽然人生遭遇许多艰辛,但她总是乐观开朗,快乐远远多于忧愁。我分析并反思母亲快乐的秘密有这样几点:

1. 知足常乐

俗话说:不攀比就不生气。我发现,母亲从不拿自家所短比较他人所长,而是反过来,发现自家的种种满意开心之处。虽然自家可能不如别人有钱有权,但有五个健康成长的孩子,个个孝顺听话,一家人非常和睦,自然快乐。

母亲独自拉扯一群孩子,还要照顾老婆婆,从原平到内蒙古,从北京到太原,操劳一生,晚年又照顾生病的丈夫二十余年,受尽辛苦。但母亲从不抱怨命苦和劳累,反而说自己命好:“看看那些同辈老人,一辈子待在老家,连火车都没坐过,不用说坐飞机了。妈这辈子可是见识多了,北京、上海大地方都去过,好吃的吃了多少,想想你姥娘过的一辈子,真不知好过多少倍!”

有这样一种比较方向和态度,自然不会生气,发牢骚;学会这种比较方式,自然可以天天开心快乐。

我父亲中风半身不遂后,我母亲的生活负担更加重了,尤其难受的是,母亲个性开朗热心,是个爱走动、爱交往的人,而我父亲卧病使她只能守在家里,随着父亲晚年变得越来越沉默寡言,母亲日常连说话的人也没有,生活十分枯燥无味。但她从不向子女抱怨,生怕孩子们分心,而是自己开发一些解闷的活动,在做完各种针线活儿后,她自己学着画画,就地取材,各种书刊彩页上的动植物皆可入画,先依样画葫芦,再自己想象创作,铅笔画、水彩画随意不拘,每到周末子女们回来,母亲往往会展示她的新作品。应当说,母亲在画画方面很有天赋,她画的喜鹊、燕子、梅花、牡丹都栩栩如生,母亲给我画的几幅大公鸡(因我属鸡)都虎虎有生气。如果有机会得到专业培训,母亲可能会成为一个了不起的画师。对于子女和亲友们这样的评价,母亲总是“呵呵”一笑。知足常乐、自得其乐是善良母亲的人生智慧。

2. 不计较

十个指头不一样齐,亲友和邻居也有各种性格的人:有的人性子急,讲

话鲁莽;有的人私心重,爱占小便宜。但我母亲很能理解人性的复杂多样,对人十分宽容,从来不揭人短,尽量发现别人身上的优点,与所有的亲友和邻居都友好、和平地相处,没有与一人发生争执口角,即使吃点亏也不计较,受点累更无所谓。因此,我母亲人缘很好,身边欢声笑语,许多邻居妇女都喜欢来我家串门、聊天,如果我母亲外出一段日子,她们会感觉空虚、失落。我母亲去世后,一些邻家大婶失声痛哭,十分难过。

对于一些伤害过自己的人,我母亲也会表现得十分大度。比如,“文革”期间,有个邻居贫农老太太,对我母亲的家庭出身横加指责,在一些事情上故意找我母亲的麻烦,很不友善。但我母亲总是以她年龄大而处处容让她,在她晚年衰老行动不便、生活落寞时,还同情并看望她,帮她缝补衣裳。老太太对自己以往的行为感到愧疚,但我母亲却安慰她,过去的那些事儿,就不要多想了。能与好脾气、坏脾气以至各种各样的人平等、平易相处,是母亲的特点,也是她的人格魅力所在。

3. 常怀感恩

母亲对我们教导的一个重要方面是“知恩图报”,时刻铭记别人的帮助,经常对子女念叨人生中别人给予的帮助和好处,她是“常思人善,不道人非”的典范,有件事可以说明这一点:

我家在北京王皮胡同44号院居住时,西房住着我的叔伯哥哥兰诚义,他比较有钱,生活条件较好,但为人比较自私,对自己的母亲也很吝啬。他有时吃饭剩下半锅稀粥,放得快发酸了,就端给我家,我母亲煮开了给孩子们吃。这本来是他要倒掉的食物,才肯给别人,并不厚道,但我母亲总念念不忘他的好意,有时家里难得做点儿好吃的还要送给他一碗。在别的亲戚批评、指责他的吝啬和不孝时,我母亲也往往列举他这屈指可数的“优点”替他辩解。

感恩是为人的一种重要优秀品质。松下幸之助曾说他愿意选用“70分的人”,因为这样的人往往有三个特点:(1)不骄傲;(2)合于众;(3)常怀感恩心。

可见,感恩心是人们看重的优点,但现代社会却十分稀缺和难得,不缺少的是“过河拆桥”的事例。有的学生上课时见老师笑脸相迎,考试过后就视若路人,等到有事相求时(如写留学推荐信)就又换上一副笑脸。对这种学生的要求我向来是回绝——我不知道他从哪里学来这种为人处世之道?如果我对其人品不认可,怎么可能推荐给别人呢?如果写一封否定的信,那还不如不写。

现代社会工作的流动性大大增加,一辈子待在一个单位越来越少见,以我自己为例，因为遇到一些发展“瓶颈”，至今也换过三个工作单位。虽然工作时对单位的缺点问题可以直言批评，但离开后我从不指责原来的大学，而是保留几分眷恋之情，与原来的同事保持友善的关系，成为互相支持、帮助的朋友。如果我现在要调回以前工作的单位，多半是受欢迎的。我还记得2001年离开汕头大学时徐小虎校长对我讲的话：“兰老师，如果你以后在其他地方发展不顺，要回汕头大学来，我们双手欢迎。但我想你这样的人在哪里都会发展顺利的。”我感谢并记着徐校长的这番话，对我做人做事都是一种勉励。

4. 从谏如流

我母亲对他人的批评和建议总是持一种开放、接纳的态度，总是寻找他人意见的积极有用之处，很少否定别人的意见，更不会当面和人抬杠。人常说：江山易改，本性难移。一个人要改变自己多年的生活习惯是不容易的，但我母亲只要觉得别人讲得有道理，从不固执己见，很愿意改变自己，尝试新的做法。

我有时提一些新建议，比如，和母亲一起打羽毛球，一起写本传记，对一位80多岁的老人而言，别人可能觉得是异想天开、不切实际，但母亲一般不会否定或拒绝，总是笑纳。我曾有个想法：给母亲安装一台电脑，教会老人使用，这样老人就可以与外地的子女网上交流，也能上网浏览各种有趣的信息。对此，母亲以电脑对眼睛不好而谢绝了，我想想她说的有道理，就未再坚持。

俗话说：“听人劝，吃饱饭。”一个人如果愿意听从别人的意见，就可能得到别人越来越多的建议和帮助，身边会有越来越多的朋友。反过来，如果一个人对别人的意见总是持怀疑和挑剔的态度，就会失去朋友，越来越听不到忠告和建议了。

5. 想得开，放得下

人的一生难免遇到一些挫折、坎坷甚至灾难，在这些挫折面前，是愁眉苦脸、唉声叹气？还是从容接受、冷静应对？这两种不同的态度，也决定了人的一生是忧愁还是快乐。

我母亲一生中也遇到过许多挫折和磨难，比如，1993年母亲右眼视网膜脱落，手术修复后视网膜再次破裂粘连，导致右眼彻底失明，这对母亲是一次意外打击。我们子女都感到十分难过，但母亲反而宽慰我们：妈已经这么大岁数了，今后只要保护好这只左眼，不要再出差错，一只眼也行了。母亲确实也是这样做的：她的日常劳作不受任何影响，照常照顾我父亲，买菜做

饭，料理家中一切，遇到有风沙的日子，外出就戴上眼镜；平时看书、看电视的时间大大减少了，格外注意保护眼睛。两年以后，我大舅在老家去世。孩子们担心母亲悲痛哭泣会伤害眼睛，表姐们在通知我们噩耗时也特地提醒：劝阻我母亲不要去参加葬礼了。虽然我母亲对两位兄长感情十分深厚，每过两年就要回老家走访探望，但得知大哥去世后，她还是表现得很理智和冷静："人岁数大了，总要走的。只是你大舅多半辈子生活不顺，现在日子好过啦，没能多享受几天就走了，让人难过。我就听你们劝，不回去了，宜生代我去送送大舅吧。我如果回去，哭坏了眼睛，对大家都是麻烦。"就这样，我带着母亲的嘱托，回去给大舅献上母亲亲手准备的祭品和花圈，送别了老人。

在 1983 年我父亲突然中风昏迷两天的严重时刻，面对医院开出的病危通知书，我母亲也表现得十分沉稳。她生怕自己感情失控，会让没有多少人生经历的子女更加慌乱，用她的冷静安定了大家的心。她平静地接受了我父亲半身不遂的事实，并耐心地、无怨无悔地照料我父亲 21 年。

面对灾祸不慌乱，面对苦痛仍不改乐观的人生态度，是母亲的一大优点，也是我要用心体会和学习的地方。

6.助人为乐

能够力所能及多帮助别人是母亲一贯的人生态度和生活习惯。举个例子来说，我家住在官地矿 12 楼时，矿上为了工作方便给父亲在家里安装了一部电话。实际上，我父亲星期日也难得在家休息，使用电话的时候并不多，倒是楼上或楼下邻居有事情要通知家里，常常打我家的电话，因此，这部电话在很大程度上成了传呼电话，当然是免费的。有的楼上邻居即使同一楼层也不好意思借用别家的电话，或不敢打扰，而总是打我家的电话，因为我母亲好说话，也乐意帮人楼上楼下传话。

宿舍楼的楼梯间是各家轮流打扫，每家值日一周，有个值日牌轮流传递。我母亲总是在我家值日完毕后，星期一早上再多打扫一次，才把值日牌交给邻居家。你敬人一尺，人敬你一丈，以后邻居往往在星期日晚上就来取走值日牌。

母亲从不把帮人做事看做吃亏，而总是把有能力帮助别人当做一种快乐和开心的事。这样一种人生态度，使她整天常是乐呵呵的，对人笑眯眯的，让人如沐春风，感觉十分温暖。无论外面天气多么冷，身体多么累，只有回到家里，看到母亲慈祥的笑脸和关切的问询，寒冷和疲劳就会一扫而光。

从善良、快乐的母亲身上我体会到：一个人最宝贵和最难得的不是才能，是善良人品，而人品中最重要的是器量。

玩物不丧志

与多数同事或同行比起来，我是一个比较贪玩的人，业余爱好比较多，如游泳、跳舞、围棋、排球、羽毛球、乒乓球等。随着年龄的增长，我的爱好非但没有减少，反而兴致更高了，特别是游泳、跳舞、围棋，成为我的三大爱好，山西财经学院、汕头大学、上海财经大学的一些同事都知道我是个准舞迷、泳迷和棋迷。我曾开玩笑地对指导的学生们说："你们如果游泳、跳舞、围棋三项一样都不会，出去以后不要说是兰宜生的学生，免得给我丢人。"由于跳舞和围棋都要有伴，现在会围棋和交谊舞的中青年越来越少，活动受限，这几年我游泳比较多，而且格外喜欢在大海中游泳，有一种无拘无束的畅快感觉，搏击波涛又会激发一种英雄豪气，我常常是游到海中无人处再往回返。

人生要行万里路、读万卷书，才能汇万人智、识万般乐。除了体育运动之外，我也非常喜爱旅游。行万里路、读万卷书是我的人生理想，也是我遵循的人生轨迹。我觉得，国内外旅游、看闲书以及各种文体爱好，不但不影响我的工作，而且大大提高了我的工作效率，使我保持良好的脑力和旺盛的体力、精力。

长期生活在一个固定环境中会使一个人的思维僵化，逐步丧失对事物的敏感性。因此，我们应尽量创造条件每年从自己的常规生活中"出走"一次，尝试不同的生活环境，比如说，从城市到农村，从东部到西部，从南方到北方，不同的生活环境和大自然会使我们获得生活的新鲜氧气，森林、大海、农田、果园会激活我们的灵感。

外出旅游，如果能与几位志同道合的朋友同行，会增加旅游的乐趣，彻底放松身心，在负氧离子极高的山林中容易产生"头脑风暴"，相互启发和提示。这里我要感谢教育部电子商务教指委的各位教授朋友，与他们的人生知识交流也帮助我不断进步。

有失必有得

每个硬币都有正反两面，凡事都有利与弊。反思自己前半生，我也发现“甘蔗没有两头甜”的规律或道理。我在汕头大学工作时，作为辛勤工作的回报，得到了不少荣誉和鼓励，包括汕头大学优秀教师、汕头市优秀园丁、汕头市政协委员等荣誉，也得到唯一一个国家公派出国名额，每个学期评定工作业绩都是拿最高档的130%的浮动津贴奖励（浮动区间为60%—130%）；但是，在晋升教授专业职称上却两次遭遇挫折，使我心情非常郁闷，这就是有得必有失。我调到上海财经大学工作后，所有的荣誉与自己基本无缘，既不是先进，也不受奖励，即使获得上海市教学成果一等奖，在学校也只能拿到学期教学表现三等奖，想来不可思议；但是在专业职称晋升方面却非常顺利、公平，第二年就晋升教授，取得博士生导师资格，这就是有失必有得。

既然甘蔗不能两头都甜，我宁愿在专业学术领域不断取得进步和肯定，而放弃那些荣誉和奖励。

随着年龄增长和阅历增加，我对世道和生活看得越来越清楚了，心态也越来越平和了。不论遭遇什么挫折，或失去什么，我都相信老天爷会在其他方面给我补偿。

前半生不要怕，后半生不要悔——这是我非常赞赏的一种人生态度。从青年到中年，人要有一股闯劲和冒险精神，不要总是患得患失；中年以后反省总结一下自己的人生道理，可以使自己的心态变得更平和，思维更清晰，看问题更理智，但不必后悔。因为每个登山的人都知道，如果你选择了北峰，就看不到南山的风景；如果你选择了南坡，就看不到北面的景致。人的一生必然是有得亦有失、有失亦有得。懂得祸福相依、有舍有得、换位思考就可以去烦增乐。

用劲不较劲，认真不较真。人要有竞争意识和上进心，也要有平和心态和平常心。胜负心和功利心太重的人，不一定做成事，更难做成大事，而且活得很累。诸葛亮讲“宁静致远”，走向人生成功顶峰往往是一条遥远而漫长的道路，要学会放松心情、一张一弛、盘旋而上，也要学会欣赏人生道路上的种种景致。快乐是乐，慢乐也是乐，而且是能沁入心底的乐。

希望在未来

2012年是充满希望的一年。

新年伊始，儿子兰文浩与相恋两年的熊姿姑娘领取了结婚证，并约定国庆节完婚。喜讯传来，我正在无锡，随口吟得一首打油诗，略表喜悦之意："男大当婚本山西，女大当嫁自江西。山有情来水有意，还得政府办手续。"希望小两口婚后互相体谅、忍让，生活和和美美，孝敬父母，和睦亲友，为家庭和社会多做好事。

现在的年轻一代赶上了中国改革开放经济快速发展的好时光，没有经历缺吃少穿的艰苦困窘，物质生活条件大为改善，令人感叹称羡。但他们也面临更重的学习压力和工作压力，在北京、上海、广州等大城市，快节奏、高强度的工作更使许多中青年倍感疲惫，身体亚健康者不在少数。因此，周末"宅在家里"或"泡在网上"并非好的休息方式和生活习惯，年轻人要注意经常性的体育锻炼，以保持身心健康和身体的活力。

关于 2012 年，这些年有许多猜测或传言，有人预言：2012 年是灾变之年。对此，我不大相信。我更赞同阴阳相反相合、祸福相依的思想，相信善有善报、恶有恶报的人生哲理。但行好事，莫问前程。即使 2012 年会发生一些灾难，灾难之后必有后福，坏事往往会变成好事，大可不必杞人忧天、自添烦恼。

心存仁善，常怀感恩，惜福知足，利人利己——这样的人自然会得到亲戚朋友的多方帮助，神仙也会庇佑。

祝愿天下好人年年平安！一生幸福！

后 记

从2007年提议动笔，到现在已五年时间，这部书稿终于完成了。

这部书记载了我和母亲的人生经历，也加入了我们母子对人生的一些理解。令人遗憾的是，母亲已经不能亲眼看到此书问世，但我相信母亲在冥冥之中能感知此事，会深感安慰。

这本书的写作对我而言是一次特殊体验，也是第一次大大超过计划的完稿时间。每当坐在计算机前，回忆起在母亲身边的日子，点点滴滴的生活往事如电影镜头闪过脑海，母亲的音容笑貌历历在目，使我泪眼模糊，陷入往事回忆久久不能自拔，往往呆坐几个小时也写不出几行字。母亲教育孩子们一辈子做好人、做好事，但可曾想到一个慈爱、善良的好人离去会给后人留下多么沉重难解的悲伤呀？

写作的过程是思亲感恩的过程，也是洗心向善的过程，通过这本书的写作，我想自己的德行可以增厚一分。

92岁高龄的赵希禹老师欣然命笔，为此书题写书名，使我备受鼓舞，也甚为感动，赵老师的书法一直是我十分景仰的，只是自感惭愧，未能学得万一，在此对赵老师致以感谢和长寿祝福。

上海财经大学出版社黄磊社长、石兴凤编辑、张克瑶美术编辑等对此书的出版给予了许多支持和帮助，在此表示衷心的感谢。

我的学生高丽敏、刘婷、刘婧文、程珊珊等帮我作部分文字输入，对她们的辛劳表示衷心的感谢。

我的姐姐妹妹、一些亲友及学生对此书的进展十分关注，希望最后完成的这部书稿没有辜负你们的期望。

今年申城的春天来得格外迟，但春天终究是来了，正如一个婀娜多姿的二八少女，轻步款款走来。春天是充满美好憧憬和绿色光明的季节，我希望，在经历了三年丧母之痛和人生低谷之后，这个春天能带给我新的运气和力量，让我重新踏上光明梦想的人生旅途，续写后半生的精彩乐章！

兰宜生

2012年3月20日 于“望道轩”